Blanca Imboden

Schlaflos in Seelisberg

Roman

WÖRTERSEH

Wörterseh wird vom Bundesamt für Kultur für die Jahre 2021 bis 2024 unterstützt.

2. Auflage 2024

Lektorat: Andrea Leuthold
Korrektorat: Lydia Zeller
Umschlaggestaltung: © Thomas Jarzina, unter Verwendung mehrerer Motive von gettyimages.de, Başak Gürbüz Derman (Frau, Bett), und shutterstock.com (Blumen)
Illustrationen: Frank Baumann (Avatare); Beate Simson (Papageien; KI)
Layout, Satz und Herstellung: Beate Simson
Druck und Bindung: CPI Books GmbH

Print ISBN 978-3-03763-154-6
E-Book ISBN 978-3-03763-847-7

www.woerterseh.ch

MIX
Papier | Fördert gute Waldnutzung
FSC® C083411

FÜR ALLE SCHLAFLOSEN

1

SENF

Valentina sitzt mit einer Tasse Tee am Küchentisch, ganz vertieft in ihre Tageszeitung. Sie fühlt sich gerade einen winzigen Augenblick lang entspannt und sehr wohl in ihrer Haut und genießt diesen Moment. Im Radio, das im Hintergrund läuft, erklingen Hits aus vergangenen Zeiten, was ihr gefällt. Gerade übertönt Bob Marley erfolgreich das viel zu laute Ticken der alten Küchenuhr, das ihr sonst immer so auf die Nerven geht. Er singt von drei kleinen Vögeln, die vor seiner Türe pfeifen.

This is my message to you-ou-ou …

Die Vögel verkünden, dass sie sich keine Sorgen machen müsse, denn alles werde wieder gut.

Valentinas Lieblingssong.

Singin', »Don't worry about a thing
'Cause every little thing gonna be alright«

Valentina ertappt sich bei einem Lächeln, weil sich ihre Füße selbständig machen und die altbekannten Rhythmen aus ihrer Jugendzeit unter dem Tisch mittanzen.

Ab und zu braucht sie einfach ein wenig Zeit für sich.

Und die zuversichtliche Botschaft von Bob Marleys Vögeln.

Vor allem diese.

»Mama, hast du meine weiße Bluse gesehen? Ich hatte sie in den blauen Wäschekorb gelegt«, hört sie ihre Tochter Tanja aus dem Treppenhaus rufen.

Die Stimme hat einen anklagenden Unterton, darum beschließt Valentina, die Frage einfach zu ignorieren. Aber Tanja

lässt sich nicht so leicht abwimmeln, sie betritt nun die Küche und baut sich vor ihr auf, fordert eine Antwort.
»Sie ist sicher noch dort«, bemerkt Valentina beiläufig, nimmt einen Schluck Tee aus ihrer roten Tasse mit den weißen Punkten, ihrer Lieblingstasse – einem Geschenk ihrer Freundin Helen –, und wendet sich wieder ihrer Lektüre zu. Der Zeitungsartikel über Schlafstörungen, den sie gerade liest, interessiert sie nämlich wirklich, und das aus gutem Grund.
»Wo?«, fragt Tanja hartnäckig nach.
»Höchstwahrscheinlich exakt dort, wo du sie abgelegt hast: im blauen Wäschekorb.«
»Nein!?«
»Doch, doch«, entgegnet Valentina ruhig.
Tanja wirkt entsetzt oder empört, vielleicht ist sie sogar beides gleichzeitig. Wahrscheinlich, weil ihre Mutter so ruhig bleibt und das unglaubliche Drama nicht zu erfassen scheint.
Sie straft Valentina mit einem vorwurfsvollen Blick, und diese hätte möglicherweise einen Anflug schlechten Gewissens verspürt, wenn sie nicht gerade vorgestern für alle gewaschen und gebügelt hätte, ohne ein Danke zu bekommen oder auch nur erwartet zu haben.

Tanja kam vor zwei Wochen mit Sack und Pack und ihrer Tochter Emily ins Elternhaus zurück und benimmt sich seither so, als wäre sie wieder ein Kind und hätte einen selbstverständlichen Anspruch auf den Rundumservice des Hotels Mama. Und das mit fünfunddreißig Jahren! Würde sich ihre Enkelin so verhalten, wäre das für Valentina verständlich. Sie ist schließlich ein Teenager, gerade mal fünfzehn Jahre alt. Die Welt *muss* sich also um sie drehen. Aber ihre Tochter!?
»Ich brauche die Bluse, ich gehe doch heute zu einer Wohnungsbesichtigung«, schimpft Tanja vor sich hin. Als würde

sie in der roten Bluse, die sie gerade trägt, keine Wohnung bekommen.
Also wirklich! Gibt es da irgendeinen Farbenkodex, den Valentina nicht kennt? Tanja ist so attraktiv mit ihrem blonden, langen Haar, ihrer schlanken Figur, ihren strahlenden Augen, ihrer makellosen Haut, dass sie die Wohnung auch mit einer grauen Bluse bekommen würde, da ist sich Valentina ziemlich sicher.
Einerseits wäre sie froh, Tanja bekäme tatsächlich eine Wohnung und ihr Mann Willy und sie hätten wieder mehr Ruhe. Andererseits hofft sie, ihre Tochter finde so schnell keine und kehrte zu ihrem Mann und Emilys Vater Ivan zurück. Er ist nämlich ein großartiger Schwiegersohn. Und ja, Valentina kann sich schon vorstellen, dass er als Ehemann nicht ganz so großartig ist, aber sie will das nicht beurteilen. Sie ist sich aber ziemlich sicher, dass die beiden nur eine Krise haben und es daher wirklich besser wäre, Tanja würde noch eine Weile provisorisch bei ihnen hausen, statt mit einer neuen Wohnung gleich harte Fakten zu schaffen. Manchmal, denkt sie sich, braucht es einfach etwas Zeit bis zum Bob-Marley-Happy-End.
… every little thing gonna be alright …
Nun streckt auch noch Willy den Kopf in die Küche und fragt kurz und knapp: »Wann gibt es Abendessen?«
»Wie immer«, antwortet Valentina.
Und schon ist Willy wieder weg.
Ein Haus voller Menschen, aber keine Gespräche!
Sie nimmt einen weiteren Schluck Tee und fragt sich, was sie eigentlich für alle hier ist. Eine Servicestation? Und falls das stimmt: Wo sollte sie dann die Schuld suchen, wenn nicht bei sich selbst? Sie wuschelt sich durch ihre dunklen Locken, was sie häufig tut, wenn sie versucht, sich selber den Kopf zurechtzurücken.

Valentina seufzt.
Die entspannte Stimmung ist wie fortgeblasen.
Sie ist doch erst neunundfünfzig Jahre alt – und dennoch fühlt sie sich gerade ziemlich alt. Was nichts damit zu tun hat, dass sie schon bald, am Schweizer Nationalfeiertag, ihren sechzigsten Geburtstag feiern wird.
Zurzeit sehnt sie sich nach Ruhe. Ab und zu würde sie die Küche gern mal abschließen und alle anderen aussperren. Früher war das anders. Es konnte für sie meist gar nicht genug Jubel und Trubel herrschen.
Die Zeiten ändern sich.
Sie verändert sich.
Und das hat schließlich auch berechtigte Gründe.
Valentina vertieft sich wieder in den Artikel über Schlafstörungen. Sie ist froh, dass immer häufiger darüber berichtet wird und dass schwere Schlafstörungen von immer mehr Leuten als Krankheit akzeptiert werden. Sie liest gerade, dass laut einer Umfrage einer Krankenkasse ein Fünftel der Schweizerinnen und Schweizer den eigenen Schlaf als schlecht oder eher schlecht beurteile. Schlimm! Ein Experte schreibt sogar, weniger als die Hälfte der Schweizer schlafe gut oder sehr gut. Schlimm! Worin sich leider alle einig sind: Wer chronisch zu wenig schläft, stirbt früher. Valentina denkt allerdings, dass Menschen, die sich wegen ihrer Schlaflosigkeit Nacht für Nacht im Bett herumwälzen, vielleicht auch ganz gern etwas früher sterben. Sie kennt sich in diesem Thema aus.
Scheißkrankheit!
Inzwischen ist ihr Tee kalt.

»Nonnavalentina, dieses Duschmittel solltest du wirklich nicht mehr verwenden«, platzt Emily mitten in ihre Gedanken. Ihre Enkelin ist eine schöne junge Frau, selbst jetzt, mit

nassem Haar und in Willys alten karierten Bademantel gehüllt. Valentina hat sie von Herzen gern, auch wenn Emily ihr gerade das Lieblingsduschmittel mitten auf die Zeitung knallt, wo es einen großen nassen Fleck hinterlässt.
»Was ist damit?«, fragt Valentina und entfernt die Flasche von dem spannenden Artikel, den sie unbedingt noch fertig lesen will.
Emily schüttelt verzweifelt den Kopf und will nun wissen, ob sich ihre Nonna eigentlich jemals mit den Inhaltsstoffen ihrer kosmetischen Produkte befasst habe.
Valentina wehrt sich: »Diese Angaben kann man doch kaum lesen. Das ist alles viel zu klein gedruckt.«
»Ausreden!«, schimpft die aufgebrachte Enkelin und klärt auf: »Fast alles, was sich bei dir im Badezimmer findet, ist voller Mikroplastikpartikel.«
Es folgt ein weiterer vorwurfsvoller Blick. Heute fällt Valentina wohl überall in Ungnade.
»Plastik in kosmetischen Produkten? Wieso denn das?«, fragt sie, nun tatsächlich interessiert.
»Damit es besser schäumt oder sich cremiger anfühlt. Und wenn du schon ständig Zeitung liest, dann weißt du doch sicher längst, wie schlimm diese Partikel für unsere Umwelt sind!«
Valentina nickt, was aber anscheinend nicht überzeugend genug wirkt, denn Emily doziert weiter: »Logischerweise gelangen die Kunststoffpartikel ins Abwasser und von dort in die Umwelt, wo sie wie ein Magnet für Schadstoffe wirken. Schließlich landen sie in Seen und werden dort von Fischen gefressen, die dann wiederum wir essen. Mikroplastik wurde schon überall im menschlichen Körper gefunden; im Darm, im Herzen, in der Leber, im Blut und neuestens sogar im Gehirn. Ach ja, fast vergessen: und auch im menschlichen Stuhl.«

Valentina rümpft leicht die Nase bei der Vorstellung, wie jemand in menschlichem Stuhl nach diesen winzigen Plastikpartikeln sucht, und entgegnet: »Wer dort sucht, der muss hinterher sicher auch mit einem plastikpartikelverseuchten Mittel duschen.«
»Aber Nonna!«
»Ist ja gut. Ich werde beim nächsten Einkauf darauf achten.«
»Versprochen?«
Valentina nickt.
Doch Emily lässt nicht locker: »Ich benutze ein festes Duschmittel.«
»Du meinst, eine Seife? Und für die Haare?«
»Inzwischen findet man auch Seifen für die Haare«, verkündet Emily stolz, als würde sie damit höchstpersönlich die ganze Welt retten.
Soll Valentina ihr jetzt entgegenhalten, dass ihre Enkelin immer am längsten unter der Dusche steht und das Wasser während des ganzen Waschprozesses munter plätschern lässt, manchmal locker eine halbe Stunde lang ohne Unterbruch? Danach gleicht das Bad jeweils einer Dampfsauna. Man könnte auch mal die Kostbarkeit von Wasser thematisieren.
Aber Valentina mag nicht weiterdiskutieren, und eigentlich ist sie ja stolz auf ihre Enkelin, die ein wirklich kluges Köpfchen ist. Doch es ist halt schon so, dass die aktuelle Wohnsituation grad ein wenig anstrengend ist.
Trotzdem hofft sie wirklich, dass Emily und ihre Mutter noch ein wenig bleiben, bis sich die Wogen hoffentlich geglättet haben und es zwischen Tanja und Ivan ein Happy End gibt. Einmal hat sie gelesen: Man muss mit allem rechnen, auch mit dem Guten.
So ist es doch. Daran will sie sich erinnern, sobald ihre Gedanken zu düster werden.

Emily will noch etwas loswerden: »Es ist halt genau deine Generation, die glaubt, selber nichts zum Schutz des Klimas und der Umwelt beitragen zu können – und somit auch keine Verpflichtung sieht, Veränderungen anzustreben. Aber jede noch so kleine Bemühung zählt.«
»Schon gut. Ich habs verstanden«, antwortet Valentina möglichst ruhig. *Mamma mia!* Sie schimpft nur innerlich ein wenig vor sich hin. Das kann sie gut. Immer auf Italienisch. Und sie kennt – für den Notfall – ganz besonders hässliche Flüche. Sie würden ihr jedoch nie über die Lippen kommen. Gott bewahre!
Mai, mai, mai.
Niemalsnie.
Im Radio läuft jetzt ein Stück von Michael Bublé, dem kanadischen Sänger, den Valentina sehr mag, weil die Wärme seiner Stimme sie berührt. Sie denkt sogar, dass sich seine Songs manchmal wie eine Umarmung anfühlen. Valentina besuchte im vergangenen Jahr mit ihrer Freundin Helen eines seiner Konzerte, und Bublé meinte in der Show, seine Musik sei Baby-Making-Music, weil sie so eine romantische, verträumte Stimmung herbeizaubere.
Baby-Making-Music! Ha!
Valentinas Baby-Making-Zeit ist längst vorbei und vorüber. Aber Bublés Musik verführt zum Träumen von früheren Zeiten, als noch alles möglich war.
Emily schüttelt angewidert ihre nasse Haarpracht, und Wassertropfen fliegen durch die Küche.
»Oh, der Typ ist einfach krass schmalzig!«
Sie dreht am Regler des knallroten DAB-Radios und sucht nach Musik, die ihr gefällt. Leider wird sie fündig. Valentina hat kein Verständnis für Emilys Musik. Die tönt nämlich wie eine wahllose Aneinanderreihung von Rhythmen und Klän-

gen, die bemüht möglichst wenige Harmonien verwendet und sich strikt von jeglichen Melodien fernhält. Es bumst und zischt jetzt aus ihrem geliebten Radio. Emily ist zufrieden und lässt sich mit einem Buch neben Valentina am Küchentisch nieder. Aus ihren nassen Haaren tropft das Wasser in die Seiten des schweren Wälzers, den sie seit Tagen mit sich herumschleppt. Es ist das Klimabuch von Greta Thunberg, fast fünfhundert Seiten dick.

»Emily!«, klagt Valentina genervt.

Und Emily schaut sie fragend an, worauf Valentina sie anlächelt und in den Arm nimmt. Was sie eigentlich gern sagen würde: *Meine* Küche, *mein* Haus, *mein* Radio! Aber gleichzeitig fühlt sie sich schlecht, weil sie doch nicht egoistisch sein will und – dies vor allem – weil sie das Mädchen unglaublich gernhat.

Emily hat es gerade nicht leicht.

Wie sie alle.

Gut, dann verlässt eben Valentina die Küche und sucht Tanjas weiße Bluse. Vielleicht kann sie diese ja noch kurz waschen, dann wäre sie morgen einsatzbereit. Wer weiß, welche wichtigen Termine sonst noch anstehen.

»Pass auf!«, schreit Willy, der im Flur fast in Valentina hineingerannt wäre.

Ihr Ehemann trägt einen großen, schweren Farbeimer durch das Haus. SENF steht in großen Buchstaben auf dem Kessel.

»Senf?«, fragt Valentina erstaunt und zieht die Augenbrauen hoch.

»Senf«, bestätigt Willy und nickt bedächtig.

»Du willst das kleine Gästezimmer in Senfgelb streichen?«, versichert sie sich.

»Erraten! Genau.«

Die Vorstellung von einem Senf-Zimmer macht Valentina nicht glücklich. Sie hat nichts gegen Senf an sich, sie will ihn nur nicht an den Wänden haben.
»Gab es kein anderes Gelb? Mais, Sonne, Banane, Honig, Zitrone?«, fragt sie also vorsichtig nach.
Willy schaut seine Ehefrau fassungslos an und erklärt: »Gelb ist gelb. Ich hatte dich gefragt. Du hattest nichts gegen Gelb. Bitte jetzt keine Haarspaltereien.«
Er meint wohl Farbspaltereien …
Nun, man könnte jetzt einwenden, dass Valentina sowieso nie im Gästezimmer schläft. Somit kann es ihr einerlei sein, ob nun Senf oder Sonne auf dem Farbeimer steht. Die Farben sehen an der Wand am Ende doch immer anders aus, als man es sich vorgestellt hat. Und Senf passt zu ihrer momentanen Gefühlslage.

Willy werkelt seit Tagen im Haus herum, will noch dies und das renovieren und reparieren, bevor ihr Sohn Steve, der in New York lebt, zu seinem alljährlichen Sommerbesuch kommt, wie immer über den ersten August.
Als Willy pensioniert wurde, hatte Valentina die Sorge, er könnte sich langweilen, sich gehen lassen, unzufrieden und gehässig werden, wie der Mann ihrer Freundin Helen. Aber nein, das Gegenteil war der Fall: Willy wurde hyperaktiv. Er ist immer beschäftigt, hat ständig neue Ideen und reiht ein Projekt an das andere, was sie zugegebenermaßen ab und zu nervt.
Heute zum Beispiel.
SENF!
Incredibile!
Unglaublich!

2

FEIERBEFEHL

Valentinas schwere Schlafstörungen machen sie seit einiger Zeit etwas dünnhäutig. Manchmal kommt es ihr vor, als hätte sie seit Monaten gar nicht mehr geschlafen. Seit – gefühlten – Jahren. Immerzu lastet diese bleierne Müdigkeit auf ihr, die sie wie eine tonnenschwere Last fast erdrückt. Manchmal könnte sie im Stehen einschlafen. Und wenn sie sich dann jeweils kurz hinlegt, bleibt sie wach, wälzt sich von einer Seite zur anderen und verzweifelt fast beim Versuch, sich zu entspannen. Dabei kennt sie inzwischen so viele Tricks und unzählige Übungen, die helfen sollen.
Zum Beispiel hat sie schon Experimente mit dem sogenannten White Noise, dem weißen Rauschen, gemacht. Ein eintöniges Geräusch, das einem helfen soll, Klänge, Töne, Lärm weniger laut und störend wahrzunehmen, und das vor allem bei Babys als Beruhigung oder Einschlafhilfe zur Anwendung kommt. Valentina brachte das gleichmäßige Rauschen gar nichts, im Gegenteil, sie fühlte sich von dem Geräusch extrem gestört. Nein, da hat sie doch lieber den Gesängen der Buckelwale zugehört, die ja auch als die Tenöre der Weltmeere bezeichnet werden. Aber auch sie halfen nicht. Valentina kennt alle möglichen Atemübungen – selbstverständlich auch die progressive Muskelentspannung. Dabei spannt man eine Muskelgruppe nach der anderen an und lässt sie dann wieder los. Hände, Arme, Gesicht, Nacken, Beine, Füße … Doch ihr verhilft das nicht zum Schlaf. Genau wie das Autogene Training bei ihr keinen Erfolg bringt. Und das, obwohl Valentina bei dieser Entspannungsübung ihre stark ausgeprägte Fähigkeit zur

Fantasie zugutekommt. Sie kann sich sehr gut vorstellen, in einer Hängematte am Meer zu liegen. Sie spürt die warme Brise förmlich, die ihre Haut streift, während die Sonne blutrot im Meer versinkt, hört gar die Wellen leise rauschen. Aber: Valentina schläft deswegen nicht ein, nein, sie bekommt höchstens Fernweh.

Neulich las sie, dass Sex vor dem Einschlafen das beste Hilfsmittel für einen tiefen Schlaf sei, und hat darüber gelächelt. Man hat nun mal nach über dreißig Ehejahren nicht mehr so viel Sex, wie es wohl bräuchte, damit sie wieder zu regelmäßigem Schlaf käme. Aber – immerhin hat sie ja noch Sex, und das in einer Partnerschaft, die funktioniert. Jedenfalls meistens. In letzter Zeit kommt es ihr manchmal schon so vor, als würde Willy langsam die Geduld mit ihr verlieren. Als würde er denken, sie sollte sich einfach jeden Abend mit Medikamenten abschießen, damit das Problem endlich vom Tisch wäre. Valentina fühlt sich aber jeweils den ganzen Tag über beduselt, wenn sie Schlafmittel nimmt. Und sie möchte nicht ständig so starke Medikamente schlucken. Dafür weiß sie halt zu viel über die schlimmsten möglichen Nebenwirkungen. Valentina ist nämlich Übersetzerin. Und zurzeit übersetzt sie Beipackzettel von Deutsch auf Italienisch. Davon hat sie schon so viele gelesen, dass sie nie mehr irgendwelche Tabletten einnehmen möchte.

Niemalsnie.

Mai, mai, mai.

Manchmal versucht sie, beim Einschlafen Nebenwirkungen nach dem Abc aufzusagen:

Atemnot

Bewusstseinsstörungen

C…

Depressionen

Euphorie
Fieber
Geschmacksstörungen
Halluzinationen
Inkontinenz
Juckreiz
Kopfschmerzen
Lähmungserscheinungen
Müdigkeit
Nierenversagen

Auch das hilft nicht. Kein Wunder, wenn sie doch immer schon beim C hängen bleibt und ihr einfach keine Nebenwirkung einfallen mag, die mit diesem Buchstaben beginnt. Italienisch wüsste sie sich zu helfen: *calcoli biliari* – Gallensteine. Doch das gilt natürlich nicht.

Aber eben, sonst kennt sie für jeden Buchstaben viel zu viele hässliche Möglichkeiten. Und weil Valentina durch ihre Arbeit so viele Nebenwirkungen kennt, hütet sie sich vor Medikamenten. Sie weiß einfach zu viel.

Ja, ihre innere Barbie-Prinzessin ist in hohem Bogen von ihrem rosaroten Pferd gefallen, als sie plötzlich nicht mehr schlafen konnte. Valentina war verwöhnt. Gesundheit war nie ein Thema für sie. Ohne besonderen Aufwand ging es ihr immer gut. Richtig gut. Krank waren nur die anderen. Und Schlafen war ihre leichteste Übung. Immer. Überall. Selbst im Urlaub, auf durchgelegenen Betten oder in Stadthotels direkt an der Eisenbahnlinie, ja auch auf dem Campingplatz, wo nebenan ständig Partys stattfanden. Sie konnte schlafen, selbst wenn Moskitos um ihren Kopf surrten und Willy deswegen stundenlang wach lag.

Und dann dies!

Nachdem sie ihre Stelle beim Literaturverlag Stanislaus verloren hatte, fingen die Schlafstörungen an. Deshalb hieß es sofort: Alles rein psychisch. Trotzdem wurde sie gründlich durchgecheckt und im Schlaflabor verkabelt, beobachtet, abgeklärt. Immerhin. Mit dem Resultat, dass man ihr schlechten Schlaf bescheinigte, jedoch keine körperliche Ursache dafür fand.
Alles psychisch!
Das hilft Valentina auch nicht weiter.
Sie würde ihre Schlafstörungen gern gegen ein kaputtes Kniegelenk oder einen Beinbruch eintauschen. Da weiß jeder, was los ist, und die Ärzte stehen vor Tatsachen und nicht vor einem Rätsel. Die Angehörigen haben volles Verständnis und unterstützen einen, wo sie können. Das Leiden ist ja sichtbar und eindeutig befristet.
Wer aber versteht, dass Valentina ihren Alltag fast nicht mehr bewältigen kann, weil sie kaum mehr schläft?
Wer redet überhaupt noch mit ihr darüber?
Das Thema ist irgendwie vom Tisch.
Chronische Insomnie. *Insonnia cronica.*
Die Krankheit hat einen Namen.
Immerhin.

Wenn man zu Hause überhaupt redet, dann über anderes. Gerade sitzen alle am Frühstückstisch. Das Thema ist nicht Tanjas gestrige Wohnungsbesichtigung, sondern die Erstaugustfeier – also Valentinas sechzigster Geburtstag und der Geburtstag der Schweiz. Schnell wird klar, der Tag soll wie immer ablaufen: Am späten Morgen gibt es einen Brunch und am Abend eine Grillparty mit diversen Salaten und einem selbst gebackenen Zopf. Und ja, immer mit den gleichen Gästen. *The same procedure as every year.*

Das sind halt Traditionen, die sich über die Jahre so entwickelt haben. Was eigentlich schön ist und doch halt auch ein wenig festgefahren. Emily sorgt nun für frischen Wind.
»Auf keinen Fall esse ich irgendwelches Fleisch!«, erklärt sie entschieden. »Man müsste doch auch mal ein Festessen ohne tote Tiere hinbekommen, oder? Ich habe gestern gelesen, dass in der Schweiz letztes Jahr dreiundachtzig Millionen Tiere geschlachtet wurden. Das ist doch Irrsinn!« Sie sieht sehr entschlossen aus, wenn sie sich so ereifert und ihre Augen blitzen.
»Dann übernimm doch du das, Emily?«, schlägt Valentina zuckersüß vor.
»Was?«, will das Mädchen erschreckt wissen. »Das Tieretöten?«
»Nein! Gewiss nicht. Nur das Planen, Entscheiden, Einkaufen, Kochen«, gibt Valentina noch freundlicher zurück. »Dann ist alles genau so, wie du es möchtest.«
Tanja, Willy und Emily schauen Valentina verständnislos an.
»Niemals!«, protestiert Willy. Er wendet sich an seine Frau: »Du machst das doch gern!«
»Nein«, sagt Valentina nur.
»Was, nein?«
»Ich würde mich an meinem Geburtstag ganz gern einmal einfach verwöhnen lassen. Es wird ohnehin jedes Jahr schwieriger, kulinarisch etwas auf den Tisch zu zaubern, das alle mögen. Vielleicht hat ja Steve inzwischen eine Glutenunverträglichkeit? Oder er kommt in Begleitung einer Veganerin? Mir ist eigentlich egal, was wir essen. Das ist doch nicht so wichtig. Und es muss kein Fleisch sein. Ich esse auch Reis mit Aromat.«
»Reis mit Aromat?«, fragt Willy entgeistert.
Alle Augen ruhen nun auf Valentina. Sie hat die volle Aufmerksamkeit. Und das bloß wegen Reis mit Aromat.

»Das war ein Witz!«, entgegnet sie ruhig.
»Ein seeehr schlechter Witz«, erklärt Willy.
Ja, gut, Valentinas Humor war schon besser. Die übertriebenen Reaktionen amüsieren sie allerdings schon.
»Dann eben Tomatenspaghetti mit einem Spiegelei«, schlägt sie vor – und diesmal meint sie es ernst. »Ich rede natürlich von einem Bio-Spiegelei.«
»Tomatenspaghetti an einer Grillparty? Großartig.« Willy schüttelt den Kopf.
Und Emily klärt auf, dass sie eben auch keine Eier mehr essen will – in der Eierindustrie würden jedes Jahr drei Millionen männliche Küken getötet. Das aber sei noch nicht alles. Ausführlich lässt sie sich nun über die Haltung von Hühnern im Allgemeinen aus – richtige Tierfabriken seien das ja – und beginnt über Antibiotikaresistenzen und Methoden wie das Schnabelkürzen zu referieren.
»Schnabelkürzen?«, fragt Valentina nun etwas irritiert, davon hat sie noch nie etwas gehört.
Emily erklärt, dass die Tierindustrie damit vermeiden wolle, dass sich die Hühner gegenseitig verletzen, und fügt an: »Inzwischen darf man nur noch die Schnabelspitzen etwas stumpfer machen. Immer noch schlimm genug. Und wenn man nicht zu viele Hennen auf zu kleinem Raum hält, verletzen sie einander eh nicht.«
»Es reicht! Fertig jetzt! Der Geburtstag wird wie immer gefeiert! Punkt!« Willy donnert seine flache Hand auf den Tisch, so heftig, dass die Gläser tanzen.
Oha, der Hausherr hat gesprochen. Jetzt entwischt Valentina doch ein winziges Lächeln. So ein allgemeiner Feierbefehl verfehlt bestimmt nicht seine Wirkung, und die Vorfröhlichkeit blüht so richtig auf.
Der Geburtstag wird wie immer gefeiert! Punkt!

Emily verstummt, kaut verdrossen auf ihrem Honigbrot herum und trinkt ihren hellen Milchkaffee. Valentina fragt sich, ob Milch auf die Dauer als Lebensmittel für ihre Enkelin noch vertretbar ist, wenn sie damit doch indirekt auch für die Fleischberge mitverantwortlich ist. Eine Kuh muss jedes Jahr ein Kalb bekommen, damit ihre Milchleistung erhalten bleibt, und das Kalb wird dann eben zu Fleisch. Zum Glück scheint Emily sich bis jetzt darüber keine Gedanken gemacht zu haben.
Manchmal tut ihr ihre Enkelin wirklich leid. Das Mädchen nimmt alles so ernst und verdirbt sich damit viel Lebensfreude. Daher vermeidet es Valentina, noch mehr Öl ins Feuer zu gießen, und sagt gar nichts.

Ihre Tochter Tanja hält sich völlig raus aus der Diskussion. Vorhin hat sie aufs Handy gestarrt, und so fragt Valentina vorsichtig nach, ob etwas passiert sei.
»Die Wohnung – soeben kam die Absage.«
Oje. Die falsche Bluse!
»Sie wäre perfekt und erst noch bezahlbar gewesen«, jammert Tanja. »So etwas finden wir nicht mehr so schnell.«
Valentina seufzt mit.
Möge die Wohnungssuche nicht mehr allzu lange dauern oder – noch besser – die Versöhnung mit Ivan möglichst bald stattfinden.

3

FOLTEROPFER

Der Feierbefehl hallt noch lange in Valentinas Herzen nach.
Der Geburtstag wird wie immer gefeiert! Punkt!
Sie hört in Dauerschlaufe immer wieder, wie Willys Hand auf den Tisch knallt, und fragt sich, ob sie nur alles dermaßen anstrengend findet, weil sie so müde ist.
Der Geburtstag wird wie immer gefeiert! Punkt!
Sie fragt sich auch, wie sie so weiterleben kann, ohne richtigen Schlaf. Und ja, sie ist enttäuscht, dass Willy seine Prioritäten bei einer So-wie-immer-Feier und dem Senf fürs Gästezimmer setzt statt bei ihrer Gesundheit.
Gut, jetzt ist sie natürlich ungerecht.
Er kann ihr nun mal nicht helfen. Das ist sicher auch für ihn eine schwierige Situation. Er fühlt sich vielleicht genauso hilflos wie sie selbst.
Willy ist ein guter Ehemann. Auch wenn er manchmal nervt. Wenn sie ihn braucht, ist er da. Nach bald vierzig Jahren Ehe gibt es halt leichte Abnützungserscheinungen, das ist wohl in jeder langen Beziehung so. Das ist zwar etwas traurig, aber sicher nicht außergewöhnlich. Willy ist ein verlässlicher Partner.
Ein verlässlicher Partner.
Wie sich das anhört!
Als würde sie über ihren Versicherungsvertreter reden.
Ob sie mehr an ihrer Beziehung arbeiten sollten? Obwohl dieses »An-einer-Beziehung-Arbeiten«, das fand sie bisher ziemlich albern. Vielleicht war das naiv. Vielleicht war genau das der Fehler. Man kann und darf nie etwas als selbstverständlich betrachten. Weder einen guten Schlaf …

... noch eine gute Gesundheit ...
... und schon gar nicht eine gute Beziehung.
Nichts.
Valentina nimmt sich vor, mit Willy über ihre Ehe nachzudenken. Und zu reden.
Aber nicht heute. Nicht jetzt.
Willy ist immer noch damit beschäftigt, Senf an die Wände des Gästezimmers zu pinseln. Und Valentina ist ziemlich aufgewühlt, weil heute ihre erste Sitzung beim Psychiater ansteht. Ihr Hausarzt hat ihr dazu geraten, und sie ließ sich überreden, fühlt sich aber nicht so richtig wohl mit dieser Entscheidung.
Hätte ihr vor Jahren jemand gesagt, dass sie noch vor ihrem sechzigsten Geburtstag beim Psychiater landen würde, hätte sie laut gelacht. Valentina hielt sich für unverwundbar. Irgendwie. Sie hatte einen guten Job, eine wunderbare Familie, ein Haus, einen liebevollen Mann, wohlgeratene Kinder, ein herziges Enkelkind. Jetzt hat sich nur der Job verändert – und ihr ganzes Kartenhaus ist eingestürzt? Das kann doch nicht sein!

Doktor Habermann, bei dem sie in Luzern einen Termin hat, ist Deutscher, wie gefühlt fast alle Ärzte, mit denen sie in letzter Zeit zu tun hatte. Er ist unglaublich jung. Darf der überhaupt schon? Praktizieren – und überhaupt alles?
Valentina spürt, wie sie sich verhärtet, wie sie von ihren Vorurteilen blockiert wird.
Die Praxis ist auffällig bunt eingerichtet, ganz so, als wollte man bemüht eine fröhliche Wohlfühlatmosphäre schaffen. Auch die vielen Zimmerpflanzen gehören wohl zum Einrichtungskonzept. Einige davon sind zwar gerade am Abserbeln, wie Valentina schnell feststellt. Gut, die Farne sind halt schon etwas heikel. Sie brauchen viel Licht, mögen aber keine direk-

te Sonne und hassen Zugluft. Aber selbst die Schwiegermutterzunge, ein eigentlich pflegeleichtes Gewächs, kränkelt. Was sagt das über ihren Besitzer aus? Wenn Doktor Habermann nicht einmal mit seinen Grünpflanzen zurechtkommt, wird er es dann mit ihr als Patientin auf die Reihe kriegen? Ein bisschen Feingefühl sollte er schon haben, findet sie.

»Sie reden wohl nicht oft mit Ihren Pflanzen?«, fragt sie daher unverblümt. Sicher nicht der richtige Einstieg für ein Gespräch mit einem Psychiater.

Aber Doktor Habermann geht darauf ein und sagt unbeeindruckt: »Hier werden halt ständig schwere Probleme erörtert. Das können die zarten Pflanzenseelen vielleicht nicht verkraften. – Aber wahrscheinlich habe ich einfach keinen grünen Daumen.«

Valentina nickt, und die beiden lächeln sich an.

Doch ein guter Anfang.

Valentina setzt sich auf das blaue Sofa mit den vielen Kissen. Das große Kissen in Senfgelb schiebt sie entschieden von sich weg. Sie hat es gerade nicht so mit Senf. Doktor Habermann setzt sich in den Sessel gegenüber. Er hat jede ihrer Bewegungen genau beobachtet und kritzelt etwas auf den Schreibblock, den er auf seinen Knien balanciert. Was mag das sein?

Vielleicht: *Sie mag keinen Senf.*

Oder einfach nur: *Senf.*

Weil ihm gerade in den Sinn gekommen ist, dass er welchen einkaufen muss. Vielleicht hat er ja aber auch nur aufgeschrieben, dass er sich mehr um seine Pflanzen kümmern sollte. *Dünger??? Unbedingt Mama fragen!*

Valentina ist nervös und hat ihre Gedankengänge nicht mehr so recht unter Kontrolle.

»Wie geht es Ihnen?«, fragt Doktor Habermann und schaut Valentina tief in die Augen. Jetzt ist er doch etwas irritiert,

weil sie schon bei dieser ersten Frage in Tränen ausbricht. Aber wurde sie in letzter Zeit ernsthaft nach ihrem Befinden gefragt? Mit so viel Interesse und Mitgefühl?
Das erklärt sie nun dem jungen Mann. Auch, dass sie darunter leidet, eine Krankheit zu haben, die keiner ernst nimmt und die sie so sehr belastet.
Doktor Habermann hört Valentina zu. Konzentriert.
Dann fragt er: »Wann haben Ihre Schlafstörungen denn begonnen, und gab es zu diesem Zeitpunkt etwas Besonderes in Ihrem Leben?«
»Ja. Ich habe vor einem Jahr meine Stelle verloren. Ich war Übersetzerin in einem Verlag und habe wunderbare literarische Bücher aus dem Italienischen ins Deutsche übersetzt. Jetzt macht das vielleicht eine Tschechin zum halben Preis – oder die künstliche Intelligenz. Was weiß ich. Ich habe meinen Job geliebt, meine Kollegen und das ganze Umfeld, auch die Arbeit an sich – und sicher auch den guten Lohn.«
Doktor Habermann nickt verständnisvoll, unterbricht sie jedoch nicht.
»Mein Hausarzt meint, ich hätte mich wohl zu sehr über meinen Job definiert. Nun, hoffentlich muss *er* nie herausfinden, wie sehr er sich über seinen Job definiert. Wer seinen Traumjob gefunden hat, der räumt ihm doch automatisch viel, ja, vielleicht etwas zu viel Platz in seinem Leben ein. Freiwillig.«
Doktor Habermann sagt nichts dazu. Für sein hohes Honorar gibt er sich erstaunlich schweigsam. Valentina beschließt, jetzt auch einfach mal nichts mehr zu sagen. Soll er etwas tun für sein Geld. Das bisschen Stille hält sie locker aus.
Es dauert etwas, aber dann fragt er: »Was arbeiten Sie heute? Haben Sie wieder eine Stelle gefunden, wenn auch vielleicht keine adäquate? Müssen Sie überhaupt arbeiten?«

Drei Fragen. Immerhin. Genau genommen sogar dreieinhalb. Zudem ein schönes Wort: adäquat …

»Heute übersetze ich Beipackzettel für einen großen Medikamentenhersteller. Von Deutsch auf Italienisch. Teilzeit. Ich bin zweisprachig aufgewachsen. Den Job habe ich nur bekommen, weil mein Cousin bei einem Chemiekonzern arbeitet. Und nein, ich müsste nicht arbeiten. Mein Mann Willy ist pensioniert, er hat eine gute Rente.«

»Das ist gut. Sie stehen also nicht unter einem finanziellen Druck. Sie stehen nur unter Ihrem eigenen Druck. Und Sie hadern mit der Enttäuschung, Ihren Traumjob und das ganze damit verbundene Umfeld verloren zu haben. Sehe ich das richtig?«

»Mmmh …«, bestätigt Valentina ungern. So wie er das sagt, klingt es nämlich ziemlich nach der Wahrheit, aber leider auch so, als wäre sie eine undankbare Tante.

»Haben Sie schon Medikamente genommen?«

»Nein, keine.« Valentinas Antwort kommt schnell und bestimmt.

»Keine?« Doktor Habermann zieht ungläubig die Augenbrauen in die Höhe.

Valentina lenkt ein: »Ich habe am Anfang schon mal dies oder das ausprobiert. Aber immer nur ganz kurz, ich kenne viel zu viele Beipackzettel und daher auch unzählige Nebenwirkungen. Und ich habe alles über die Probleme mit Schlafmitteln gelesen. Sie wissen es ja bestimmt auch: Schlafmittelkonsumenten haben ein vierfach erhöhtes Sterblichkeitsrisiko. Und in Deutschland gab es eine Studie, die zeigt, dass vierzigtausend Oberschenkelhalsbrüche pro Jahr den Folgen von Schlafmittelkonsum zuzuschreiben sind. Vierzigtausend! Eine Wahnsinnszahl, oder? Von diesen vierzigtausend Verletzten sterben dann auch noch zwanzig Prozent innerhalb eines Jahres. Dazu kommen Verkehrsunfälle infolge falsch dosierter oder zur falschen Zeit eingenommener Schlafmittel. Das heißt wohl, dass viele, die sich mit Medikamenten gegen ihre Schlaflosigkeit zu helfen versuchen, am Morgen immer noch beduselt sind. Es ist wirklich schlimm: Es wird sogar vermutet, dass es mehr Schlafmitteltote als Drogenopfer gibt!«

Valentina ist fertig und schweigt.

Doktor Habermann schweigt auch.

Valentina überlegt, ob sie ihn mit ihrem Redeschwall plattgemacht hat. Vorsichtig äugt sie hinüber zu den Zimmerpflanzen. Sie leben noch. Ihr Zustand hat sich nicht akut verschlechtert. Obwohl, wenn sie genau hinsieht, erkennt sie, dass der Farn ein wenig zittert.

Bei diesem Gedanken muss sie sich ein Lächeln verkneifen und bemerkt, dass es dem Dottore genauso geht.

»Sie finden meine Schlafmittelrecherchen lustig?«, fragt sie ihn ein wenig gekränkt.

Doktor Habermann erwidert erschrocken: »Nein, nein! Oder – na ja – vielleicht ein kleines bisschen.«

»Warum?«, gibt Valentina zurück.

»Ich glaube, Sie könnten mir problemlos einen einstündigen Vortrag zum Thema Schlafen halten. Sehe ich das richtig?«

Valentina nickt. Und lächelt.

»Das ist per se natürlich nicht falsch. Jeder sollte sich über seine Krankheit informieren. Aber in Ihrem Fall ist es unter Umständen etwas kontraproduktiv. Was ich damit sagen möchte: Wenn man sich nur noch mit dem Schlafen beschäftigt, verliert man seine Lockerheit, denkt nur noch ans Schlafen, kann nicht mehr abschalten, erst recht nicht im Bett. Im Kopf mäandern die Gedanken dann nur noch um dieses Thema. Man weiß ja, wie wichtig der Schlaf ist, und will ihn erzwingen, hat Angst vor der Nacht, Angst vor dem Wach-

liegen, ist total verkrampft und kann nicht mehr einfach loslassen.«
Valentina antwortet nachdenklich: »Ziemlich exakt genau so ist es.« Gern hätte sie noch hinzugefügt, dass ihr das jetzt allerdings auch nicht wirklich weiterhelfe. Aber sie will es sich ja nicht schon in der ersten Sitzung mit dem eigentlich netten Herrn verderben.
Dieser schweigt gerade mal wieder. Sind das Kunstpausen? Wenn ja, dann sind sie recht gut bezahlt. Oder will er ihr mit seinem Schweigen etwas sagen?
Valentina lässt also einfach ihre Gedanken ein wenig »mäandern«. Das Wort, das Doktor Habermann eben gebraucht hat, gefällt ihr. Sie hat es selber noch nie verwendet, und im Italienischen wird es als Verb kaum benützt. Aber sie beschließt, es jetzt und hier in ihren aktiven Wortschatz aufzunehmen.
Mäandern.
Flüsse mäandern. Das wusste sie schon. Sie schlängeln sich durchs Tal. Aber jetzt mäandern halt ihre Gedanken. Auch schön.
I pensieri formano meandri.
Ob sie dem Dottore erzählen soll, dass Donald Trump und der Apple-CEO Tim Cook behaupten, Schlaf sei etwas für Schwache? Oder dass Roger Federer in seinen aktiven Zeiten jeweils elf Stunden geschlafen hat? *Elf* Stunden?! Ziemlich viel, allerdings nur drei Stunden weniger als Einstein. Sie hat noch viele solcher Beispiele auf Lager, die nun alle durch ihren Kopf mäandern. Der große Maler Salvador Dalí glaubte, man könne nur dann kreativ sein, wenn man extrem wenig schlafe. Deshalb hielt er beim Einschlafen einen Löffel oder einen Schlüssel in der Hand, und kaum war er kurz eingenickt, fiel dieser zu Boden, und er war wieder wach. Verrückt! Napoleon

prägte den Spruch: »Vier Stunden schläft der Mann, fünf die Frau, sechs ein Idiot.« Aber war der nicht selber irgendwie ein Hohlkopf?
Valentina könnte auch noch die Experimente, die mit Spitzensportlern gemacht wurden, anfügen: Neunzig Minuten mehr Schlaf machte aus guten Sportlern sehr gute. Bei den Schwimmerinnen hieß es sogar, wenn man zwischen einem Frühtraining oder Ausschlafen entscheiden müsse, sei das Ausschlafen wichtiger. Schlaf sei der Game-Changer. Ha!
Als sie überlegt, wer denn eigentlich diese Experimente machte, kommt ihr in den Sinn, wo sie sich gerade befindet, und wirft einen Blick auf Doktor Habermann. Der schweigt immer noch, ist stumm wie ein Fisch.
Wie schlafen eigentlich Fische? Schlafen sie überhaupt? Bei einer möglichen Wiedergeburt möchte sie – nein, nicht als Fisch, sondern als Koala zur Welt kommen, falls man da überhaupt mitreden darf. Sie hat gelesen, dass Koalas bis zu zweiundzwanzig Stunden pro Tag in ihren Eukalyptusbäumen hängen, sich einfach zwischen die Äste klemmen und – selig schlummern.
»Frau Bachmann-Visconti, sind Sie noch bei mir?«, fragt Doktor Habermann.
Valentina zuckt zusammen und erwidert: »Ich dachte, *Sie* seien grad irgendwie abwesend.«
»Worüber haben Sie denn gerade nachgedacht? Wollen Sie mir das sagen?«
»Über Koalas. Aber eigentlich ließ ich einfach meine Gedanken mäandern.«
»Mäandern. So, so.« Doktor Habermann lächelt vor sich hin. Diese Frau hat Humor, hat sie ihm doch glatt sein Lieblingswort geklaut.
Valentina mag sein Lächeln.

»Ja, ich weiß, Koalas schlafen fast immer«, meint Doktor Habermann und hat nun anscheinend genug geschwiegen. Jedenfalls steht er auf, holt eine Schachtel mit Karten und fragt Valentina, ob er mit ihr ein paar Tests machen könne.
»Sicher.«
Valentina nickt, und so lässt er sie Farben sortieren und Farbgruppen nach ihrem Geschmack auswählen. Danach stellt er ihr Fragen, und Valentina realisiert, dass er herausfinden will, ob sie depressiv oder gar suizidgefährdet ist. Sie denkt zwar, dass er sie beides auch einfach hätte fragen können, aber sie spielt mit, bis Doktor Habermann schließlich verkündet, was sie längst wusste, nämlich, dass sie ein recht sonniges Gemüt habe.
»Sehe ich das richtig?«
»Stimmt. Aber zurzeit bin ich eher dünnhäutig und leicht reizbar. Kein Wunder. Schlafentzug ist ja auch eine gängige Foltermethode. Sie hinterlässt keine sichtbaren Spuren, bringt aber die Opfer dazu, nach ein paar durchwachten Nächten alles zu gestehen, nur um endlich schlafen zu dürfen.«
»So sehen Sie sich? Als Folteropfer?«, fragt Doktor Habermann interessiert.
Valentina hebt kurz die Schultern, lässt sie schnell wieder fallen und antwortet: »Nein. Und ja.«
»Aha«, kommentiert der Psychiater diese schwammige Antwort und wartet offensichtlich auf mehr Text.
»Ich möchte mich wirklich nicht mit den Folteropfern dieser Welt vergleichen«, fügt Valentina also an, »und trotzdem … der Schlafentzug ist schrecklich.«
»Aber sicher. Keine Frage.«
Valentinas erste Sitzung beim Psychiater ist beinahe zu Ende, und Doktor Habermann will ihr ein paar Hausaufgaben mit auf den Heimweg geben – sofern sie denn wiederkommen

wolle. Neue Einschlafexperimente. Als hätte sie nicht schon alles versucht!
Doch die Art, wie der junge Mann auf sie eingegangen ist, gefällt Valentina, sie vereint gern einen neuen Termin mit ihm und will sich die Aufgaben erklären lassen.
»Sie müssen sich verinnerlichen, dass Schlaf nicht erzwingbar ist«, meint Doktor Habermann also. »Es ist ein Loslassen, ein Sichhingeben. Atmen Sie langsam ein und aus. Beim Einatmen denken Sie ›Ich schlafe ein‹ und beim Ausatmen ›Ich schlafe aus‹.«
Er schaut seine neue Patientin an.
»Ja. Gut. Das scheint mir keine besonders schwierige Aufgabe zu sein«, antwortet Valentina leicht unwillig. Dass sich ihre Begeisterung über eine derart beliebige Übung in Grenzen hält, hören sogar die Zimmerpflanzen.
Doch Doktor Habermann ist noch nicht fertig. »Jetzt wird es anspruchsvoller«, kündigt er an. »Ich möchte, dass Sie damit aufhören, sich weiter über das Schlafen zu informieren, und nichts mehr darüber lesen. Sie sind schon eine Expertin. Das reicht. Denken Sie stattdessen ganz bewusst über das Leben nach. Über Ihr Leben. Was ist daran besonders schön oder gar großartig? Was stört Sie? Was möchten Sie ändern? Was könnten Sie ändern? Wovon hätten Sie gern mehr und wovon gern weniger? Gerade Frauen fehlt es oft an etwas gesundem Egoismus. Was würden Sie tun, wenn Sie eine Egoistin wären? Machen Sie sich doch dazu Gedanken und schreiben Sie diese auf, machen Sie eine Liste. Und ich warne Sie: Wir werden in der nächsten Sitzung kein einziges Wort über das Schlafen verlieren.«
»Oh!«, sagt Valentina überrascht.
»Genau. Und das sollten Sie auch beim Einschlafen versuchen – kein Grübeln über Schlafstörungen!«

Valentina stellt sich vor, welche andere Gedanken dann in ihrem Kopf mäandern könnten. Vegane Grilladen, die Wichtigkeit von Blusenfarben oder die Schönheit senfgelber Gästezimmer? Sie ist sich sicher, die Schlaflosigkeit wird bleiben. Ganz zum Schluss verkündet Doktor Habermann noch, dass vielleicht auch eine Luftveränderung eine Überlegung wert wäre. Er werde ihr bei der nächsten Sitzung eine Reha vorschlagen, wolle sich aber noch nach der besten Klinik für Schlafprobleme erkundigen.

Valentina verabschiedet sich von dem freundlichen Arzt und verlässt die Praxis. Sie nimmt sich vor, noch ein wenig durch Luzern zu schlendern, quält sich dann aber genervt durch die Touristengruppen. Wie immer schaut sie kurz in ihrer Lieblingsbuchhandlung Stocker vorbei und steht schon bei den Sachbüchern, bevor ihr das wirklich bewusst ist. Nein, sie wird jetzt kein weiteres Buch über das Schlafen kaufen.
No, assolutamente no!
Aber was sonst könnte sie denn gerade interessieren?
Valentina hat eine Eingebung. Sie kauft ein kleines Büchlein, das hundert Vorschläge macht, was jeder Einzelne für den Klimaschutz tun könnte. Es heißt »Every Day for Future«. Emily zuliebe will sie auch ihren Beitrag leisten, natürlich nur – so ehrlich ist sie mit sich selbst –, wenn die Opfer nicht zu groß sind und nicht wirklich schmerzen. Anschließend holt sie in einem Geschäft für Gärtnereibedarf ein kleines Fläschchen mit Dünger für Grünpflanzen. Dieses will sie ihrem Therapeuten beim nächsten Treffen mitbringen.
Dann fährt sie in einem überfüllten Bus heimwärts.
Und ja, sie denkt nach.
Allerdings ist das schwierig, im Bus, mit all den Menschen und den lauten Gesprächen, die sie, ob sie will oder nicht,

mitanhören muss. Ein junger Mann erklärt einem anderen, dass er im Handy seiner Frau eine App installiert habe und jetzt immer genau wisse, wo sie sich befinde. »Das ist megapraktisch. Jetzt weiß ich zum Beispiel genau, dass ich mich nicht beeilen muss und noch ein Bier trinken gehen kann, weil sie noch immer im Büro festhängt und noch kein Essen auf dem Tisch steht.« Er lacht.

Valentina würde sich am liebsten umdrehen und sich einmischen. Der Typ könnte ja auch nach Hause eilen und selbst mal etwas auf den Tisch zaubern, oder? Hoffentlich macht seine Freundin im Büro erotische Überstunden mit einem attraktiven Praktikanten. Das kann der Kerl auf seiner App bestimmt nicht sehen. Noch nicht. Alles eine Frage der Zeit.

Manchmal ist es angenehmer, Touristen zuzuhören, die in exotischen Sprachen miteinander plaudern. Da versteht sie wenigstens nichts.

An der nächsten Haltestelle wird der Sitz neben ihr frei, und es setzt sich ein alter Mann neben sie und plappert ohne klaren Zusammenhang irgendetwas vor sich hin. Ein wenig unheimlich. Vielleicht ist das seine ganz persönliche Technik, alle Gespräche rundherum auszuschalten. Valentina hätte jetzt gern die riesigen Kopfhörer der jungen Frau, die bei der Tür steht. Ihr ganzer Körper schwingt andeutungsweise zu einer Musik mit, die sie wohl gerade hört. Ihren weichen Bewegungen nach zu schließen, muss es ganz wunderbar schöne Musik sein.

Nun steigt ein Mann mit einem kleinen Hund ein. Leider hockt – etwas weiter vorn – schon ein anderer Hund im Bus, ein riesiges Tier. Jetzt bellt es von vorn nach hinten und umgekehrt. Keine Ahnung, ob die beiden sich über die Begegnung freuen oder sich liebend gern zerfleischen würden. Es klingt nach Letzterem.

Luzern ist zweifelsohne eine der allerschönsten Städte der Welt. Davon ist Valentina überzeugt. Trotzdem, im Sommer, wenn die Touristen alle da sind, wird es – und nicht nur für sie – manchmal etwas eng. 2018 übernachteten 1,4 Millionen Touristen in Luzern, und man sprach von 9,4 Millionen Besuchern pro Jahr. Damals fragte man sich, ob Luzern von seinem eigenen Erfolg überrollt werde. Der »Blick« rechnete vor, dass Luzern mehr Touristen pro Einwohner habe als Venedig! Das war vielleicht übertrieben, aber so empfand Valentina das zeitweise auch. Doch dann kam Corona. Und plötzlich sah man gar keine Touristen mehr. Viele Luzerner verloren ihre Arbeit, und Valentina beschloss damals, nie mehr über die Anzahl der Touristen zu jammern.

Und sie kamen wieder. Alle. Inzwischen fühlt es sich für Valentina so an, als kämen immer mehr. Kontinuierlich. Und genauso kontinuierlich steigt ihr Bedürfnis nach Ruhe. Das wäre wohl ein erster Punkt für die von Doktor Habermann empfohlene Liste.

RUHE.

Von Ruhe hätte sie gern mehr.

Sie notiert sich das im Geiste.

Valentina wohnt in einem nicht besonders schönen Gebiet der Stadt, an der Bernstraße. Ihr altes Häuschen ist inzwischen umringt von riesigen Neubauten, die Valentina einfach nur hässlich findet. Um die Ecke gibt es ein paar zwielichtige Nachtklubs, drei Imbisslokale und unzählige exotische Geschäfte neben alten Wohnblocks, die am Verlottern sind. Wenn sie dem etwas Positives abgewinnen will, dann ist es die Tatsache, dass es hier noch billigen Wohnraum gibt. Aber alles nur eine Frage der Zeit, und dann werden die letzten alten Blöcke abgerissen und überteuerten Wohnungen weichen.

Verdichtetes Bauen.

Tja. So sieht das aus.
Valentina hat längst keinen schönen Ausblick mehr aus den Fenstern ihres Hauses. Sie sieht weder den Pilatus noch die Rigi, auch nicht den Vierwaldstättersee. Immerhin scheint noch ab und zu die Sonne in ihren kleinen Garten, und darüber ist sie froh. Irgendwann werden sie das Haus für viel Geld an einen Immobilienhai verkaufen, und der Erlös wird dann ihre Altersresidenz finanzieren. Angebote bekommen sie bereits ungefragt und regelmäßig. Immerhin ein beruhigender, tröstlicher Gedanke.

4
LUFTVERÄNDERUNG

Emily staunt nicht schlecht, als sie am nächsten Nachmittag auf die Terrasse tritt und sieht, was ihre Nonna in den Händen hält.
»Du liest ›Every Day for Future‹?«
»Das überrascht dich jetzt, ich dachte es mir. Aber weißt du, ich hör dir zu. Ich habe mir deinen Vorwurf zu Herzen genommen. Und ganz ehrlich – von den hundert Tipps, die da drinstehen, sind einzelne wirklich nicht allzu schwer umzusetzen. Andere möchte ich lieber ignorieren.«
»So, so«, meint Emily und will es genauer wissen.
»Nun, jetzt lese ich gerade über Kerzen. Sie sind meistens aus Paraffin hergestellt – was aus Erdöl gemacht wird –, und beim Verbrennen entstehen wohl teilweise sogar giftige Gase. *Mamma mia!* Von Teelichtern im Aluminiumtöpfchen ganz zu schweigen. Bienenwachskerzen wären wohl okay, aber

die sind ja auch richtig teuer.« Valentina ist etwas verstimmt. »Nie und nimmer hätte ich nur die allerwinzigste Sekunde lang über meine Kerzen nachgedacht. Du weißt, ich liebe es, Kerzen anzuzünden, vor allem natürlich im Winter. Viele Kerzen. Jetzt hat mir das Büchlein meinen romantischen Zauber verdorben.«

Che peccato!

Emily lächelt verständnisvoll: »Ja, es ist nicht leicht, sich mit der Thematik zu befassen. Denn wenn man das ernsthaft tut, muss man sein Verhalten ändern, und das fällt schwer, das ist oft unbequem. Manchmal wüsste ich auch lieber von nichts.« Das Mädchen seufzt, und Valentina spürt, wie ernst sie alles nimmt. Viel zu ernst, wie sie findet. Emily sollte sich nicht die Last der ganzen Welt auf ihre jungen Schultern laden. Aber ihr das zu sagen, wäre wohl eher kontraproduktiv, also meint Valentina leichthin: »Gut, dann halt keine Kerzen mehr. Oder – wenigstens nicht mehr jeden Abend.«

Valentina blättert noch immer im Büchlein und muss lachen: »Oh, schau da: Lametta sollte man auch vermeiden. Hast du das eigentlich auch alles gelesen? Jedenfalls steht da, dass früher sogar Blei drin war, ein Umweltgift. Und der metallisierte Kunststoff von heute sei auch nicht viel ökologischer. Vor allem blieben immer zu viele Fäden am Baum hängen, wenn er entsorgt wird. – Das werde ich deinem Großvater erzählen müssen. Er will immer Lametta am Christbaum haben. Weil das schon in seiner Kindheit so war und bereits in der Kindheit seiner Großeltern. Wenigstens etwas, auf das ich leichten Herzens verzichten kann.«

Worauf Emily verkündet: »Lametta ist doof. So furchtbar altbacken. Wirklich. Opawilly wird es verschmerzen, wenn es keins mehr gibt.«

Sagts und verzieht sich wieder ins Haus.

Später, Valentina sitzt noch immer draußen, liest sie in ihrem neuen Büchlein, dass man im Backofen kein Backpapier verwenden solle. Backpapier sei meist mit Teflon beschichtet. Auch Schokolade müsse man meiden, zumindest wenn Palmöl drin sei, weil der Regenwald zerstört werde, um es zu gewinnen. Aha. Valentina liest weiter. Palmöl finde man auch in Waschmitteln oder Müesli oder Tütensaucen. Wirklich? Muss man jetzt überall und immer nachschauen, was alles in den Produkten drin ist? Sogar über Radiergummis wird geschrieben, weil darin Plastik und Weichmacher verarbeitet werden. Es wird empfohlen, Radiergummis aus Naturkautschuk zu kaufen. Die meisten Kautschukbäume wachsen allerdings in Asien. Dieses Zeug muss dann also durch die Gegend geflogen werden. Als schließlich auch noch vorgeschlagen wird, Hafermilch oder Mandelmilch zu trinken statt Kuhmilch, legt Valentina ihre Lektüre zur Seite.

Allerdings sehr nachdenklich.

Bisher dachte sie immer, sie sei »grün«. Wenigstens ein bisschen. Immerhin wählt sie seit Jahren häufig so. Aber – das hat ihr Emily jetzt vor Augen geführt – sie hat ihren Lebenswandel noch nicht besonders dem Schutz des Klimas angepasst. Vielmehr hat sie sich bisher tatsächlich praktisch keine Informationen dazu beschafft. Warum eigentlich nicht? Liegt es wirklich an ihrer Generation? Oder hat sie sich einfach zu sehr auf den Schlaf fokussiert und alle anderen Themen gar nicht mehr an sich rangelassen? Valentina seufzt.

»Geht es dir nicht gut, Nonnavalentina?«, fragt Emily, die mit einem Glas Wasser nach draußen kommt und ihr offenbar wieder Gesellschaft leisten will.

»Ach, Emily, mein Schlafproblem … Ich war gestern deswegen sogar beim Psychiater.«

»Ich weiß, konnte er helfen?«

»Nun, seinen Rat hätte ich mir auch sonst wo holen können.«
»Was sagt er denn?«
»Ich dürfe nicht mehr übers Schlafen oder eben Nicht-Schlafen nachdenken. Stattdessen solle ich über mein Leben nachdenken.«
»Und? Wie ist dein Leben, Nonnavalentina? Bist du damit zufrieden?«
Soll Valentina wirklich mit einer Fünfzehnjährigen über ihr Leben diskutieren? Mit einem Teenager, dessen Eltern sich eben getrennt haben? Mit einem Mädchen, das gerade bei den Großeltern hausen muss und das Gefühl hat, es müsse ganz allein die Welt retten?
Warum nicht?
»Doktor Habermann meinte, ich solle eine Liste machen: Was stört mich an meinem Leben? Was gefällt mir?«
Emily lacht und sagt: »Ich weiß schon etwas, was auf die Liste muss, weil es dich stört und dir nicht gefällt.«
»Was meinst du?«
»Du willst deinen sechzigsten Geburtstag nicht feiern.«
»Nein, ganz so ist das nicht.«
»Ach? Wie denn?«
»Ich möchte kein großes Fest organisieren, mit all den immer gleichen Gästen. Ein Fest, das sich auch sonst in allem gleicht. Ich möchte kein Fest wie jedes Jahr, bloß aus Tradition. Dieses Jahr möchte ich es anders. Ich möchte es kleiner, ruhiger, vielleicht sogar ganz allein mit mir. Ja, ich wünsche mir Ruhe. Luftveränderung täte mir gut, meinte der Psychiater.«
»Luftveränderung?«
»Ja, Emily. Und weißt du was? Ich finde die Vorstellung, einfach mal eine Weile an einem anderen Ort zu sein, gar nicht so schlecht. Mehr noch, ich glaube, ein Tapetenwechsel täte mir tatsächlich gut.«

»Das, was ich also gerade habe.« Emily lächelt ein trauriges Lächeln.
»Richtig, mein Schatz, aber halt mit anderen Vorzeichen.«
Valentina möchte ihre Enkelin in den Arm nehmen, ist sich aber nicht sicher, ob sie das darf. So sitzen die beiden einfach eine Weile schweigend beisammen.
Irgendwann sagt Emily: »Was ich nicht verstehe: Du bist doch alt genug. Du kannst – im Gegensatz zu mir – machen, was du willst, oder? Dann verbring doch einfach deinen Geburtstag so, wie du möchtest, in Ruhe, in veränderter Luft! Warum nicht?«
Valentina lacht. Kinder – und auch Teenager – denken immer, Erwachsene seien frei. Sie erkennen die Verpflichtungen und Verstrickungen nicht, in die man sich oft – freiwillig oder unfreiwillig – selbst begibt.
»Wie sollte ich das deinem Opa beibringen?«, wirft Valentina deshalb ein.
Emily zuckt mit den Schultern. »Er ist doch dein Mann. Er muss doch wollen, dass es dir gut geht.«
Was für eine schöne Logik, denkt Valentina und lächelt. Jetzt wagt sie es, ihrer Enkelin zärtlich übers Haar zu streichen.
Manchmal sollte man sein Leben mit den Augen von Kindern betrachten. Alles ist so einfach. Und möglicherweise hat Emily recht. Irgendwie. Jedenfalls teilweise.
»Ich wüsste ja nicht mal, wohin ich fahren wollte«, meint Valentina jetzt und weiter: »Unser Ferienbudget ist schon ausgereizt, weil wir im Herbst Steve in Amerika besuchen. Groß verreisen kann ich also eh nicht. Und mein Fernweh hält sich sowieso in Grenzen.«
Doch jetzt kommt Emily so richtig in Schwung. Sie holt ihren Laptop nach draußen, und Valentina beobachtet fasziniert, wie ihre Finger über die Tasten fliegen.

»Weißt du, Nonnavalentina, es gibt eine Website, die auf der ganzen Welt gratis Ferien anbietet. Sofern man bereit ist, ein Haus samt Haustieren zu hüten. Du magst doch Tiere?«

»Ja, ich mag Tiere. Bis ich Willy kennen lernte, hatte ich sogar einen Hund, Hasso, der dann in unserer ersten winzigen Wohnung viel zu wenig Platz hatte. Darum musste ich ihn leider weggeben. Immerhin an frühere Nachbarn, bei denen er schon länger immer wieder ein paar Tage verbracht hatte. Sie liebten ihn und sorgten gut für ihn.«

Valentina tut jetzt noch das Herz weh, wenn sie daran denkt. Damals war die Liebe groß und die Stadtwohnung klein. Willy versprach ihr, sie könne später wieder einen Hund haben, wenn sie vielleicht einmal ein Haus besitzen würden. Aber dann gab es immer andere Prioritäten, und auch Valentina dachte nie mehr ernsthaft daran, sich wieder einen Hund zu suchen. Hasso ließ sich ohnehin nicht ersetzen.

»Schau, da ist die Website, Nonnavalentina, sie heißt Trusted Housesitters.«

Emily tippt noch immer eifrig auf ihrem Laptop herum. Und ruft dann begeistert: »Hier könntest du zu drei Pudeln nach Bali fliegen. Wow, was für eine Villa!«

»Emily, sagtest du tatsächlich grad – fliegen?«

Aber Emily hört gar nicht hin, sondern präsentiert ihr Bilder eines traumhaften Anwesens samt Pool und Meerblick und Palmen und drei Pudeln. Und sie entdeckt noch weitere attraktive Angebote. Auf Mallorca wären zwei Pferde zu versorgen. In Südafrika müsste man nur eine winzige, schneeweiße Katze betreuen.

Die beiden amüsieren sich eine Weile mit den vielen Möglichkeiten und den unterschiedlichsten Tieren. Sogar Schlangen und Amphibien aller Art warten auf eine Ferienbetreuung. Und die Häuser, Appartements und Wohnungen sind in den meis-

ten Fällen sehr nobel. Und finden sich tatsächlich über die ganze Welt verteilt!
»Wenn jemand Tiere liebt, ist das sicher eine gute Art, günstig die Welt zu entdecken«, meint Valentina nun lächelnd, »aber Fliegen ist keine Option, Emily – mit dem Flug nach Amerika zu Steve werde ich schon genug CO_2 generieren.«
Nun strahlt Emily sie an, allerdings nicht wegen Valentinas Gedanken an den Klimaschutz, sondern weil sie grad eine Anzeige bemerkt hat, die mit »Dringend« markiert ist.
»Schau, Nonnavalentina, das wäre doch perfekt – nicht in Bali und auch nicht sonst wo auf der Welt, sondern ganz in unserer Nähe, in Seelisberg! Da könntest du fast zu Fuß hin.«
»Und was gibt es dort zu hüten? Einen Seehund?«
Emily lacht und liest dann vor: »Dringend gesucht eine sympathische, zuverlässige Betreuerin oder ein Betreuer für meine drei Haustiere: einen Hund, eine Katze und einen Papagei.«
Valentinas Herz macht einen Hüpfer. Sie fühlt sich persönlich angesprochen.
»Das tönt sehr verlockend.«
»Na, dann ruf halt an, Nonnavalentina.« Emilys Augen leuchten. »Ruf-ein-fach-an! Das ist deine Chance.«
Valentina denkt kurz an Willy, an ihre Tochter Tanja, ihren Sohn Steve, der bald hier sein wird. An das geplante Fest. Es wird Unverständnis und böses Blut geben.
Und dann sieht sie den lächelnden Doktor Habermann vor sich, der meinte, Frauen fehle oft eine gesunde Portion Egoismus, und – sie ruft an.
»Truttmann am Telefon!«, meldet sich eine forsche Stimme.
»Grüezi, Frau Truttmann. Hier ist Valentina Bachmann. Ich habe Ihre Anfrage bei Trusted Housesitters gesehen. Ich hätte eventuell Interesse. Allerdings kommt es darauf an, wie dringend Sie jemanden suchen.«

»Sehr dringend. Meine Schwester lebt in Kenia und ist schwer erkrankt, ich muss sofort zu ihr. Ich fliege morgen Abend.«

Valentina muss leer schlucken.

»Morgen Abend? Wie lange suchen Sie denn schon?«

»Seit gestern, ich weiß ja erst seit gestern, dass es schlecht um meine Schwester steht. Ich besuche sie jedes Jahr für ein paar Wochen und habe längst verlässliche Housesitter, die aber alle so spontan nicht einspringen können.«

»So schnell kann sich ja wirklich kaum jemand darauf einlassen«, wagt Valentina einzuwerfen.

»Es ist nicht schwierig, und alles ist vorbereitet, ich habe über die Jahre einen Ordner angelegt mit allen Infos, die es braucht, um mit meinen Tieren und meinem kleinen Haus zurechtzukommen. Samt allen Notfallnummern. Wissen Sie, ich bin echt verzweifelt. Anna, also meine Schwester, liegt wahrscheinlich in einem Krankenhaus irgendwo im Hochland von Kenia, und ich mache mir gewaltige Sorgen. Da ist nichts so organisiert wie bei uns. Ich muss unbedingt sofort zu ihr.«

»Und was tun Sie, wenn Sie niemanden finden?«, will Valentina wissen.

»Ach, ich kenne ein Heim, aber da bringe ich die Tiere nur im äußersten Notfall hin. Sicher würden auch meine Freunde helfen, doch die möchte ich nicht schon wieder fragen. Sie haben bereits viel zu oft helfen müssen. Und ich weiß ja nicht einmal, wie lange ich in Kenia bleiben muss.«

»Das heißt, Sie wissen nicht, wie lange diese Hüteaktion dauern würde?«

»Nein, leider nicht. Ich konnte nicht mit Anna selbst sprechen. Ich weiß eigentlich gar nicht so genau, wie schlecht es ihr wirklich geht. Vielleicht stirbt sie ja. Oh, ich will gar nicht daran denken.«

»Ich verstehe, ich müsste also sofort alles stehen und liegen lassen und wüsste nicht, wie lange ich bleiben müsste«, fasst Valentina zusammen und erschrickt ein wenig.
»So ist es.«
Frau Truttmann schweigt, sie scheint den Atem anzuhalten, und Valentina fasst sich ein Herz: »Ich könnte mir durchaus vorstellen, ins kalte Wasser zu springen.«
»Wirklich?«
»Wirklich!«, sagt Valentina, und Emily, die neben ihr steht, tut so, als applaudiere sie.
»Erzählen Sie mir etwas von sich?«, bittet Frau Truttmann.
»Ja, gern, ach, das ist alles so ungewohnt. Also: Ich bin Valentina Bachmann-Visconti und werde am ersten August sechzig Jahre alt. Ich bin Übersetzerin von Beruf, habe einen Ehemann, zwei erwachsene Kinder und eine Enkelin, und früher hatte ich mal einen Hund. Ich wohne in Luzern, hätte also keine lange Anreise. – Aber, Frau Truttmann, sagen Sie mir auch etwas über sich … über die Tiere?«
»Sicher. Ich bin dieses Jahr fünfundsiebzig geworden und habe lange Jahre in Kenia gelebt, zusammen mit meiner Schwester Anna. Als ich von meinem Patenonkel ein Haus in Seelisberg geerbt habe – samt Hund, Katze und Papagei –, entschloss ich mich, wieder in die Schweiz zu kommen. Ich hatte oft genug Heimweh gehabt. Was wollen Sie wissen? Sie wohnen in Luzern? Von meinem Balkon aus sehe ich über den Vierwaldstättersee. Es ist schön hier. Und ruhig. Allen gefällt es. Man kann schöne Wanderungen machen – ja, falls man gern wandert …«
»Geben Sie mir eine Stunde Zeit, Frau Truttmann. Ich muss das mit meiner Familie besprechen.«
»Oh. Na dann. Ja, sicher.« Die Frau klingt resigniert, glaubt wohl nicht mehr an eine Zusage.

»Ich rufe Sie wieder an, versprochen!«
»Wunderbar … Sie würden mir unendlich helfen.«
Valentina verabschiedet sich und schaut Emily an.
Beide können fast nicht glauben, was gerade passiert ist.
Emily freut sich: »Cool, Nonnavalentina!«
»Na ja …«, gibt diese zurück. Sie ist von sich selbst überrascht, weiß nicht, ob sie nicht zu schnell und unüberlegt etwas angerissen hat, was ihr schon bald sehr leidtun wird. Wie wird die Familie reagieren?
»Willy???!!!«, ruft sie ins Haus.
Er kommt auf die Terrasse, und Emily holt ihm einen Kaffee. Sie weiß, wie er ihn mag: schwarz und kurz.
Ihrer Großmutter flüstert sie zu: »Soll ich Mama holen?«
Valentina schüttelt lächelnd den Kopf, staunt einmal mehr, wie erwachsen ihre Enkelin in vielen Dingen ist.
»Ist schon gut, ich mach das selber«, meint sie und ruft dann: »Tanja!!??«
Auch ihre Tochter kommt herbei, allerdings etwas unwilliger als Willy.
»Familienkonferenz«, verkündet Emily.
Tanja murrt: »Familienkonferenz? Das ist ja mal ganz etwas Neues …«
Willy schaut argwöhnisch von einer zur anderen, ahnt wohl nichts Gutes.
»Wir müssen reden«, sagt nun Valentina, und sie fühlt, wie sie ein ganz klein wenig über sich hinauswächst, weil ihr plötzlich bewusst wird, dass sie wirklich nach Seelisberg fahren will. »Ich war, wie ihr wisst, wegen meiner Schlafprobleme beim Therapeuten. Und er, Doktor Habermann heißt er, gab mir ein paar Inputs mit auf den Weg. Erstens solle ich mehr über mein Leben nachdenken als über das Schlafen. Zweitens solle ich mir überlegen, was ich wirklich wolle, und dabei etwas gesun-

den Egoismus entwickeln. Und er fand, eine Luftveränderung würde mir extrem guttun.«
Willy schnaubt.
Tanja verdreht die Augen.
Ja, wer will schon, dass die Ehefrau oder die Mutter plötzlich den Egoismus für sich entdeckt? Keiner. Schon klar.
»Zuerst konnte ich nicht viel mit diesen Ratschlägen anfangen, aber dann ...«, und nun lässt Valentina die Katze aus dem Sack, »aber dann merkte ich, dass er wohl recht hat. Ich werde morgen für eine Weile nach Seelisberg fahren«, verkündet sie mit fester Stimme. »Und dort helfe ich einer Frau, die dringend verreisen muss und jemanden sucht, der sich um ihr Haus und vor allem um ihre Tiere kümmert.«
Willy verschluckt sich fast an seinem kleinen Schwarzen und fragt empört: »Morgen?«
»Ja, Willy, morgen.«
»Und dein Geburtstag? Und der Besuch von Steve?«
Valentina muss lächeln und wieder an seinen Feierbefehl denken. Sie hört seine Hand auf den Tisch knallen.
Der Geburtstag wird wie immer gefeiert! Punkt!
Sie versucht, sich zu erklären: »Ja, das ist es ja. Es ist *mein* Geburtstag. Und ich möchte ihn dieses Jahr nicht feiern. Weil ich ausgelaugt bin, müde, schlaflos. Ich weiß, ihr könnt das bald nicht mehr hören. Aber das ist meine Realität. Ich habe keine Energie mehr. Null. Und wegen Steve: Er kommt ja nicht zu uns, sondern in erster Linie in die Schweiz. Meist hat er so viel Programm, dass er kaum Zeit für uns hat. Er will seine überall verstreuten Freunde besuchen und wird nicht sonderlich betrübt sein, wenn ich nicht da bin. Und wir besuchen ihn ja im Herbst. Sollte er wirklich Sehnsucht nach mir haben, bin ich in Seelisberg und freue mich, wenn er mich besucht. Hey, ich bin ja nicht aus der Welt.«

Tanja sagt nur: »Also ich find das nicht so gut. Emily und ich, wir brauchen dich doch – gerade jetzt, wo es für uns so schwierig ist.«
Valentina lächelt und sagt einfach mal nichts. Sie schweigt. Wie Doktor Habermann. Sie weiß, was Tanja braucht: eine Haushälterin, einen Kummerkasten. Aber hat sich ihre Tochter jemals gefragt, ob auch Valentina etwas braucht? Eher nicht. Wenn es ihr gut geht, meldet sie sich wochenlang überhaupt nicht. Doktor Habermann wäre mit Tanjas Egoismus ganz bestimmt zufrieden.
Emily verteidigt ihre Großmutter: »Ich finde großartig, was Nonnavalentina vorhat. Sie soll doch alles versuchen, um wieder gesund zu werden. Alles. Und Seelisberg ist ja wirklich ganz nah.«
Valentina lächelt ihre Enkelin dankbar an und sagt dann, mit Blick in die Familienrunde: »Ich habe noch nicht zugesagt. Ich möchte euer Einverständnis und – ja genau – euer Verständnis. Vor allem von dir, Willy. Ich wünsche mir, dass du mich gehen lässt.«
Sie nimmt seine Hände in die ihren, drückt sie. Er soll nicht das Gefühl haben, dass sie einfach abhaut, und schon gar nicht, dass sie von ihm wegwill. Er soll sie spüren. Sie schauen sich in die Augen.
Und dann gibt er die Antwort, die sie sich erhofft hat: »Gut. Ich verstehe es zwar nicht, aber gut. Meinen Segen hast du. Doch ich werde einmal pro Woche vorbeikommen und nach dem Rechten sehen.«
Valentina freut sich. Ihr wird warm ums Herz.
Tanja hingegen ziert sich, motzt: »Also ich finds doof. Mütter können sich nun mal keinen Egoismus leisten. Meine Meinung. Aber wenn du da anders denkst … klar … dann geh …«

War das ein Einverständnis? Wohl eher nicht. Verständnis? Erklärtermaßen nicht.
Aber eigentlich ist das Valentina egal. Hauptsache, Willy stellt sich nicht quer.
Jetzt wollen alle wissen, was das für eine Frau ist, da oben in Seelisberg, und woher Valentina sie kennt. Emily öffnet stolz noch einmal den Laptop und klickt sich für ihren Opa und ihre Mutter erneut durch die wunderbaren Angebote: Bali, Mallorca, Sansibar …
Dann blicken alle auf die Anzeige von Frau Truttmann, und Willy grinst. »Ein Papagei, eine Katze, ein Hund? Das könnte noch ganz spannend werden. Vor allem, wenn ich mir vorstelle, was du alles anstellen musst, damit die sich nicht gegenseitig zerfleischen.«
»Papageien sind Vegetarier«, erklärt Emily, »die zerfleischen niemanden.«
Jetzt lacht Willy laut und korrigiert: »Ich dachte ja auch nicht, dass der Papagei den Hund oder die Katze auffressen könnte. Eher umgekehrt. Hund und Katze lieben Geflügel.«
»Ist es wirklich nur *ein* Papagei?«, will Tanja wissen.
Emily liest die Anzeige noch mal und bejaht: »Ein Papagei.«
»Papageien darf man nicht einzeln halten«, wirft Tanja ein. »Das ist verboten. Das weiß sogar ich.« Plötzlich ist sie also die Papageienpolizei?
»Deswegen wird man deine Mutter schon nicht verhaften«, lacht Willy nur und läuft dann einfach davon.
Valentina schaut ihm irritiert nach. Ist er nun doch beleidigt, verletzt, sauer? Valentina realisiert, dass sie nicht bereit ist, für ihr Seelisberg-Abenteuer jeden Preis zu zahlen.
Aber so schnell, wie ihr Mann verschwunden ist, kommt er wieder. Er hat doch tatsächlich den größten Koffer aus dem Keller geholt.

»Einen Rucksack brauchst du vielleicht auch noch«, sagt er, »den habe ich auch grad hochgebracht.«
Valentina lächelt. Das ist ihr Ehemann. Das ist Willy. Sie hat schließlich nicht den erstbesten dahergelaufenen Mann geheiratet. Willy ist wunderbar! Und dann sagt er auch noch klar und deutlich: »Tanja und ich werden den Haushalt schon schmeißen. Das klappt!«
Tanja steht kommentarlos auf und verlässt die Terrasse – ihren Ärger sieht man ihr sogar von hinten an.
Valentina umarmt Willy, flüstert ein Danke und ruft dann Frau Truttmann an. Diese bricht vor lauter Erleichterung in Tränen aus.
»Danke, danke!«, stammelt sie mit gebrochener Stimme immer wieder. Als sie sich etwas gefasst hat, erklärt sie Valentina, dass sie neben dem Hotel Bellevue wohne und ihr kleines, weißes Haus einfach zu finden sei. »Es hat senfgelbe Fensterläden und steht unweit vom Bähnli, das nach Treib hinunterfährt.«
Senfgelb?
Hoffentlich ist das kein Zeichen. Wer bemalt denn bitte seine Fensterläden in Senfgelb?
Egal.
Abgemacht ist abgemacht.
Valentina packt.

5

SEELISBERG

Natürlich kennt Valentina Seelisberg. Und wer schon einmal vom »Weg der Schweiz« gehört hat, kennt Seelisberg auch. Somit also fast jede Schweizerin, fast jeder Schweizer. Valentina ist schon mehrmals durch das Dorf gewandert, Richtung Bauen oder aufs Rütli hinunter. Am Yogi-Zentrum vorbei, wo – wie man erzählt – einmal Menschen lebten, die vor lauter Meditation fliegen konnten. Mehr weiß sie allerdings nicht über Seelisberg.

Tanja hat ihr noch mit auf den Weg gegeben, das Dorf sei doch bloß eine traurige Sackgasse, und sie werde ganz bestimmt enttäuscht sein und bald wieder heimkommen wollen.

Valentina wird es herausfinden. Sie denkt, dass Sackgassen nicht per se traurig sein müssen. Unter Umständen sind sie auch idyllisch, ruhig, beschaulich. Schade, dass ihre Tochter so negativ unterwegs ist. Sie hat es ja zwar wirklich nicht leicht jetzt. Trotzdem – sie ist längst erwachsen und selbst dafür verantwortlich, was sie mit ihrem Leben macht.

Mit ihrem vollgepackten kleinen Fiat fährt Valentina die Straße von Beckenried aus Richtung Seelisberg hoch. Die Straße mäandert. So würde das zumindest Doktor Habermann ausdrücken. Sie selbst würde eher sagen, die Straße schlängle sich den Berg hoch. Einzelne Kurven sind ziemlich herausfordernd und treiben sicher manchem Flachlandtouristen oder Carfahrer aus dem Ausland den Schweiß auf die Stirn.

Valentina dagegen reist mit einem Lächeln im Gesicht. Sie hatte eine besondere Nacht mit Willy, mit richtig gutem, sehr zärtlichem Sex. Der bevorstehende Abschied hatte ihre gegenseitige Lust nach körperlicher Nähe beflügelt. Valentina ertappt sich bei der Hoffnung, dass die vorübergehende räumliche Trennung erst recht frischen Wind in die Beziehung bringen wird. Vielleicht, überlegt sie sich, sollte man öfters getrennt Urlaub machen. Möglicherweise sollte man überhaupt getrennt wohnen. So könnte man die zerstörende Selbstverständlichkeit und Alltäglichkeit einer Ehe umgehen. Aber Valentina kann sich das nicht recht vorstellen. Sie ist gar nicht gern allein, hat überhaupt noch nie allein gelebt, außer während ihres Studiums in Rom. Und jetzt versucht sie es abermals. Ob es gut kommt, weiß sie noch nicht, aber mit jeder Kurve, die sie nimmt, mit jedem Blick, den sie während der Fahrt auf den wunderschönen Vierwaldstättersee riskiert, ist sie überzeugter davon, das Richtige zu tun. Sie ist noch nie mit dem Auto hier hochgefahren, und jetzt macht ihr diese Fahrt richtig Spaß.

Als sie glaubt, schon am Ziel zu sein, hat sie erst Emmetten erreicht. Sie denkt daran, dass dieses eigentlich schöne Bergdorf als das größte bewohnte Schattenloch der Schweiz betitelt wird. Wohl zu Recht, denn von Ende Oktober bis Mitte Februar schafft es kein einziger Sonnenstrahl hierhin. Das würde Valentina nicht aushalten.

Es geht weiter mit Kurven und grünen Hügeln und Hängen. Und nach weiteren zehn Minuten erreicht sie Seelisberg.

Arrivata!

Sie fährt ins Dorf hinein, sieht rechts unten den idyllischen Seelisbergsee und den Campingplatz und nach ein paar Häusern einen kleinen Laden. Dann erreicht sie schon den pompösen Yogi-Tempel, dessen Nebengebäude definitiv schon bessere Zeiten gesehen haben und teilweise zerfallen. Sie fährt weiter, sieht zwei, drei Restaurants. Einen echten Dorfkern hat Seelisberg nicht. Und dann, bevor die Straße nicht mehr weitergeht, beim Hotel Bellevue und kurz vor der Seilbahn Treib–Seelisberg, steht sie vor einem kleinen Haus mit senfgelben Fensterläden. An der Hauswand entlang blühen fröhliche Margeriten.

Ganz gewiss eine adäquate Unterkunft für eine geruhsame Auszeit, denkt Valentina. Keine spektakuläre Villa, aber ein sehr einladendes Zuhause auf Zeit. Schon bevor sie richtig geparkt hat, geht die Haustür auf, und eine sehr bunt gekleidete Hildegard Truttmann kommt ihr winkend entgegen. Sie wird von einem Hund begleitet, der bellend um sie herumrennt.

»Schon gut, schon gut, Luna. Beruhige dich!«, redet sie auf den Hund ein. Nutzlos. Luna rennt nun um Valentinas Auto herum und bellt es ausgiebig an. Frau Truttmann entschuldigt sich: »Luna merkt, dass ich aufgeregt bin. Und dass ich gehen werde. Sie ist sonst nicht so ungestüm.«

Der Hund – ein Jack Russell Terrier, wie Valentina bereits weiß – ist also eine Sie. Frau Truttmann bittet Valentina herein. Im Flur stehen ein Rollkoffer und eine große Handtasche.

»Das Leben ist ein Kommen und Gehen«, murmelt die alte Dame vor sich hin und meint dann, sie habe nur noch Zeit für eine Tasse Kaffee. »Dann muss ich los. Sie wissen ja, ich fliege heute noch.« Sie wirkt fahrig und angespannt.

Valentina versucht, Ruhe auszustrahlen, obwohl das alles auch für sie ziemlich aufregend ist und sie sich fragt, ob sie diesen wilden Hund jemals beruhigen kann. In diesem Moment flattert etwas Großes, Graues durch den Raum und setzt sich auf Frau Truttmanns Schulter.

»Darf ich vorstellen, das ist Otto. Ein alter, lauter, oft nervtötender Papagei.«

»Und der fliegt einfach so in der Wohnung umher?«

»Nun, er flattert mehr, als dass er fliegt. Manchmal läuft er auch, wie ein Fußgänger, als hätte er gar keine Flügel. Aber

ja, die meiste Zeit lasse ich ihn frei. Er büxt nicht aus, keine Sorge. Ich lasse ihn sogar auf dem Balkon auf einer extra für ihn angebrachten Stange sitzen, natürlich nur, wenn ich auch draußen bin. Im Käfig wird Otto oft unerträglich laut.«
»Und die Katze?«
»Die ist leider grad nicht da.«
»Wie heißt sie?«
»Oh, habe ich Ihnen das noch gar nicht gesagt? Stella.«
»Und wie verstehen sich Luna und Stella?«
»Kein Problem. Diese Verhältnisse sind längst geklärt.«
»Aha.«
»Ach, entschuldigen Sie, fast hätte ich zu fragen vergessen; sagen Sie, hätten Sie gern eine Tasse Kaffee?« Frau Truttmann steht nun mitten im Wohnzimmer, den grauen Papagei auf ihrer Schulter, der Valentina neugierig beäugt – und wirkt irgendwie wie bestellt und nicht abgeholt.
Mitten in einem sehr charmanten, bunten Wohnzimmer übrigens. Die Straßenseite des Hauses mit den kleinen Fenstern ließ nicht auf das hübsche Innere mit riesigen Fenstern zum Vierwaldstättersee schließen. Der Ausblick verschlägt Valentina fast die Sprache. Was für ein Glück, so wohnen zu dürfen!
»Schön, nicht?«, fragt Frau Truttmann und meint: »Es ist ein kleines Haus, aber ein feines. Wohnzimmer und Küche und die Gästetoilette befinden sich im Erdgeschoss. Das Badezimmer und zwei geräumige Schlafzimmer im oberen Stock. Im Keller gibt es eine Waschküche und einen Werkraum. Fühlen Sie sich hier einfach wie zu Hause. Bewegen Sie sich überall frei nach Lust und Laune. Schauen Sie einfach gut zu meinen Tieren. Ich habe sie zwar widerwillig geerbt, aber inzwischen längst ins Herz geschlossen. Alle drei.«
Valentina nickt.

Gemeinsam gehen sie jetzt durchs Haus. Eine Kurzführung. Hier ist das. Und das ist dort. Feierlich übergibt Frau Truttmann Valentina dann einen großen Ordner mit Notizen, Anweisungen und Erklärungen, vor allem über die Haltung, das Fressen und die Pflege der Tiere. Aber auch über die Besonderheiten des Hauses. Und sogar Ausflugstipps habe sie darin notiert.

»Der Ordner ist von Jahr zu Jahr dicker und dicker geworden«, erklärt Frau Truttmann.

Und dann steht sie wieder gedankenverloren da, scheint nicht nur den Kaffee vergessen zu haben, den sie Valentina anbieten wollte, sondern auch grad noch ihren Gast selbst.

Geistig ist sie wohl schon weg, denkt sich Valentina, nimmt Frau Truttmanns Hände in ihre und sagt: »Es ist alles gut, ich werde bestimmt eine schöne Zeit haben hier, und ich werde – versprochen – bestens auf die drei aufpassen. Gehen Sie einfach. Reisen Sie gut. Und kommen Sie gesund wieder. Nehmen Sie sich die Zeit für Ihre Schwester. Sollte ich Probleme haben, rufe ich Sie einfach an.«

Frau Truttmann schaut auf die Uhr.

»Prima ... Schön ... Ich sollte jeden Moment abgeholt werden. Ich weiß aber nicht, ob und wie gut Sie mich in Kenia erreichen können. Sie müssen Geduld haben. Nicht nervös werden. Ich weiß ja überhaupt noch nicht, was mich erwartet. Wie gesagt, konnte ich nicht mit meiner Schwester sprechen; weiß nicht einmal genau, wo sie ist. Vielleicht hat sie dort gar keinen Empfang. Und möglicherweise geht es ihr ja eben sehr schlecht. Ich konnte nur kurz mit einem Freund von ihr sprechen. Was er sagte, war ...«

Frau Truttmann verdrückt eine Träne, räuspert sich, und Valentina tröstet sie mit den Worten: »Das ist alles schwer auszuhalten. Das verstehe ich. Was ich für Sie tun kann, tue

ich. Machen Sie sich also wenigstens um die Tiere und das Haus hier keine Sorgen.«
Frau Truttmann setzt den Papagei in die große Voliere und schließt das Türchen. Otto protestiert, schlägt mit den Flügeln und macht seinem Unmut schrill und laut Luft. Dazwischen krächzt er: »Otto.« Oder in Dauerschlaufe: »Ottoottootto…«
Valentina würde sich am liebsten die Ohren zuhalten, nimmt sich aber zusammen, sagt nur: »Er ist laut.«
»Nicht immer. Nur manchmal. Sobald ich weg bin, können Sie ihn rauslassen, dann ist wieder Ruhe«, meint Frau Truttmann und gesteht, dass sie eine Art Hassliebe zu diesem Vogel habe. »Es ist ja unmöglich, dass man so ein wunderschönes Tier in Gefangenschaft hält. Daher verzeihe ich ihm sein Benehmen, sein Herumschreien, den Dreck, den er macht. Ich finde, er hat alles Recht der Welt, wütend zu sein. Ich wäre es auch. Ich bin auch sehr freiheitsliebend. Und gern in Gesellschaft.« Sie habe eine Bewilligung, dass sie Otto allein halten dürfe. »Weil ich ihn geerbt habe und er damals schon allein war; zudem ist er wahrscheinlich weit über vierzig Jahre alt. Die Versuche, ihm einen Gespanen zur Seite zu stellen, sind alle gescheitert – es gab ganz schlimme Kämpfe mit bösen Verletzungen auf beiden Seiten, deshalb bleibt er jetzt halt allein.«
Die Tigerkatze Stella, sagt Frau Truttmann dann gedankenverloren, die sei wirklich vollkommen frei. Sie könne kommen und gehen, ganz wie sie wolle, dank einer Katzenleiter und einem Katzentürchen.
Wieder steht sie unentschlossen im Raum, wirkt fast ein wenig verloren. Doch dann – es ist, als gehe ein Ruck durch sie hindurch – nimmt sie den prall gefüllten ledernen Brustbeutel, der auf dem Tisch liegt, und schiebt ihn unter die Bluse.
»Ich bin noch nie mit so viel Geld gereist. Das macht mich ein wenig nervös. Aber wie gesagt: Ich weiß nicht, was mich er-

wartet«, sagt sie. »In Kenia muss man Patienten praktisch aus dem Krankenhaus freikaufen, wenn sich hohe Rechnungen angesammelt haben. Die lassen sie sonst einfach nicht raus, nehmen sie sozusagen als Geisel.«

»Machen Sie sich nicht zu viele Gedanken!«, beruhigt Valentina sie. »Man muss zwar mit allem rechnen, aber auch mit dem Guten.« Sie wundert sich, wie ihr das auf einmal in den Sinn gekommen ist, und dann gehen ihr plötzlich die drei kleinen Vögel von Bob Marleys Lied durch den Kopf. »Sagen Sie, kennen Sie das Lied ›Three Little Birds‹?« Und als Frau Truttmann sie fragend anschaut, singt Valentina den Refrain.

Singin', »Don't worry about a thing
'Cause every little thing gonna be alright«

»Denken Sie an die drei kleinen Vögel von Bob Marley!«

Frau Truttmann lacht und nickt: »Bob Marley. Ich war jung damals, als dieser Hit herauskam. Mögen Sie ihn auch gern?«

»Ja. Beides. Ihn und den Hit. Manchmal braucht man solche optimistischen Songs.«

Frau Truttmann schmunzelt und scheint nun – Bob Marley sei Dank – ein wenig gelöster. Mit einem offenen Blick in Valentinas Augen sagt sie: »Ich vertraue Ihnen.« Und sie bietet ihr das Du an. »Ich bin Hildegard.«

»Valentina.«

Die Frauen umarmen sich.

Und dann will Hildegard den Abschied nicht noch weiter hinausschieben und lieber draußen warten, bis sie abgeholt wird. »Sei schön brav, meine kleine Freundin. Ich komme wieder«, versichert sie Luna, während sie die Hündin liebevoll krault. Im Flur singt sie *»This is my message to you-ou-ou …«* vor sich hin, macht sich damit wohl selber Mut. Dann hört Valentina, wie sich die Haustür öffnet und schließt.

Valentina ist auf Hildegards Wunsch mit Luna und Otto im Wohnzimmer zurückgeblieben, geht nun in die Küche und leistet sich einen Kaffee, etwas, das sie sich ihrer Schlafprobleme wegen lange nicht mehr gegönnt hat. Otto, den sie noch nicht befreit hat, scheint den Lärm der Kaffeemaschine gar nicht zu mögen, denn er krächzt und rudert mit den Flügeln. Valentina ignoriert ihn.
Sie öffnet die Balkontür und setzt sich draußen hin, lässt sich die Sonne auf die Nase scheinen. Sie füllt ihre Lungen mit dem Duft des frisch geschnittenen Grases, einem ihrer Lieblingsdüfte. Sie lässt ihre Augen über die Berge wandern. Was für eine Aussicht! Hier, denkt sie, könnte man Gedichte schreiben! Es kommt immer häufiger vor, dass Valentina Lust hat, zu schreiben. Lange genug hat sie schließlich Bücher übersetzt. Oft hätte sie gern anders formuliert, fand sie die Wortwahl nicht wirklich passend, hätte sie viele zusätzliche Ideen gehabt. Aber sie war ja nur die Übersetzerin. In letzter Zeit aber dachte sie oft daran, selber einmal etwas zu schreiben. Vielleicht hier oben, beflügelt und beseelt von der Schönheit der Welt? Warum nicht?
Valentina ist überzeugt, dass sie sich an dieser Aussicht nie sattsehen wird: direkt gegenüber der Fronalpstock, links hinten, am Fuß der Mythen, Schwyz. Sie hat freien Blick auf den Urnersee mit seinen stolzen Bergen. Morschach, Sisikon, Flüelen. Es gibt so viel zu sehen. Valentina trinkt ihren Kaffee in kleinen Schlucken und findet ihn gar nicht so gut, wie sie es erwartet hatte. Vielleicht hat sie sich das Kaffeetrinken schon abgewöhnt? Luna, die sie eine Zeit lang misstrauisch von der Balkontür aus beobachtet hat, kommt jetzt zu ihr und legt sich zu ihren Füßen.
»Schön, Luna. Wir werden uns ganz sicher verstehen«, sagt Valentina und tätschelt sie kurz.

Was für ein wunderbar schöner Moment!
Gerade jetzt und hier stimmt einfach alles.
Sogar Otto hat sich beruhigt.
Das ist Glück.
Glück ist nicht der Millionengewinn oder der Prinz auf dem weißen Pferd. Glück ist, wenn man Momente bewusst erlebt, in denen man sich zurücklehnen kann, die Zeit anhalten möchte, weil einfach grad alles stimmt. Momente, in die man gern eintaucht, in denen man baden kann wie in einem rosigwarmen Schaumbad, wenn auch mit – sie denkt schmunzelnd daran – vielen bösen Plastikpartikeln. Inzwischen erkennt sie diese Momente, diese Augenblicke des Ganz-im-Hier-und-Jetzt-Seins. Sie weiß sie noch nicht so lange zu schätzen und denkt sich, es könnte vielleicht ein Anflug von Altersweisheit sein.
Immerhin wird sie bald sechzig.
»Ottoottootto«, schreit der Papagei aus dem Wohnzimmer und verdirbt den Zauber. Valentina macht sich Sorgen um ihr Zusammenleben mit diesem Vogel. Er macht ihr ein wenig Angst, weil er so laut und ungestüm ist, weil er Freiheit bräuchte und sie nie bekommen wird.
Noch muss er sogar warten, bis sich Valentina um ihn kümmert. Sie ist mit Schauen beschäftigt, mit Bewundern und Genießen, mit Atmen. Sie knipst mit ihrem Handy ein paar Fotos und stellt sie auf Whatsapp. Natürlich schickt sie Willy eine kurze Nachricht mit Bild, und auch Emily soll wissen, dass ihre Idee goldrichtig war, jedenfalls so, wie es im Moment gerade aussieht.
Valentina schließt kurz die Augen und versucht sich vorzustellen, dass sie hier in Seelisberg perfekt schlafen könnte. Aber Otto lässt nicht locker, und jetzt wird auch Luna unruhig, muss vielleicht raus. Schade, Valentina wäre am liebsten

einfach sitzen geblieben. Für immer und ewig. Mit dieser Herrlichkeit vor Augen.

Valentina erhebt sich, und als sie am Tisch vorbeikommt, blättert sie kurz durch den Ordner mit all den fein säuberlich notierten Informationen. Wo kauft man hier ein? Wann ist der einzige Laden geöffnet?

In der kleinen Küche findet sie eine große Einkaufstasche. Kaum hat sie diese angefasst, tänzelt Luna wild um sie herum und gibt ein paar bellende Laute von sich. Sie weiß wohl, was der Griff nach der Tasche bedeutet.

»Ja, ja, wir gehen raus; wir gehen einkaufen.«

Valentina belustigt es, dass sie jetzt mit Tieren spricht. So eine einseitige Kommunikation kennt sie zwar auch von zu Hause, findet es dort allerdings alles andere als lustig. Ja, ja, das Gleiche ist halt oft nicht dasselbe.

Uguale, ma diverso.

Valentina gefällts.

Bevor sie das Haus verlässt, geht sie zur Voliere und spricht auch noch mit Otto: »Keine Bange, wir kommen gleich wieder. Dann darfst du natürlich raus. Aber jetzt halte doch einfach mal die Klappe und meditiere.«

Otto rückt auf seiner Sitzstange nahe ans Gitter, dreht den Kopf so zur Seite, als wolle er alles ganz genau hören. Ein beeindruckendes Tier. Valentina bewundert das Gefieder, das sämtliche Grautöne zeigt, von Silbergrau bis Anthrazit. Die Schwanzfedern dagegen sind knallrot. Die dunklen Pupillen der Augen wirken in ihrer hellen Umrahmung besonders intensiv. Der schwarze Schnabel sieht recht gefährlich aus. Und gerade, als sie das denkt, in haargenau dieser einen Sekunde, hackt Otto damit in ihre Richtung, schnell, heftig und absolut unerwartet – zack, zack, zack. Er bekommt allerdings nur die Gitterstäbe zu fassen.

Merda!
Valentina erschrickt furchtbar über diese feindliche Geste. »Du willst mir wehtun?«, fragt sie beleidigt. Ihr Mitleid mit dem schönen Tier ist grad ein wenig geschrumpft.
Na, das kann ja heiter werden! Valentina befürchtet, dass sie sich mit Otto nicht anfreunden wird. Aber, versucht sie sich selbst zu beruhigen, das hat ja noch Zeit. Vielleicht sollte sie ihm ein paar Notfall-Bachblütentropfen ins Wasser geben? Möglicherweise ist er halt auch gestresst, weil ihm Hildegard bereits fehlt und er sich an eine neue Betreuung gewöhnen muss. Der greise Vogel ist eventuell etwas unflexibel.

Gern verlässt sie jetzt das Haus. Das Wetter ist einigermaßen gut. Ein paar bedrohliche Wolken ziehen zwar auf, doch Valentina ignoriert sie einfach. Luna geht locker neben ihr her, hat die Hundeleine problemlos akzeptiert.
Es sind viele Wanderer unterwegs, in Gruppen, als Familie und einzeln. Sie sind auf dem Durchmarsch. Auf dem »Weg der Schweiz«. Dieser war 1991 anlässlich der 700-Jahr-Feier der Schweiz ein Geschenk aller Kantone an die Schweizer Bevölkerung. Er ist auf fünfunddreißig Kilometern in sechsundzwanzig Kantonsabschnitte unterteilt, und die Länge der einzelnen kantonalen Abschnitte richtet sich nach der damaligen Bevölkerungszahl des jeweiligen Kantons. Jede Einwohnerin, jeder Einwohner erhielt fünf Millimeter Weg geschenkt. Theoretisch natürlich. Aber fünf Millimeter Schweiz zu bekommen, das fühlte sich gut an. Tut es jetzt noch. Im Jubiläumsjahr, das hat Valentina mal irgendwo gelesen, seien siebenhunderttausend Wanderer über den Weg gegangen, und heute kämen immer noch rund zweihunderttausend pro Jahr. Eine regelrechte Erfolgsgeschichte also. Valentina hat zwar keine Ahnung, wie und wo Wanderer gezählt werden. Viel-

leicht, wer weiß, hat das ja auch nur irgendwer irgendwann geschätzt oder behauptet.
Valentina und Luna spazieren durch das Dorf. Immer schön der Hauptstraße entlang. Der kleine Laden – sie hat ihn ja schon gesehen – liegt am Dorfanfang. Oder am Dorfende? Ansichtssache.
Es ist nicht besonders schön, der asphaltierten Straße entlangzulaufen, auch wenn sie nicht allzu sehr befahren ist. Die großartige Aussicht macht jedoch alles wett. Es geht auch den Wanderern so. Die Menschen stehen hier still und staunen. Unzählige Fotos werden gemacht.
Valentina sieht viele gelbe Wegweiser, die auf Wanderwege links und rechts führen, ignoriert sie aber. Sie will heute nur ein paar Einkäufe machen und dann wieder in ihr kleines, neues Zuhause zurückkehren. Warten, bis Stella heimkommt. Sich mit Otto anfreunden. Auf dem Balkon Wetterbeobachtungen machen. Außerdem muss sie noch den kleinen Text eines Beipackzettels übersetzen. Keine komplizierte Angelegenheit. Aber sie muss ihn heute noch abschicken.

Im Laden am Tanzplatz findet sie alles, was sie braucht. Sogar mehr. Die Kassiererin ist gesprächig. Sie stellt sich als Sibylle Zwyssig vor. Sie mustert Valentina misstrauisch, weil sie mit Luna gekommen ist, die jetzt brav vor der Tür wartet. Die Verkäuferin möchte offenbar gern wissen, wer sie ist.
»Freut mich, Sie kennen zu lernen«, sagt Valentina und gibt Frau Zwyssig die Hand, »ich bin Valentina Bachmann, und Sie werden mich wohl ab und zu hier sehen. Hildegard musste kurzfristig verreisen.«
»Zu ihrer Schwester Anna? Nach Kenia? Geht es ihr nicht gut?«
Hier scheint wohl jeder alles vom anderen zu wissen. Valentina bejaht, und kurz darauf sind die beiden Frauen per Du.

Und bei Valentina stellt sich ein gutes Gefühl des Ankommens ein.
»Und – wie geht es mit Otto?«, fragt Sibylle und scheint sich ein Lachen zu verkneifen.
»Warum?«
»Na ja, ich weiß, er braucht eine Weile, bis er sich an neue Menschen gewöhnt. Da gab es mal eine Housesitterin, die musste sogar zum Arzt, weil er ihr so tief in den Finger gepickt hatte!«
Letzteres erzählt sie mit groß aufgerissenen Augen, als würde sie genüsslich eine besondere Tragödie weitergeben.
»Ach, ich glaube, der Vogel liebt mich bereits«, lügt Valentina.
»Na dann …«, meint Sibylle, und es ist sofort klar, dass sie ihr kein Wort glaubt. Sie scannt die Preise der Lebensmittel, die Valentina ihr hingelegt hat, kassiert und erklärt dann: »Otto ist bestechlich. Er liebt gekochte Eier. Nur so für den Notfall.«
Sie grinst übers ganze Gesicht, als Valentina prompt rechtsumkehrt macht und eine Schachtel mit zehn Eiern holt. Während Sibylle sie scannt, meint sie: »Ist wohl doch keine Liebe auf den ersten Blick?«
»Er wollte mich fressen!«, gibt Valentina kleinlaut zu.
Die beiden lachen nun gemeinsam.
Sibylle ist eine Frau, die man in diesem Bergdorf nicht erwarten würde: eine recht auffällige Person, mit unzähligen Tattoos, mit ausgefallenem Schmuck und mehreren Piercings in der Nase. Sie hat sogar so ein unmögliches Loch im Ohrläppchen. Flesh-Tunnel oder Fleischtunnel nennt Emily das. Valentina muss immer wieder hinschauen. Sibylle ist eine schräge Nudel. Die Haare hat sie rot gefärbt und teilweise abrasiert.
»Bist du von hier?«, fragt Valentina neugierig.
»Ja, und ich bleibe wohl auch«, antwortet Sibylle, »es ist doch schön hier, oder?«

Das bejaht Valentina gern, und bevor sie mehr sagen kann, erzählt Sibylle, dass sie hier aufgewachsen ist. Bald schon habe sie aber den Drang verspürt, in die große weite Welt hinauszuziehen, was sie dann auch getan habe. »Ich habe mir dabei aber ordentlich die Finger verbrannt und bin jetzt umso lieber wieder hier.«

Valentina fragt nicht mehr weiter. Sie will nicht zu persönlich werden.

Sibylle erklärt ihr, dass in fünf Minuten ein Postauto komme – nur für den Fall, dass Valentina die Einkäufe zu schwer seien. »Hildegard nimmt für den Rückweg immer das Postauto.«

»Danke. Das ist sehr lieb. Dann werde ich das wohl auch tun.«

Luna hat ihre Geschäfte schon auf dem Hinweg verrichtet.

Valentina jetzt auch.

Die Wolkengebilde am Himmel sehen inzwischen dunkel bis düster aus.

Sie fahren.

Etwas irritiert nimmt Valentina zur Kenntnis, dass Sibylle ihr zum Abschied hinterherruft: »Bis morgen!«

Denkt sie wirklich, dass Valentina jetzt jeden Tag vorbeikommt? Warum sollte sie? Weil zehn Eier für vierundzwanzig Stunden nicht reichen? Valentina schwant Böses.

6

TOM

Das Postauto hält bei der Bergbahn, beinahe vor Valentinas neuem Domizil. Luna zieht jetzt wie verrückt an der Leine. Sie will nur noch heim. Ob sie das aufkommende Gewitter riechen kann? Vielleicht ist Luna ja eine Wetterschmöckerin? Diese müssen schließlich nicht zwingend aus Muotathal kommen.

Im Haus hat Valentina kaum Luna von der Leine gelassen, ihre Schuhe ausgezogen und die Einkäufe weggeräumt, als es an der Haustür klingelt.

Valentina öffnet sie vorsichtig einen Spalt.

»Hallo?«, grüßt sie fragend, vorsichtig.

»Hallo«, erwidert die junge Frau, die vor der Tür steht und einen kleinen Jungen an der Hand hält, »ich möchte zu Hildegard.«

»Hildegard ist nicht da«, sagt Valentina.

»Nicht da? Warum?«, fragt die Frau erschrocken. »Ist ihr etwas passiert? Und – wer sind Sie?«

»Ich bin Valentina Bachmann, und nein, Hildegard ist nichts passiert«, antwortet Valentina. »Aber wer sind Sie?«, fragt sie nun ihrerseits. Immerhin wohnt sie ja hier.

Die junge Frau stellt sich als Patty Portmann vor und will wissen, wann Hildegard zurück sei. Als Valentina erklärt, dass Hildegard für länger nicht da sein werde, sondern auf dem Weg nach Kenia sei und sie nun bis auf Weiteres hier wohnen werde, wirkt sie irritiert. Sie kämpft mit den Tränen und stottert: »Warum hat mich Hildegard nicht benachrichtigt? Ich wusste von rein gar nichts.«

»Sie hat es wohl im ganzen Stress vergessen. Soweit ich weiß, hat sich alles sehr kurzfristig so ergeben. Ihrer Schwester, die in Kenia wohnt, geht es nicht gut.«
»Was soll ich denn jetzt tun?«
»Wie meinen Sie das? Was wollten Sie denn tun?«
Die Situation ist ziemlich befremdlich, und die junge Frau scheint unter einem ziemlichen Druck zu stehen.
»Darf ich du sagen?«, fragt sie jetzt.
Valentina nickt.
»Hast du Kinder, Valentina?«
»Ja, zwei, und ein Großkind.«
»Gut, dann kannst du sicher mit Kindern umgehen.«
Nun ist es an Valentina, irritiert zu sein.
Sie schaut Patty skeptisch an und fragt: »Was genau willst du mir damit sagen?«
»Ich muss zur Arbeit. Und auf Hildegard konnte ich mich immer verlassen. Sie hat doch zugesagt!«, erwidert Patty und schiebt den kleinen Jungen in Valentinas Richtung. »Ich muss jetzt etwas tun, was ich noch nie getan habe, das kannst du mir glauben, aber … Das ist Tom. Ich hole ihn morgen Vormittag wieder ab. Er hat schon oft hier übernachtet, das hat immer geklappt. Und er ist ein großer Junge, kann sagen, was er will und was er braucht. Wenn Hildegard dir vertraut, kann ich das auch.« Sie deutet auf die große Tasche, die neben ihr steht. »Hier ist alles drin. Ich muss jetzt los. Ich habe Nachtschicht. Ich arbeite in der Pflege im Spital in Stans. Ich *muss* heute erscheinen. Ich kann meine Kolleginnen nicht schon wieder im Stich lassen. Ich bin letzte Woche schon ausgefallen, weil Tom Grippe hatte.«
Patty wirkt verzweifelt, hin- und hergerissen, macht einen Schritt nach vorn und wieder einen zurück. Sie scheint tatsächlich in großer Not zu sein.

»Hildegard hat mir für heute Nacht doch zugesagt!«, wiederholt sie nun fast ein wenig trotzig.
Valentina schaut Tom an.
Valentina schaut Patty an.
Dann sagt sie: »Okay, Tom und ich, wir werden das schon schaffen … irgendwie.«
»Danke«, sagt Patty und weint jetzt. Sie beugt sich zu ihrem kleinen Jungen hinunter und umarmt ihn.
Tom wirkt, als habe er nicht verstanden, was da gerade verhandelt wird, und will wissen, warum Patty so traurig ist.
»Ich bin nicht traurig«, antwortet seine Mutter, »ich weine, weil ich so froh bin, dass diese nette Frau hier sich freut, mit dir ein wenig Zeit zu verbringen. Valentina heißt sie. Weißt du, Hildegard musste verreisen. Das ist doch okay für dich, gell, Tom?«
Tom nickt ganz wichtig.
»Du bist ein Schatz! Morgen hole ich dich ab, wie immer«, sagt sie, drückt ihn noch einmal an sich und gibt ihm einen Kuss.
Mit Valentina tauscht sie noch die Handynummer aus, und schon rennt sie davon.
Tom bleibt stehen, bis Valentina die Tasche nimmt und ihn ins Haus bittet. Sie braucht einen Moment, um sich neu zu sortieren. Ein Hund, eine Katze, ein Vogel, ein Kind. Sie wird die Haustür ab sofort nicht mehr öffnen. Mehr Zuwachs, das wäre eindeutig zu viel.

Tom stellt sich als pflegeleicht heraus. Luna und er scheinen ein eingespieltes Team zu sein. Der Vierbeiner leckt gerade an seinen Händen.
»Hast du kein eigenes Zuhause?«, will Tom von Valentina wissen. Dabei scheint *er* ja gerade keines zu haben.

»Doch, doch. Aber ich bin hier in den Ferien.«
»In welchem Zimmer schläfst du?«
»Oh, das weiß ich noch gar nicht.«
»Ich schlafe da«, erklärt er und zeigt nach oben rechts.
»Dann schlafe ich dort«, sagt Valentina und zeigt nach oben links.
»Können wir die Türen in der Nacht offen lassen?«
»Ja, das können wir. Wir können sogar das Licht im Flur brennen lassen.«
Tom wirkt beruhigt.
»Kann Luna bei mir schlafen?«, fragt er dann.
Valentina schaut den Jungen prüfend an, er weicht ihrem Blick nicht aus und sagt mit einem kaum wahrnehmbaren Zittern in der Stimme: »Bitte.«
Was solls. Valentina erlaubt ihm, den kleinen Hund mit ins Zimmer zu nehmen. Sie hat ja schließlich keine Erziehungsaufgabe und keinerlei gegenteilige Anweisungen bekommen. Ihr kann es egal sein, welche Spielregeln normalerweise gelten. Der kleine Kerl ist wirklich sehr tapfer – immerhin ist sie für ihn eine wildfremde Person –, und so fragt sie auch nicht, wie das jeweils gehandhabt wird, wenn Hildegard da ist.
Tom jubelt.
Dann geht er zur Voliere, und noch bevor Valentina »Vorsicht!« schreien kann, steckt er seinen Finger durch die Stäbe, und der hinterhältige Vogel lässt sich von dem kleinen Wicht am Kopf kraulen, schmiegt sich sogar regelrecht an seinen Finger, streckt seine trockene Zunge heraus und berührt ihn damit! Valentina glaubt fast nicht, was sie da sieht.
Der Vogel krächzt: »Ottoottootto.«
Der Junge strahlt. Und Valentina ist ein ganz klein wenig beleidigt.
»Wieso hockt er im Käfig?«, will Tom nun wissen.

»Soll ich ganz ehrlich sein?«
Tom nickt und schaut dabei sehr ernst aus.
»Nun, weil ich etwas Angst vor ihm habe.«
»Aber das musst du nicht, weil – du bist doch eigentlich ganz nett, und Otto mag nette Menschen.«
»Die Frage ist wohl eher, ob der eigenartige Vogel nett zu mir ist.«
»Der Vogel heißt Otto. Er ist nicht – eigenartig. Und er *ist* nett. Sicher auch zu dir ... ich habe deinen Namen vergessen.«
»Valentina.«
»Valentina, genau! Bist du eigenartig?«
»Manchmal schon.«
»Was heißt eigenartig?«, fragt Tom.
Valentina lächelt.
»Merkwürdig, sonderbar, seltsam, ungewöhnlich. Nicht so leicht zu verstehen. Außergewöhnlich. Komisch. Halt anders als andere.«
»Aha.« Tom scheint die Worte nicht ganz zu verstehen.
Also erklärt Valentina: »Eigenartig ist nichts Schlimmes. Es wäre doch langweilig, wenn alle gleich wären und keiner anders als der andere. Dann würde uns nichts mehr überraschen.«
»Gut.« Tom klingt zwar nicht besonders überzeugt, wirkt aber auch nicht weiter interessiert an dieser sprachlichen Auseinandersetzung.

Die beiden beziehen nun ihre Zimmer. Valentina hat ja noch nicht einmal ihren Koffer ausgepackt. Tom will dann doch lieber im linken Zimmer schlafen, wodurch Valentina das Zimmer mit Aussicht bekommt. Sie freut sich darüber. Und denkt sich, dass sie, wenn sie nicht schlafen kann, keine Schäfchen, sondern die Sterne zählen wird.

Tom verteilt seine Sachen in seinem Zimmer. Valentina räumt sorgfältig den Inhalt ihres Koffers in den halb leeren Schrank in ihrem.

Doktor Habermann wäre zufrieden mit ihrer Luftveränderung. Sie spürt diese mit jedem Atemzug. Und sie fühlt sich bereit für alles, was da noch kommen mag.

Veränderungsbereit.

Tom hilft ihr, die Tiere zu verpflegen. Er kennt den Inhalt der Küchenschränke. Der Kleine begrüßt auch Stella, die Tigerkatze, die pünktlich mit den ersten Regentropfen heimkommt. Sie hat offensichtlich Hunger.

Tom scheint sie nicht besonders zu mögen.

»Stella hat mich mal ganz fest gekratzt. Dabei wollte ich sie nur streicheln«, erklärt er. »Wie ein böser, wilder Tiger.«

»Oh, das war aber gar nicht nett von ihr.«

»Sie ist eigenartig«, fügt er an und schaut Valentina so an, als wolle er kontrollieren, ob sie das neue Wort in seinem Wortschatz bemerkt hat.

Sie lächelt und denkt: Was für ein feines kleines Kerlchen!

»Das tat richtig weh. Echt!«

Tom hat Stella ihre Attacke wohl nie ganz verziehen. Trotzdem füttert er sie gewissenhaft. Er kennt sich im Haus wirklich aus.

Tja, der kleine Junge gefällt Valentina. Sie nimmt sich vor, ihm auch noch das Wort mäandern beizubringen. Möglicherweise wäre auch adäquat ein neues Wort für Tom. Auch auf die Gefahr hin, dass ihn viele Gleichaltrige dann eigenartig finden könnten …

»Hast du auch Hunger?«, will Valentina jetzt von Tom wissen.

»Ja, sehr.«

»Was hältst du von Tomatenspaghetti?«

»Mmmmhhh.«
Also setzt Valentina Wasser auf, und zwar gleich zwei Töpfe. Der große ist für die Spaghetti, im zweiten kocht sie grad alle zehn Eier hart. Sicher ist sicher. Tom hat inzwischen auch den Papagei gefüttert und ihm frisches Wasser gegeben. Und er hat Luna mit ihrem Futter versorgt.
Irgendwann sitzen auch Valentina und Tom beim Essen. Der Junge isst mit Appetit, fragt Valentina aber bald Löcher in den Bauch. Ab und zu dreht sie den Spieß einfach um. So erfährt sie, dass Tom den Kindergarten besucht und seine Mutter Menschen gesund macht. Das ist für ihn eine durchaus respektable Leistung, aber rein gar nichts im Vergleich zu dem unglaublich spektakulären Job seines Vaters. Der ist nämlich Lastwagenfahrer und fährt durch die ganze Welt. Toms Augen funkeln.
»Ich werde auch einmal Lastwagenfahrer!«, verkündet er mit Überzeugung.
Valentina lächelt in sich hinein und hört im Geist ihre Enkelin Emily mit einem gänzlich anderen Funkeln in den Augen über den oft so sinnlosen Schwerverkehr referieren – »Da werden Schweine in Holland gemästet, geschlachtet und in zwei Hälften geschnitten, dann im Kühllastwagen nach Italien gekarrt, wo ihr Fleisch präpariert und verpackt und schließlich in der Schweiz verkauft wird. Unglaublich, oder? Und Granatapfelkerne – aus Peru! Sie werden in Ägypten verarbeitet und kommen dann erst ins Schweizer Verkaufsregal. Wir brauchen keinen Chardonnay aus Australien, keine Essiggurken aus Vietnam und kein Tafelwasser aus grönländischem Gletschereis! Die Hälfte des Schwerverkehrs ist unnötig.«
Ach, Emily. Sie vermisst ihre Enkelin schon jetzt und mit ihr die oft so nervigen Diskussionen, ihr ständiges Besserwissen, das in Valentina immer wieder ein schlechtes Gewissen ver-

ursacht, weil es ihr bisher eigentlich egal war, woher ihre Essiggurken kamen. Hauptsache, sie waren sauer. Und es hat ihr bisher auch ganz gut gefallen, einen Wein aus einem besonders sonnigen Land wie – eben – zum Beispiel Australien zu trinken. Aber genau genommen hat Emily ja recht, und Valentina nimmt sich zu Herzen, was sie sagt, schaut nun genauer hin. Neulich hat sie gelesen, dass das Holz für die dünnen Rührstäbchen, die zum Coffee to go angeboten werden, aus Estland komme, für die Verarbeitung nach China verschifft werde, und dann erst würden die Stäbchen ihre Reise in die Schweiz antreten. So viel CO_2-Emissionen für zweimal umrühren?!
Manchmal wünscht sich Valentina, Emily hätte nie mit diesem Klimaschutzthema angefangen. Denn sie denkt seither immer häufiger darüber nach und ertappt sich dabei, ihre eigene Lebensweise zu hinterfragen. Und das findet sie doch recht anstrengend.

Valentina fragt Tom, ob sein Vater nicht viel zu oft weg sei von zu Hause.
Tom muss nicht überlegen. »Doch, das ist er«, sagt er sofort, »und das ist doof. Auch Mama ist oft traurig deswegen. Oder sie schimpft – wie jetzt. Jetzt ist Papa auch wieder schon ganz lange unterwegs.«
»Dann wird deine Frau, wenn du einmal heiraten solltest, auch oft allein sein und traurig.«
Tom denkt angestrengt nach. Sein kleines Gesicht widerspiegelt seine Bedenken.
Valentina ärgert sich. Über sich. Musste sie gerade den Traumberuf dieses noch so kleinen Jungen anzweifeln und ihm den Ernst des Lebens vor Augen führen? Als Kind darf man doch noch fröhlich Astronaut oder Paläontologe werden wollen. Sie hat völlig falsch reagiert.

Das Gespräch nimmt dann aber eine erstaunliche Wendung, weil Tom die Lösung gefunden hat: »Ich werde meine Frau einfach immer mitnehmen. Und meine Kinder auch. Dann ist niemand allein, und niemand ist traurig. Lastwagenfahren ist sooo cool. Ich würde am liebsten immer mit Papa mitfahren!«

»Was ist denn so schön daran?«

»Die riesige Fahrerkabine, wo man sogar drin schlafen kann! Und das Brummen! Und man sitzt so hoch oben! Und – ja, halt das Fahren.«

Ach so. Ja dann …

Valentina streicht Tom kurz über den Kopf und versucht, sich an ihre eigenen ersten Berufswünsche zurückzuerinnern. Nach einem Zirkusbesuch wollte sie Seiltänzerin werden. Das weiß sie noch genau. Nicht wegen des Seils und auch nicht wegen der ganzen Zirkusatmosphäre, sondern weil die Artistin so ein bezauberndes, goldenes Kleid trug und aussah wie eine Zauberfee. In den blonden Locken, die das zarte Wesen über seinem Kopf aufgetürmt hatte, steckte ein kleines Krönchen und … und es schien … Ja, die junge Frau lief nicht über das Seil, sie schwebte! Es war ein magischer Moment. Valentina vergaß beinah das Atmen. Damals verletzte es sie sehr, dass ihre Eltern sich ständig über sie lustig machten. »Unsere Tochter will einmal Seiltänzerin werden«, erzählten sie ungefragt jedem, der auf Besuch bei ihnen war, und dann lachten alle.

Irgendwie markierte diese Zeit den frühen Anfang ihres Erwachsenwerdens: Sie beschloss, ihren Eltern nicht mehr alles zu erzählen. Und sie fing bald einmal an, sich hinter Buchdeckeln zu verkriechen. Sie las alles, was ihr in die Hände geriet, und erschuf sich so ihre eigene Welt.

Tom und Valentina lassen sich vom Regen nicht abhalten, machen vor der Nachtruhe noch einen kurzen Spaziergang mit Luna. Der Junge zeigt ihr einen schönen Waldweg, der gleich neben Hildegards Haus beginnt.
»Hier geht es runter bis zum Rütli«, erklärt er ihr.
Sobald Luna ihr Geschäft erledigt hat – Tom nahm das Kackhäufchen mit dem dafür bestimmten Säckchen auf, als hätte er das schon immer gemacht –, kehren sie um.
Zurück in Valentinas vorübergehendem Zuhause, schicken sie Patty ein Foto, damit sie sieht, dass alles in Ordnung ist. Dann putzt Tom seine Zähne, und grad als er ins Bett geht, bricht das von Valentina längst erwartete Gewitter über Seelisberg herein. In den Bergen klingt es besonders bedrohlich, wenn der Donner grollt – als würde er zwischen den Felswänden hin- und hergeworfen. Mit jedem Echo wird es lauter. Der kleine Junge wirkt jetzt noch kleiner. Luna winselt vor sich hin, und Valentina ist froh über ihren Entscheid, die beiden im gleichen Zimmer schlafen zu lassen. Der Hund legt sich wie selbstverständlich ans Fußende von Toms Bett, als wäre dies ohnehin sein üblicher Schlafplatz.
Valentina erzählt Tom noch eine Gutenachtgeschichte, aber er schläft ein, bevor sie zum Happy End kommt. Auch gut.
Luna schaut ihr nach, als sie das Zimmer verlässt, legt dann ihren Kopf auf die Pfoten und schließt die Augen.
Stella schläft schon lange. Sie hat sich auf dem Sofa eingerollt und ignoriert – wohl müde von ihren langen, abenteuerlichen Streifzügen – völlig, was um sie herum geschieht.
Es kehrt Abendruhe ein. Nur Otto ist noch wach und läuft auf seiner Sitzstange hin und her und her und hin, als wäre er leicht verhaltensgestört. Was ja auch kein Wunder wäre.
Noch immer getraut sich Valentina nicht, ihn aus dem Käfig zu lassen, erinnert sich jetzt aber daran, dass sie in Hildegards

Info-Ordner gelesen hat, dass Ottos Käfig am Abend mit einem Tuch abgedeckt werden muss. Es liegt auf dem Stuhl neben der Voliere. Nur so könne der Vogel schlafen.
Und tatsächlich – kaum sitzt Otto im Dunkeln, kehrt Ruhe ein.
Valentina geht durchs Haus. Sie muss sich noch orientieren. Aber sie fühlt sich hier wohl. Da erinnert sie sich plötzlich an ihren kleinen Übersetzungsauftrag.
Nein!!
Merda!
Sie holt ihren Laptop aus der Tasche und setzt sich an den Schreibtisch im Wohnzimmer. Heute, hier und jetzt, findet sie es ganz besonders absurd, so einen blöden Beipackzettel zu übersetzen. Das hat einfach so ganz und gar nichts mit ihr zu tun. Aber sie arbeitet pflichtbewusst und konzentriert, übersetzt all die schlimmen Nebenwirkungen wie »Schwellungen des Gesichts, der Lippen, der Zunge, der Augen« oder »Atemnot, Depression und Nasenbluten«.
Und dann bleibt sie an einem völlig skurrilen Satz hängen: *Diese Nebenwirkungen sind nicht zwingend durch das Medikament verursacht, denn sie wurden auch an Patienten festgestellt, die das Arzneimittel nicht eingenommen haben.*
Sie übersetzt: *Questi effeti collaterali non sono necessariamente da attribuirsi alla somministrazione del farmaco, dato che sono stati riscontrati anche in pazienti che non hanno assunto il medicamento.*
Sie fragt sich, was zum Teufel sie hier eigentlich macht.
Che cazzo sto facendo qui, diavolo?
Es ist ja völlig klar, dass auch schon mal jemand ohne dieses Medikament Nasenbluten bekam. Und depressiv kann man natürlich auch ohne chemische Beteiligung werden, zum Beispiel, weil man diesen Schwachsinn übersetzen muss.

Was soll das? Sie wuschelt sich durch ihre Locken, aber der Kopf wird nicht klarer. Vielleicht, denkt sie sich, ist er ja gerade ganz und gar klar.

Was – zum Teufel! – macht sie hier eigentlich?

Sie muss diesen Job loswerden! Das ist sie sich schuldig. Immerhin hat sie vor zehn Jahren einen Preis für die beste literarische Übersetzung des Jahres gewonnen.

Ursprünglich wollte sie einfach möglichst schnell wieder irgendeinen Job haben. Und da kam der Anruf ihres Cousins. Er plante gerade ein großes Verwandtschaftstreffen und wollte sie um Rat fragen, wie er am besten vorgehen solle. Sie führten dann ein längeres Gespräch, eines führte zum anderen, und – zack – sie hatte einen neuen Job und übersetzt seither Beipackzettel.

Merda! Merda!

Was zur Hölle!

Sie beendet ihre Arbeit und mailt ihrem Cousin nicht nur die Übersetzung, sondern teilt ihm auch mit, er solle doch jemand anderen für seine Übersetzungsaufträge suchen. Sie dankt ihm für alles und erklärt, sie brauche dringend eine Luftveränderung und damit eben auch eine Auszeit. Sie verstehe zwar gut, dass Beipackzettel wichtig seien und noch genauer übersetzt werden müssten als ein poetisches Gedicht über einen Sonnenuntergang am Meer. Aber genau die poetischen Gedichte, die literarischen Texte, die seien ihre wahre Begabung. Und diese Begabung, dessen werde sie sich jetzt bewusst, könnte vor lauter Nebenwirkungen ja auch verkümmern.

Bevor auch sie sich ins fremde Bett legt, hebt sie den Vorhang über Ottos Käfig, worauf Otto seinen Kopf unter seinem Flügel hervorhebt, den Hals etwas verdreht und Valentina neugierig anschaut.

»Ja«, sagt sie, »ich bin immer noch da, und irgendwie wirst du dich an mich gewöhnen müssen.«
Otto tippelt nun von einem Fuß auf den anderen, schaut sie aber unverwandt an.
»Aber das schaffen wir schon.«
Otto scheint einverstanden, denn er versteckt seinen Kopf wieder unter seinem Gefieder und stört sich nicht daran, dass Valentina ihm noch ein wenig zuredet.
Ganz leise und einschmeichelnd sagt sie: »Otto, du bist ein ganz Guter.« – »Otto, du bist ein wunderbarer Vogel.« – »Otto, du bist der schönste Papagei der Welt.«
Morgen muss sie ihn wirklich endlich aus der Voliere herauslassen, das ist ihr ebenso bewusst, wie ihr davor graut.

Wie verabredet ruft Willy um zehn an. Das ist die Zeit, zu der er normalerweise schlafen geht.
»Alles okay bei dir, Valentina? Oder soll ich dich befreien kommen?«
»Alles prima.«
Sie gibt ihm einen kurzen Bericht über Tiere und Menschen im Haus.
Er lacht laut und fragt ungläubig: »Diese Frau hat dir einfach ihr Kind in die Wohnung gestellt und ist gegangen?«
Valentina hätte es jetzt nicht so formuliert, aber ja, exakt so war es. Unglaublich eigentlich, aber sicher der Not geschuldet.
»Sein Vater ist mit dem Lastwagen unterwegs. Und die Mutter hat Nachtwache. Anscheinend hütet Hildegard den Kleinen regelmäßig.«
Valentina sieht Willy vor sich, wie er den Kopf schüttelt und sich amüsiert.
»Was für Überraschungen hat diese Hildegard wohl sonst noch auf Lager, Valentina? Vielleicht bietet sie am Sonntag

nach der Kirche jeweils ein offenes Suppenessen an? Und am Montag putzt sie bestimmt die Turnhalle. Das müsstest dann auch du übernehmen, versteht sich ja von selbst. Wer weiß, irgendwann klingelt ein muskulöser Kerl, bei dem die gute Frau Schulden hat, will sofort zehntausend Franken und droht, dem Papagei den Hals umzudrehen.«

»Na, jetzt geht aber deine Fantasie mit dir durch, Willy! Du schaust zu viel fern!«

»Schon gut. Sei einfach auf der Hut, Liebes. Und ruf mich an, wenn du mich brauchst.«

Die beiden verabschieden sich liebevoll.

Valentina legt sich ins Bett und denkt seit langem zum ersten Mal wirklich nicht an den Schlaf, sondern an das Leben. Heute fühlte sie sich wunderbar lebendig Und obwohl sie auch jetzt nicht einschlafen kann, stellt sich kein Frust ein. Sie lässt die letzten Stunden Revue passieren, ihre Gedanken fröhlich mäandern und empfindet ein wohliges Gefühl von Zufriedenheit. Schließlich knipst sie noch einmal kurz die Nachttischlampe an und schreibt Hildegard ein paar Worte per Whatsapp. Und danach Emily eine längere Nachricht. Die hat das Mädchen verdient.

Und mit dem letzten Satz an sie vor Augen legt sie sich wieder hin.

Seelisberg war eine gute Idee, danke!

7
EIGENARTIG

In dieser Nacht hat Valentina ein paar Stunden geschlafen. Das muss zumindest so sein, weil sie sich an einen Traum erinnern kann. Einen schlechten Traum. Ihr Gesicht und ihre Zunge waren angeschwollen, und sie hatte das Gefühl, zu ersticken, aber dann hat ausgerechnet Otto, der eigenartige Papagei, Hilfe geholt. Ha!

Sie mag den Traum nicht deuten. Sie ist einfach froh, dass sie einen hatte, denn das bedeutet: Sie! Hat! Geschlafen! Wenig – aber immerhin. Natürlich fühlt sie sich halt doch, wie so oft in letzter Zeit, völlig gerädert. Schon um fünf ist sie aufgestanden, was Luna sofort mitbekommen hat. Sie kam lautlos aus Toms Schlafzimmer, und Valentina ging mit ihr kurz ums Haus. Jetzt liegt Luna in ihrem Körbchen im Wohnzimmer. Stella, die Katze, reckt und streckt sich, scheint total ausgeschlafen und bereit für neue Abenteuer. Beneidenswert.

Valentina setzt sich mit einer Tasse Tee auf den Balkon. Hier zu sitzen, fühlt sich an, als wäre sie im Kino! Der Film heißt: »Erwachender Morgen«. Ein wunderbarer Naturfilm mit wenig Action und trotzdem spektakulären Szenen und beeindruckenden Farben. Als Musik nur Vogelgezwitscher und ab und zu ein fernes Rauschen des Autoverkehrs auf der Axenstraße auf der anderen Seeseite. Diesen Film könnte sie sich glatt jeden Tag anschauen. Andächtig. Aufmerksam. Das Gold der aufgehenden Sonne bricht durch die Wolken, und der See beginnt zu funkeln, als würde er tausend wunderbare Geheimnisse und Versprechen in sich aufbewahren und als Verheißungen aufblitzen lassen. Sie atmet tief durch. Wieder so

ein Moment des Glücks und der Zufriedenheit. Sie kostet das Gefühl aus und lässt es von Kopf bis Fuß in ihrem Körper herummäandern. Was für ein Privileg, so zu wohnen!
Valentina hat in letzter Zeit immer wieder von jungen Leuten gelesen, die sich irgendwo auf der Straße festkleben, um gegen zu viel Verkehr und zu wenig Umweltbewusstsein zu demonstrieren. Sie bewundert deren Idealismus, denkt aber, dass solche Aktionen völlig kontraproduktiv sind und die Mitmenschen derart verärgern, dass sie am Ende gar kein Verständnis für grüne Anliegen mehr haben. Sie selbst möchte sich allerdings auch am liebsten hier und jetzt auf diesem Balkon festkleben, allerdings aus total eigennützigen Motiven heraus, einfach nur, weil sie sich hier so wohlfühlt und diesen Platz nie mehr verlassen möchte.
»Hallo?!? Hallo?!?«
Ausgeklebt!
Tom.
Valentina hatte grad alle Tiere und das Kind aus ihrer Wahrnehmung verdrängt.
»Ich bin hier! Auf dem Balkon!«, ruft sie Tom entgegen, der gerade etwas verwirrt und verschlafen die Treppe herunterpoltert. Er kommt auf den Balkon und schaut sie irritiert an. Seine Haare stehen in alle Richtungen. Er reibt sich die Augen und scheint noch nicht ganz wach zu sein.
»Ich bin Valentina. Die Eigenartige. Erinnerst du dich?«
Er nickt und braucht wohl trotzdem noch ein wenig Zeit. Valentina bietet ihm ihre Arme an, und Tom setzt sich auf ihren Schoß. Er duftet nach Kleinkind. Sie erinnert sich wieder. Ganz genau. An alles. An das umwerfende Glücksgefühl, Mutter zu sein. Aber auch an ihre nagenden Zweifel, die diffusen Ängste und das ständige Gefühl, alles falsch zu machen, und daran, ebenso ständig erschöpft zu sein.

Eine winzige Kuscheleinheit nach dem Aufstehen reicht Tom. Er ist schließlich kein Baby mehr. Anziehen tut er sich schon fast allein. Waschen auch. Anschließend dirigiert er Valentina durch die Küche und weiß genau, wo das steht, was er frühstücken möchte. Valentina setzt sich mit ihm an den Küchentisch, und während er erstaunliche Mengen Frühstücksflocken in sich hineinschaufelt, plappert er ohne Punkt und Komma vor sich hin.
Und dann verkündet er: »Jetzt lassen wir Otto frei.«
»Meinst du? Hat das nicht noch etwas Zeit?«
»Nein! Keine Angst, ich zeige dir, wie es geht.«
Und schon öffnet der Junge das Türchen zum Käfig.
»Jetzt musst du ihn auf deine Schulter lassen. Schau, so.«
Valentina getraut sich, und tatsächlich marschiert der Vogel aus der Voliere direkt auf ihre Schulter.
»Hoffentlich pickt er mir nicht das Ohrläppchen ab«, sagt sie.
Tom lacht. »So etwas würde Otto niemals tun!«, entgegnet er mit Überzeugung und gibt dann weitere Anweisungen: »Und jetzt musst du auf den Balkon mit ihm! Dort gibt es eine Stange für ihn. Da will er sitzen.«
Sie machen also einen kleinen Umzug auf den Balkon. Der Vogel murmelt die ganze Zeit irgendetwas vor sich hin und trampelt unruhig mit den Füßen hin und her. Dann hopst er auf seine Freiluft-Sitzstange und krächzt fröhlich durch die Gegend.
»Siehst du, das gefällt ihm«, resümiert Tom.
»Warum fliegt er nicht davon?«, will Valentina jetzt verwundert wissen.
»Früher ist er geflogen. Nur dort hinüber, zum Apfelbaum, und wieder zurück. Jeden Tag, das hat mir Hildegard erzählt. Das war schön. Aber dann kam so ein großer Vogel, so ein …«
»… ein Greifvogel?«

»… ja, ja, ja, ein Milan oder so … und der wollte ihn angreifen oder vertreiben. Seither ist Otto nie mehr geflogen. Nie mehr.«
Was für eine Geschichte!
»War Otto verletzt?«, fragt Valentina neugierig.
»Ich glaube, er hat nur ein paar Federn verloren. Aber jetzt hat er halt Angst. Große Angst. Darum darfst du ihn auch nie hier draußen vergessen, gell!«
»Keine Angst, ich werde ihn nicht vergessen, großes Ehrenwort!«
»Du musst ihm einfach wieder deine Schulter hinhalten, dann kraxelt er drauf, und du kannst ihn nach drinnen tragen.«
Hoffentlich, denkt Valentina.

Nun sitzen Otto, Tom und Valentina gemeinsam auf dem Balkon und genießen die ersten Sonnenstrahlen. Der Junge hat ein paar Quizkarten gefunden. Zerknitterte, sehr gebrauchte Karten. Er kenne alle Antworten, meint er großspurig. Daher werde er jetzt Valentina testen.
Wie hieß der Affe von Pippi Langstrumpf?
Tom schaut Valentina erwartungsvoll an.
»Ottoottootto«, schreit der bunte Vogel.
Nein, Otto hieß er bestimmt nicht!
Valentina zermartert sich den Kopf, denn sie weiß, dass sie es eigentlich wissen müsste. Das Pferd hieß Kleiner Onkel. Die Nachbarskinder waren Tommy und Annika. Aber der Affe?
»Darf ich jemanden anrufen?«, fragt sie.
Toms Blick wechselt auf empört, und er schüttelt wild den Kopf. »Ganz sicher nicht. Was für eine Idee!«
Er wartet, hält die Stille aber nicht lange aus, will sein Wissen unbedingt loswerden, platzt fast.
»Das war doch Herr Nilsson!«, schreit er jetzt in die Welt hinaus, glücklich, mehr zu wissen als Valentina.

»Herr Nilsson. Stimmt«, erinnert sich Valentina wieder.
»Du weißt nicht so viel, gell?«, fragt Tom – doch es ist wohl eher eine Feststellung. Wer nicht einmal den Affen von Pippi kennt und nicht weiß, wie man mit einem Papagei umgehen muss, der kann auch sonst nicht viel draufhaben. Kinderlogik. Valentina ist auch fast gar nicht beleidigt.
Die nächsten Fragen kann sie dann allerdings mit links beantworten.
Wie viele Tage hat eine Woche?
Wen ruft man, wenn es brennt?
Welcher Arzt behandelt Zähne?
Zu jeder Frage hat Tom unglaublich viel mitzuteilen. Eigentlich sind die Quizfragen nur Stichworte, die seinen Erzählfluss in Gang halten. Denn selbstverständlich ist sein großartiger Lastwagenfahrer-Papa auch bei der Feuerwehr. Hoffentlich brennt es nie, wenn er unterwegs ist, denkt Valentina. Und beim Zahnarzt war der Kleine grad neulich zum ersten Mal. Aber der Zahnarzt hatte gar keine Arbeit mit ihm, weil natürlich hat er ganz und gar wunderprächtige Zähne, weil er sie immer richtig putzt und pflegt und nicht so viel Süßkram isst, wie er eigentlich möchte.
Welche Form hat die Narbe auf Harry Potters Stirn?
Zack! Valentina ist wieder raus. Voll untendurch in der Achtung des Knirpses.
»Du musst ihn dir einfach vorstellen, den Harry, so im Kopf, als würde er jetzt vor dir stehen!«, drängt Tom.
Valentina gehört aber nicht wirklich zur Generation Harry Potter. Sie hat nur eine Wischiwaschivorstellung von ihm. Die Brille könnte sie notfalls wohl zeichnen, aber dass er eine Narbe hat, wusste sie nicht. Gehört das zur Allgemeinbildung? Ist ihr da etwas entgangen? Irgendwann erklärt Tom dann bereitwillig, die Narbe habe die Form eines Blitzes. Darauf wäre

Valentina natürlich nie gekommen, auch wenn sie mehrmals hätte raten dürfen. Sie hat sich nie groß für Harry Potter interessiert, kann sich aber noch erinnern, wie Tanja ihre Nase ständig in eines dieser Bücher gesteckt hat und wie sie sich gefreut hat, dass ihre Tochter so dicke Bücher las.

Eine Narbe in Form eines Blitzes also.

Gut.

Schön.

Wieder etwas gelernt.

Grande!

Aber warum kennt Tom eigentlich Harry Potter? Ist er dafür nicht noch viel zu klein? Sie fragt den Jungen, und Tom erklärt stolz, dass sein Nachbar Hassan, der schon fünf Jahre älter sei – und trotzdem sein Freund –, ein richtiger Harry-Potter-Fan sei und ihm alles über ihn erzählt habe.

»Hassan hat Lego, Puppen, Poster, Filme … einfach alles über Harry Potter. Und an der Fasnacht geht er immer als Harry Potter verkleidet an den Umzug.«

Valentina fällt auf, dass vom Wichtigsten, nämlich dem Buch, keine Rede ist. Aber das verwundert sie eigentlich nicht. Und die beiden Kinder werden die Bücher ja vielleicht noch entdecken, im Laufe der Zeit.

Valentina ist erleichtert, als Patty kommt, um ihren Jungen abzuholen. Sie hatte ja noch nicht einmal richtig Zeit, hier anzukommen und sich einzuleben. Tom packt flugs seine Siebensachen zusammen, während Valentina Patty eine Tasse Kaffee anbietet, die diese dankbar entgegennimmt.

»Entschuldige bitte den Überfall von gestern Abend«, sagt sie, nachdem sie den ersten Schluck getrunken hat. »Irgendwie unmöglich und unverzeihlich, es tut mir wirklich leid. Ich wusste mir einfach nicht anders zu helfen.«

»Schon gut«, meint Valentina, »natürlich war die ganze Situation zuerst ungewöhnlich, aber Tom ist sehr liebenswert, und wir haben das gut gemeistert.«
Nachdem sie Patty kurz erzählt hat, was sie alles zusammen gemacht haben, will diese noch Näheres über Hildegard und ihre Schwester wissen, und Valentina informiert sie über alles, was sie weiß.
Doch Patty hört nur mit einem Ohr zu, und Valentina realisiert, wie erschöpft sie aussieht.
»Es war eine lange Nacht«, sagt Patty dann auch. »Viel zu wenig Personal. Viel zu viele Probleme. Nachts haben einige Patienten Gesprächsbedarf, sind unruhig, verängstigt, bräuchten Zuwendung ... Und Tom braucht auch Zuwendung. Aber jetzt bin ich müde.« Und sie muss nun mit ihrem hellwachen Kerlchen heimgehen, kann also noch lange nicht schlafen. »Ja, in den Ferien, wenn Tom nach meiner Nachtschicht nicht in den Kindergarten kann, ist es wirklich schwierig. Manchmal setze ich ihn also ein wenig vor den Fernseher, suche ein Kinderprogramm, das ihm gefällt, und schlafe dann neben ihm ein. Ich weiß, das ist – eigentlich – schlecht. Aber bevor ich umkippe ...«
Valentina beruhigt sie. Lieber einen kindergerechten Film mit der Mutter daneben, auch wenn sie schläft, als ihm einfach ohne Kontrolle ein Handy in die Hand drücken. Es ist sicher nicht einfach für Patty mit dem Beruf ihres Mannes. Viele Frauen sind alleinerziehend, obwohl sie einen Partner haben.
Patty erklärt: »Wenn ich nicht wenigstens in Teilzeit ein klein wenig arbeite, bin ich dann völlig weg vom Fenster, wenn Tom etwas größer ist und ich wirklich Zeit für den Wiedereinstieg hätte. Es verändert sich ständig so viel – in jedem Beruf natürlich.«

Das glaubt ihr Valentina gern. Mit dem Papagei auf der Schulter bringt sie Mutter und Sohn zur Tür, wo sich Patty noch einmal dafür entschuldigt, dass sie Tom Valentina gestern einfach vor die Nase gesetzt hat.
Valentina nimmt die Entschuldigung gern an und meint dann lächelnd: »Ganz ehrlich? Jederzeit wieder! Aber ein Anruf vorher, das wär schon nicht schlecht. Ihr könnt ja auch mal gemeinsam zu einem Besuch vorbeikommen oder mich auf einem Spaziergang mit Luna begleiten.«
Und dann sind die beiden weg.
Valentina bringt Otto rüber zur Voliere, und er hüpft tatsächlich ohne weiteres wieder hinein. Zur Belohnung bringt sie ihm ein gekochtes Ei. Das Türchen lässt sie offen.
»Wir schaffen das, gell!?«, lächelt sie ihm zu, und er wackelt von einem Bein aufs andere, hebt dabei seinen Kopf, senkt ihn wieder und antwortet dann: »Ottoottootto.« Besonders groß ist sein Wortschatz nicht.
Stella verlässt gerade das Haus. Katzen machen, was sie wollen, holen sich, was sie brauchen. Man sollte viel mehr Katze sein. Auf keinen Fall Papagei.

Ihren ersten vollen Tag in Seelisberg verbringt Valentina vor allem auf dem Balkon, unterbrochen nur von kleinen Spaziergängen mit Luna. Ab und zu hört sie in der Ferne ein Dampfschiff tuten, es summen ein paar Insekten vorbei, aber ansonsten: herrlichste Ruhe.
Luna ist eine wunderbare Gefährtin und eine Schönheit. Ihr mehrheitlich weißes Fell wird von braunen Flecken verziert, der Kopf aber ist hauptsächlich braun, unterteilt von einem weißen Band, das sich von der Stirn her bis zur Schnauze zieht. Valentina hat sie gern in ihrer Nähe, beobachtet sie gern, schaut zu, wie sie schläft, manchmal ein Auge öffnet, dann

das zweite, gähnt, aufsteht, sich einmal um sich selbst dreht, sich wieder hinlegt und weiterschläft. Manchmal scheint sie eine Fliege gestört zu haben, aber meist hat Valentina keine Ahnung, weshalb die Hündin gerade ihr Dösen unterbricht. Doch es sieht so aus, als fühle sie sich wohl. Valentina spürt, wie sie ihr Herz an dieses Tier verliert.
Luna macht es ihr auch leicht, bleibt beim Spazieren an ihrer Seite, hat Geduld, zerrt nicht an der Leine. Sie scheint sehr gut erzogen zu sein. Und sie ist ja auch kein junger Hund mehr und nicht mehr so wild, wie sie bestimmt früher noch gewesen war. Jack Russells sollen einen ausgeprägten Jagdtrieb haben, aber der ist Luna zu Ottos Glück wohl abgegangen, sonst wäre er kaum noch am Leben. Und mit Stella hat sich die Hündin ja auch arrangiert.
Valentina genießt ihr Hiersein in vollen Zügen. Den Laptop hat sie nach dem Versenden der Mail an ihren Cousin ausgeschaltet und will das vorläufig auch so sein lassen. Das Handy ist auf Flugmodus gestellt. Es reicht, wenn sie am Abend nachschaut, ob sie sich bei jemandem melden soll.
Abschalten.
Herunterfahren.
Ankommen.
Einmal holt sie den Papagei für eine Weile auf den Balkon, wo er fröhlich auf seiner Sitzstange herumturnt, sein Gefieder putzt und leise vor sich hin krächzt. Wahrscheinlich glaubt Otto, dass er singt. Vielleicht ist es ja auch tatsächlich ein Papageiengesang, allerdings klingt es schon eher kläglich. Nachher lässt sich Otto zufrieden zu seiner Voliere zurückbringen. Er hockt eine Zeit lang auf deren Dach und spaziert auf den Gitterstäben hin und her, bevor er wieder hineingeht.
So hat sich Valentina ihre Auszeit vorgestellt: Sonne, Aussicht, zufriedene Tiere, lange Momente des Glücks. Sie schließt im-

mer wieder die Augen und döst ein wenig vor sich hin. Wie Luna. Nein, sie schläft nicht, aber sie schafft es, sich total zu entspannen. Und dann wird sie sich gewahr, dass sie fand, was sie insgeheim suchte: Ruhe.

8

ELITE

Als es abends um sieben an der Tür klingelt, sitzt Valentina gerade vor dem Fernseher und zappt durch die Kanäle, ohne wirklich irgendwo hängen zu bleiben. Es klingelt ein zweites Mal. Schrill und aufdringlich. Soll sie wirklich an die Tür gehen? Willy hat sie gewarnt. Wer weiß, wer da draußen steht! Aber ihre Neugierde überwiegt ihre Ängste bei weitem. Luna bellt und rennt zur Tür. Stella schläft eingerollt auf dem Sofa. Otto sitzt in seinem Käfig und krächzt laut.

»Guten Abend!«, sagt ein sympathisch aussehender Mann, als sie die Tür öffnet, und will eintreten. Einfach so.

»Stopp!«, wehrt sich Valentina entschieden. »Guten Abend zurück. Aber was fällt Ihnen ein? Wer sind Sie?«

»Pietro Furioso«, stellt er sich vor.

»Und?«, will Valentina unfreundlich wissen. Was will dieser Mann? Staubsauger verkaufen? Gehört er zu den Zeugen Jehovas?

»Was und? Und wer sind Sie?«, fragt der Mann mit dem furiosen Namen genauso forsch zurück.

»Was – wollen – Sie – hier?«, doppelt Valentina deshalb nach. Die beiden geraten fast ein wenig aneinander, aber die Situation wird etwas entschärft, als Sibylle, die Verkäuferin vom

Dorfladen, auftaucht, sich an den beiden vorbeizwängt und einfach hereinspaziert. Sie hat einen Kuchen dabei und marschiert damit direkt in die Küche.

»Ich muss ihn irgendwo hinstellen«, erklärt sie knapp. Dann schaut sie von Pietro, der ihr frech gefolgt ist, zu Valentina, die nun ebenfalls in der Küche steht, und lacht laut. »Du hast keine Ahnung, Valentina, gell?«, fragt sie.

Valentina hebt kurz die Schultern und schaut wohl ziemlich verdattert in die Welt. Sie hat wirklich keine Ahnung, was hier vor sich geht. Immerhin versteht sie nun, warum Sibylle gestern beim Einkaufen »Bis morgen« gesagt hat. Doch bevor sie eine Erklärung einfordern kann, betreten zwei weitere Personen das Haus – die Tür stand ja schließlich immer noch offen. Die Frau, die wohl deutlich älter als Valentina ist, stellt sich als Madlen Infanger vor, der eher junge Mann als Noldi Amstad.

»Valentina Bachmann, aber was …«, versucht Valentina erneut, zu einer Erklärung zu kommen.

»Wo ist Hildegard?«

»Ist ihr etwas zugestoßen?«

»Was machen Sie hier?«

Die drei lassen sie nicht ausreden und fragen durcheinander, bis Sibylle dem ein Ende macht, indem sie erklärt, weshalb Valentina hier und Hildegard eben nicht hier ist.

Nun möchte aber auch Valentina endlich wissen, was hier gerade abläuft.

»Hildegard hat dir anscheinend tatsächlich gar nichts von uns erzählt.« Sibylle schüttelt lachend den Kopf und erklärt: »Wir sind die intellektuelle Elite von Seelisberg. Wir gründeten – zusammen mit Hildegard – einen Literaturzirkel.«

»Literaturzirkel?«, spielt Valentina Echo. Das wäre gewiss nicht einmal Willy in den Sinn gekommen.

»Ja, genau«, bestätigt Sibylle geduldig, »wir treffen uns alle zwei Wochen hier und besprechen ein Buch, das wir gelesen haben. Das ist allerdings nur einer der Gründe, uns zu treffen. Wir trinken Kaffee und Tee, essen Kuchen, reden über alles, was in Seelisberg so passiert. Wir sind auch ein Klatsch-und-Tratsch-Zirkel. Manchmal auch ein Hilfszirkel, weil wir helfen, wo wir können.«

»Ach so …« Valentina ist etwas überrumpelt, aber das kennt sie ja vom Vorabend. Und ihre Gäste räumen schon Tassen und Teller aus dem Küchenschrank. Sie fühlen sich hier heimisch, wie es scheint.

»Möchtest du, dass wir wieder gehen?«, fragt Sibylle, als sie Valentinas skeptischen Blick sieht, und alle halten mitten in ihren Bewegungen kurz inne und schauen mit großen Augen auf Valentina.

Bevor sie überhaupt darüber nachdenken kann, was sie möchte, klingelt es wieder an der Haustür. Wie viele kommen denn da noch?

»Das muss Christian sein. Christian Mörgeli. Mehr werden es nicht mehr«, beruhigt Sibylle, die wohl ihre Gedanken lesen kann.

Ja, es ist Herr Mörgeli, der nun, ohne dass ihm jemand die Tür geöffnet hätte, fröhlich hereinspaziert. Er bringt ein Glas Honig mit. Sibylle stellt ihm Valentina vor und klärt ihn darüber auf, warum heute sie und nicht Hildegard die Gastgeberin ist. Herr Mörgeli streckt ihr sein Gastgeschenk hin und sagt mit einem äußerst charmanten Lächeln: »Dann ist also der Honig von glücklichen Bienen für unsere neue, hoffentlich auch glückliche Gastgeberin.«

Valentina gibt ihren inneren Widerstand auf. Hier oben schreibt halt nicht sie die Spielregeln. Hier läuft das Leben nach anderen, ihr unbekannten Gesetzen ab. Es ist sicher

am besten, sich dem anzupassen und alles zu nehmen, wie es kommt.
Luftveränderung.
Lebensveränderung.
Versüßt mit Honig von glücklichen Bienen.
Bald sitzen alle am großen Küchentisch, jeder mit einer Tasse Kaffee oder Tee. Luna legt sich zu Valentinas Füßen. Sie ist ganz ruhig, scheint mit dieser Menschengruppe vertraut zu sein. Der Papagei – Valentina hat wieder das Tuch über seinen Käfig gehängt – tut so, als wäre er gar nicht da.
Alle stellen sich Valentina jetzt kurz vor. Der schöne Pietro Furioso ist fünfzig Jahre alt und Kellner im Hotel Bellevue. Noldi Amstad ist gerade vierundvierzig geworden und Chef der Standseilbahn. Madlen Infanger war früher Lehrerin, arbeitet aber – sie ist achtzig – nicht mehr. Der charmante Christian Mörgeli war Zahnarzt in Zug, lebt erst seit seiner Pensionierung vor einem Jahr in Seelisberg und hat sich gerade von seiner Frau getrennt. Er hilft bei der Bergbahn aus oder im Hotel Bellevue.
»Ich mache alles, nur mit Zähnen will ich nichts mehr zu tun haben, nicht einmal mehr darüber reden«, stellt er klar.
»Mich kennst du ja schon, jetzt bist du dran, Valentina«, sagt Sibylle. »Und gell, das ist ja klar: Wir sagen uns alle du.«
Alle pflichten dem bei und heben ihre Kaffee- oder Teetasse. Auch Valentina hebt ihre Tasse und sagt dann: »Genau, ich bin Valentina, und es freut mich, euch alle kennen lernen zu dürfen. Ich bin nächstens sechzig. Aus Luzern. Verheiratet. Zwei Kinder, ein Enkelkind. Übersetzerin. Und wie ihr inzwischen ja wisst, hüte ich zurzeit dieses schöne Haus mit all seinen Überraschungen.«
»Übersetzerin? Spannend«, meint Madlen, »dann liest du sicher auch sonst viel.«

»Das kommt immer ganz darauf an, wie viel ich sonst zu tun habe. In letzter Zeit habe ich vor allem Fachbücher gelesen, Bücher über das Thema Schlafen, weil ich unter Schlaflosigkeit leide. Mein letztes Buch war allerdings eines über Klimaschutz, was mit meiner Enkelin Emily zu tun hat. Und ja, früher habe ich beruflich Bücher übersetzt, zeitgenössische Literatur, von Italienisch auf Deutsch.«
»Zeitgenössische Literatur, dann passt du ja wunderbar in unsere Gruppe«, freut sich Sibylle.
Und Christian erklärt, er werde sie ab sofort »Schlaflos in Seelisberg« nennen.
Valentina blickt ihn ratlos an, fragt: »Schlaflos in Seelisberg? Was soll das?«
Sibylle hilft ihr: »Kennst du den Film nicht?«
Welchen Film? Valentina verneint.
»Wirklich?« Madlen will es nicht glauben. »Den kennt doch jeder!«
»Ich nicht«, sagt Valentina ein bisschen trotzig.
»Der Film heißt ›Sleepless in Seattle‹ oder eben ›Schlaflos in Seattle‹. Sehr sehenswert, auch wenn man nicht unter Schlaflosigkeit leidet«, erklärt Madlen.
Sibylle ist aufgestanden und wühlt im Wohnzimmer in einer Schublade. Darf sie das?
»Hier!«, ruft sie triumphierend und hält eine DVD in die Höhe.
»Den musst du dir unbedingt reinziehen. Krass, dass du den nicht kennst! Eine böse Bildungslücke!«
Valentina schaut sich die DVD-Hülle an. Der Film ist bereits dreißig Jahre alt. Meg Ryan und Tom Hanks in den Hauptrollen. Ein Weihnachtsfilm! Was haben die denn alle mit diesem alten Streifen?
»Schlaflos in Seelisberg«, wiederholt Christian, schaut Valentina an und lacht.

Sein Lachen ist so sympathisch und fröhlich, dass Valentina nicht mehr hadert. Gut, dann heißt sie eben »Schlaflos in Seelisberg«. Ein sehr langer Name, wie sie findet. Man wird ihn darum schnell wieder vergessen.

»Ist ja gut; wenn ihr alle so begeistert seid, werde ich mir den Film anschauen. Also bitte nichts verraten«, erklärt Valentina.

»Wir erwarten in vierzehn Tagen deinen Bericht«, antwortet Christian mit gespieltem Ernst.

Wird Valentina in vierzehn Tagen noch hier sein?

Sibylles Rüeblitorte ist köstlich. Madlen fragt, ob jemand nochmals Kaffee möchte, macht Wasser heiß für mehr Tee. Eine gemütliche Runde. Alle reden und lachen durcheinander. Dann erinnert Madlen an den Zweck ihres Zusammentreffens, indem sie ein Buch aus ihrer großen Handtasche hervorkramt. Als wärs ein Startzeichen gewesen, wird es still, und alle holen ihr Buch an den Tisch.

Madlen erklärt Valentina: »Wir haben jetzt ›Eine Frage der Chemie‹ gelesen. Ein wirklich schönes Buch. Leicht lesbar, unterhaltsam, leicht verständlich. Oder?« Sie schaut fragend in die Runde.

»Es ist so eine Art historischer Roman«, ergreift Sibylle das Wort. »Und für mich war es irgendwie schockierend, zu lesen, wie man noch in den Sechzigerjahren mit den Frauen umgegangen ist! Man hat ihnen jegliche Intelligenz, ja sogar selbständiges Denken abgesprochen. Und dass es die sexuellen Belästigungen im Berufsleben damals schon gab, fand ich auch krass.«

Warum sollte es die nicht gegeben haben? Valentina versteht diesen Gedanken nicht, schweigt aber.

Sibylle fährt fort: »Ich habe das Buch geliebt. Wirklich. Gut, der Hund, der Halbsieben heißt und denkt wie ein Mensch, na ja …«

»Der ist doch süß!«, protestiert Pietro. »Ich bin allerdings mit Elisabeth Zott, der Protagonistin, nicht so warm geworden. Aber trotzdem: Es ist ein richtig gutes Buch. Sogar über Chemie habe ich noch etwas gelernt.«
Madlen ist es wichtig, zu betonen, dass die Geschichte frei erfunden ist. »Es ist also kein richtiger historischer Roman. Aber doch ein feministisches Werk. Und es passt leider irgendwie auch in die heutige Zeit. Manchmal fand ich es allerdings etwas zu konstruiert.«
»Ach, nein! Jeder Roman ist doch konstruiert«, wehrt sich der Bergbahn-Noldi. »Ich hatte am Ende das Gefühl, es könnte durchaus einmal so eine Elisabeth Zott gegeben haben. Ich habe mich sogar ein wenig für die Männerwelt geschämt.«

Valentina lehnt sich zurück. Sie hört nicht mehr so genau zu. Was für ein schönes Zusammensein! Jeder und jede erzählt, wie er das Buch erlebt und was ihm gefallen hat oder eben nicht. Die Diskussion verläuft respektvoll und engagiert.
Ein Literaturzirkel hier oben in den Bergen!
Das hätte sie nicht erwartet.
Aber eben: Willy hatte ja vor weiteren Überraschungen gewarnt. Was könnte denn jetzt noch kommen? Ein Treffen der Anonymen Alkoholiker? Eine Gruppe, die chinesische Konversation übt? Ein Tantra-Sex-Meeting?
Valentina lächelt vor sich hin.
Sie ist glücklich.
Genau jetzt.
Und sie ist bereit, sich auf alles einzulassen.
Na ja, auf fast alles.
Erst gegen Mitternacht verabschieden sich ihre Überraschungsgäste. Beim nächsten Treffen, so wurde vereinbart, soll einfach jeder ein Buch mitbringen, das er kurz vorstellen möchte.

Madlen fragt Valentina: »Falls du in zwei Wochen noch hier bist, machst du auch mit? Du könntest uns dann ja auch von deiner Arbeit als Übersetzerin erzählen, oder von einem Schlafbuch, oder etwas über ein Umweltthema.«
Valentina nickt. Sie hat keine Ahnung, ob sie in vierzehn Tagen noch hier ist. Auf jeden Fall trägt sie das Treffen in ihre Agenda ein. Noch einmal möchte sie nicht überrascht werden.
»Und da wäre noch etwas …«, sagt Sibylle, zögert dann einen Moment, bevor sie herausplatzt: »Du wärst dann dran mit Kuchenbacken.«
Alle lachen, und Valentina stimmt gnädig mit ein. Sie kann gar nicht gut backen. Aber sie wird sich schon irgendwie aus der Affäre ziehen, falls es überhaupt so weit kommt.
Sibylle fügt Valentinas Handynummer der Whatsapp-Gruppe »Elite« bei.
»Wenn einer von uns Hilfe braucht: Wir sind füreinander da! Und du gehörst jetzt auch dazu. Also: Im Notfall oder auch einfach, wenn du eine Frage hast, melde dich bei uns.«
Das klingt schön und beruhigend, und Valentina kommen fast die Tränen.
Bevor sie ins Bett geht, erinnert sie sich daran, dass ihr Handy noch immer im Flugmodus ist, und hebt die Sperre auf. Keine Nachrichten, die sie hätte beantworten müssen.
Sie schreibt Willy und Emily ein paar Zeilen auf Whatsapp. Für einen Anruf ist es zu spät. Auch ihrer Freundin Helen schickt sie einen Kurzbericht. Sie weiß ja noch nicht einmal, dass Valentina ihre Luft verändert hat.

9

SLEEPLESS IN SEATTLE

Der nächste Tag bringt Regen. Viel Regen. Der Wetterbericht macht keine falschen Hoffnungen und verspricht den ganzen Tag über keine allerwinzigste Aufhellung. Die Aussicht findet nicht statt. Man sieht weder Berge noch See. Alles ist sozusagen blickdicht wolkenverhangen. Schlechtes Wetter wirkt in den Bergen oft noch schlechter.

Gut, dass Hildegard die »Luzerner Zeitung« abonniert hat, Valentinas Lieblingszeitung. Sie liebt es, ungestört darin lesen zu können. Es passiert doch ständig so viel in der Welt, und sie möchte gern daran teilhaben, informiert sein. Heute studiert sie einen Text, den sie früher noch überlesen hätte. Jetzt aber, indoktriniert von Emily, will sie das genau wissen. Da werden doch tatsächlich in den Fjorden Grönlands Gletscherstücke abgebaut und dann neuntausend Seemeilen durch die Gegend gefahren, damit man in Dubai Eiswürfel vom »reinsten Eis der Welt« im Cocktailglas haben kann. Manchmal kann Valentina die Verzweiflung von Emily verstehen. Natürlich sagt die für diesen Schwachsinn verantwortliche Firma, die bereits einige Tonnen davon verschifft hat, dass man Leerfahrten benütze und dass Grönland so eine neue Einkommensquelle habe, weil die Einwohner dort ja sonst nur von Fisch und Tourismus leben könnten. Das Wort Dekadenz kommt Valentina hoch. Sie will und kann sich das gar nicht vorstellen. Ein Irrsinn. Einer von vielen. Aber es ist halt wie immer: Solange jemand diese sicher extrem teuren Eiswürfel kaufen will, wird sich auch jemand finden, der sie beschafft.

Die Welt spinnt.

Manchmal versteht Valentina Menschen, die keine Zeitungen mehr lesen und keine Nachrichten im Fernsehen mehr einschalten. Aber eben nur manchmal. Sie ist anders. Und sie liebt Zeitungen aus Papier, mit den vertrauten raschelnden Geräuschen beim Umblättern. Das leicht umständliche Großformat gehört dazu. Vielleicht ist es etwas, das sie von ihrem Vater geerbt hat. Ein Gendefekt, sozusagen. Ihr Vater las jeden Tag in seiner Zeitung, und währenddessen war er nicht ansprechbar. Und alle haben das akzeptiert und ihn in Ruhe gelassen. Vielleicht war das einfach die Auszeit, die er sich nahm, seine kleine Insel.

Valentina macht mit Luna heute nur kurze Spaziergänge. Seelisberg wirkt ausgestorben. Die Wanderer sind aus dem Ortsbild verschwunden, wie wegradiert. Valentina hat neulich gelesen, dass zusammengenommen vier Millionen Schweizerinnen und Schweizer pro Jahr zwanzigtausend Mal um die Welt wandern würden. Die Zahl macht sie schwindlig, und sie kann sich das nicht bildlich vorstellen. Dass die Schweiz eine Wandernation ist, das hat sie auch so gewusst. Fast sechzig Prozent der Wohnbevölkerung ab fünfzehn Jahren wandern regelmäßig.
Nur eben nicht heute. Heute wandert gar keiner.
Verständlich.
Zeit für ein paar Telefongespräche. Ihren Cousin ruft Valentina als Ersten an. Wegen ihrer spontanen Kündigung hat sie ein klein wenig ein schlechtes Gewissen.
Doch der Cousin lacht sie beinahe aus und sagt nur: »Ich fragte mich schon, wie lange du es noch aushalten würdest, Beipackzettel zu übersetzen.« Er ist ihr überhaupt nicht böse, dass sie aufhören will. Es ist fast schon ernüchternd, wie wenig er ihre Kündigung bedauert.

Natürlich plaudert sie auch mit ihrem Ehemann Willy, der nicht erwartet hat, dass sie aus Seelisberg so viel zu berichten hat. Sie braucht ihre Erlebnisse nicht einmal groß auszuschmücken. Ihr Leben ist plötzlich unterhaltsam.
»Wie eine Seifenoper, eine Netflix-Serie«, findet Willy sogar. »Ich bin richtig gespannt darauf, was in der nächsten Folge geschieht.« Daheim laufe auch irgendeine geheimnisvolle Seifenoper. Zumindest habe der verlassene Schwiegersohn Ivan Tanja schon zweimal besucht. »Aber ein Happy End gibt es wohl erst in der letzten Folge«, schmunzelt Willy. »Und während ich darauf warte, habe ich eine Haushälterin. Tanja hilft, seit du weg bist, wo sie kann.«
Valentina findet zwar, Willy könnte auch mal eine Weile für sich selber sorgen, aber sie sagt nichts. Gar nichts. Und ihre Schlaflosigkeit hat sie nur gerade in Zusammenhang mit dem Film erwähnt. Sie versucht, sie so wenig wie möglich zu thematisieren, sich und anderen gegenüber. Doktor Habermann wäre zufrieden. Dass sie ihren Übersetzerinnenjob gekündigt hat, beunruhigt Willy gar nicht.
»Du findest etwas Besseres. Lass dir ruhig Zeit«, sagt er. »Ich füttere dich schon durch – oder du schreibst endlich einen Roman.«
Damit kommt er immer wieder. Er hat ja keine Ahnung. Nie im Leben könnte Valentina beim Schreiben ihre eigenen Ansprüche erfüllen. Sie hat wunderbare, poetische, hochwertige Literatur übersetzt. Natürlich hat sie auch viele schlechte Bücher übersetzen müssen. Solche, ja, die könnte sie schon auch schreiben. Vielleicht könnte sie sich sogar im Mittelfeld ansiedeln. Möglicherweise. Aber würde sie selbst sich damit zufriedengeben können?
Chi lo sa.
Wer weiß das schon.

Am Mittag beschließt Valentina, sich um ihre Weiterbildung zu kümmern. Es ist Kinozeit.
Schlaflos in Seelisberg!
Sie muss jetzt genauer Bescheid wissen und ihre Bildungslücke schließen.
Hildegard besitzt tatsächlich noch einen DVD-Player. Er funktioniert auch und ist leicht zu bedienen.
Valentina setzt sich auf das geblümte, alte Sofa. Luna legt sich sofort zu ihren Füßen. Stella, die Katze, verzieht sich beleidigt. Sie teilt »ihr« Sofa nicht besonders gern, wie es scheint. Otto zieht sich in den hintersten Winkel seiner Voliere zurück, nachdem er in der Küche sein Ei gefressen hat. Kino mag er wohl nicht. Er steht lieber selbst im Mittelpunkt.
Egal: Jetzt geht es los.
»Schlaflos in Seattle«.
Ein Weihnachtsfilm von 1993.
Mit Meg Ryan und Tom Hanks.
Seltsam, dass sie ihn nicht kennt. Andererseits war Tanja damals noch recht klein, und Valentina hatte keine Zeit, ins Kino zu gehen. Und auch wenn es ein preisgekrönter Klassiker ist, wie sie unterdessen weiß: An ihr ging dieser Spielfilm komplett vorbei.
Valentina vergisst die Welt und taucht ein in die rührende Geschichte, unbestritten nicht frei von Kitsch und Schmalz, aber halt doch berührend und süß und so wohltuend wie eine Tasse heiße Schokolade mit einer Prise Zimt, und das von der ersten Minute an.
Jonah, ein achtjähriger Junge aus Seattle, ruft in eine Radio-Livesendung an und erklärt, sein größter Weihnachtswunsch sei eine neue Frau für seinen Vater, da seine Mutter vor eineinhalb Jahren gestorben sei. Die Moderatorin bittet den Vater, auch ein paar Sätze zu sagen. Obwohl dieser völlig überrascht

ist von der Aktion seines Sohnes, findet er wunderschöne Worte. Der Schnee sei einfach immer eine Spur weißer gewesen, als seine Frau noch gelebt habe, sagt er zum Beispiel. Und dass er nie mehr richtig geschlafen habe, seit sie gestorben sei. Darum verpasst ihm die Moderatorin den Namen »Sleepless in Seattle« – in dieser Radiosendung werden die Namen der Anrufenden nämlich immer anonymisiert.
Aha.
Valentina schmunzelt.
Da ist er also, der Link zu ihrem Leben.
»Schlaflos in Seelisberg«.
Ihr neuer Name?
Nein, wirklich nicht! Auf dieses Thema möchte sie sich nicht reduzieren lassen. Dann doch lieber »Abenteuerlustig in Seelisberg« oder ganz einfach »Valentina in Seelisberg«.
Doch weiter im Film: Der Mann bekommt zweitausend Briefe. Zweitausend! Klar, der Mann ist Tom Hanks. Ihm hätte Valentina auch geschrieben …
Jetzt gibt es einige Verwicklungen, Missverständnisse, Verwirrungen. Der kleine Jonah fliegt sogar allein nach New York, weil er dort seinen Vater Sam mit einer gewissen Annie, die seinem Vater ebenfalls einen Brief geschrieben hat, verkuppeln will. Treffpunkt am Valentinstag auf dem Empire State Building.
Und dann das Happy End, bei dem Valentina ein paar Tränen vergießt. Sam und Annie kommen natürlich zusammen.
Wow!
Was für ein Film!
Das war Herz und Schmerz vom Allerfeinsten. Auch die Musik war ganz nach ihrem Geschmack. Viele alte Klassiker kamen zum Einsatz. Von »Somewhere over the Rainbow« über »When I Fall in Love« bis »As Time Goes By«.

Valentina fragt sich, ob eigentlich heute auch noch so hervorragende, wohltuende Filme gedreht werden, mit so viel Charme und Witz und Herzschmerz? Sie glaubt es nicht.
Am Nachmittag liest sie. Sie hat auf Hildegards Nachttisch »Eine Frage der Chemie« gefunden und stürzt sich nun genussvoll hinein in diese Geschichte. Viel zu lange hat sie schon keinen Roman mehr gelesen. Aber das verlernt man ja nicht. Sie verliert sich in den Seiten, vergisst Zeit und Raum – und Hund, Katze und Vogel dazu. Tja, mit einem guten Buch in der Hand gibt es kein schlechtes Wetter.
An diesem Abend gibt es keinen Besuch. Valentina führt Luna aus, füttert Stella und kommuniziert, wenn man dem so sagen will, mit Otto. Dann hört sie ein paar von Hildegards CDs. Dass die Hausbesitzerin sich noch nie gemeldet hat, nie nachgefragt hat, wie es allen im Haus so gehe, wundert sie schon sehr. Das ist ein bisschen – eigenartig. Nicht einmal ihre Whatsapp-Nachrichten hat sie gelesen. Aber was weiß sie schon über Hildegard? Vielleicht ist sie nicht ganz so zuverlässig im Lesen und Beantworten von Nachrichten oder ist in Kenia einfach an einem Ort mit schlechter Verbindung – auf der anderen Seite macht sich Valentina schon etwas Sorgen. Was, wenn Hildegard etwas passiert ist?

Am nächsten Tag scheint die Sonne von einem stahlblauen Himmel. Die Seelisberger Umgebung sieht aus wie ein begehbarer Prospekt von Schweiz Tourismus. Valentina beschließt, heute die schwindelerregende Anzahl der durchschnittlichen Schweizer Wanderkilometer zu erhöhen. In Hildegards Ordner hat sie eine leichte Wanderung hinunter aufs Rütli gefunden. Da kann sie auch Luna mitnehmen und gleich neben dem Haus losmarschieren, weil der Wanderweg exakt dort beginnt, wie sie ja schon von Tom weiß. Sie schnürt ihre Wan-

derschuhe, packt einen leichten Rucksack, und schon geht es in munterem Schritt bergab. Sie fühlt sich beschwingt und gelöst.
Luna läuft brav und locker neben ihr her, wie immer kein Geziehe und Gezerre an der Leine. Immer wieder kommt Valentina mit Leuten ins Gespräch, weil der Hund so herzig sei. Das ist wirklich ein Geheimtipp für Menschen, die Kontakt suchen: Ein Hund ist der Schlüssel zum Gegenüber. Natürlich sollte das Tier liebenswert und wohlerzogen sein und nicht ein zähnefletschendes Monster. Jedenfalls fühlt sich Valentina keinen Augenblick allein, geschweige denn einsam. Sie füllt die würzige Waldluft in ihre Lungen und versucht, nur gute Gedanken zu denken. Nach einer Weile rebellieren ihre Waden und Oberschenkel gegen das ständige Bergabwandern. Die dreihundert Meter Höhendifferenz machen sich bemerkbar. Valentina ignoriert es, schreitet weiter bergab und spürt dann irgendwann, wie sich ein großes, breites Lächeln – fast schon ein Grinsen – in ihrem Gesicht ausbreitet. Sicheres Anzeichen eines tief empfundenen Glücksgefühls.

Das Rütli. Wohl jeder Schweizer, jede Schweizerin war schon einmal da. Mindestens. Auch Valentina kann sich an Schul- und Familienausflüge aufs Rütli erinnern. Und an das alte, patriotische Rütlilied des Luzerner Dichters Johann Georg Krauer. Sie musste es in der Schule lernen. Auswendig. Und zwar alle elf Strophen. Heute kennt man ja höchstens noch fünf oder sechs davon, und das reicht eigentlich auch. Ihre Freundin Helen drückte damals mit ihr die Schulbank, und noch viele Jahre später machten sie sich ab und zu einen Spaß daraus, herauszufinden, wer von beiden sich noch am besten erinnern konnte. Valentina gewann immer.

Von ferne sei herzlich gegrüßet
Du stilles Gelände am See
Wo spielend die Welle zerfließet
Genähret vom ewigen Schnee

Da blickten in nächtlicher Stille
Sie jammernd auf Vaterlands Not
Und sahen, wie Jammer die Fülle
Vollbringe der Willkür Gebot

Dort stöhnte des Tapferen Stimme
Tief unten im grausen Verlies
Dem bübisch im lüsternen Grimme
Der Zwingherr die Gattin entriss

Es nannte die heimische Herde
Nur leise der Hirte noch sein
Denn wüsst' es der Zwingherr, er würde
Gleich sagen, die Herde ist mein

Der Schimmer der Sterne erhellte
Nur düster die schlummernde Flur
Als rächend zum Himmelsgezelte
Entschwebte der heilige Schwur

Drum, Rütli, sei freundlich gegrüßet
Dein Name wird nimmer vergehn
So lange der Rhein uns noch fließet
So lange die Alpen bestehn

Gepriesen sei, friedliche Stätte
Gegrüßet, du heiliges Land
Wo sprengten der Sklaverei Kette
Die Väter mit mächtiger Hand

Nur trauernd hinglänzten die Sterne
Auf Berge und sumpfiges Ried
Verstummet war nahe und ferne
Des Kühers erfreuliches Lied

Dort weinten und seufzten die Waisen
Sie hatten die Mutter nicht mehr
Sie lag beim Tyrannen in Eisen
Den Vater durchbohrte der Speer

Hier standen die Väter zusammen
Für Freiheit und heimisches Gut
Und schwuren beim heiligsten Namen
Zu stürzen die Zwingherrenbrut

Und Gott, der Allgütige, nickte
Gedeihen dem heiligen Schwur
Sein Arm die Tyrannen erdrückte
Und frei war die heimische Flur

Was für ein Text! Sie und ihre Mitschüler waren damals schwer beeindruckt. Sie erkannten: Das war kein Kinderlied. Bei weitem nicht. Da ging es so richtig zur Sache. Mit bübisch lüsternem Grimme! Und dann hat Gott, der Allgütige, mit seinem Arm die Tyrannen erdrückt!

Das alles wollte man sich doch gern bildlich vorstellen, wenn auch vielleicht nicht gerade beim Einschlafen. Nicht alles war verständlich; was war die Zwingherrenbrut? Doch wie gfürchig und traurig war das denn: Die Mutter lag in Eisen, und der Vater war vom Speer durchbohrt! Die Waisenkinder weinten und seufzten!

Trotzdem sangen die Schüler damals das Lied mit Inbrunst. Sie waren schließlich Schweizerinnen und Schweizer. Der

Lehrer bestand auf allen elf Strophen und fand, sie müssten extrem stolz sein auf ihr Land. Und so waren sie eben stolz. Ohne wirklich zu wissen, was Stolz bedeutet. Aber sie erkannten das Privileg, Schweizer zu sein, das schon, und fühlten sich dem Rest der Welt manchmal auch etwas überlegen.
Heute hat Valentina mit diesem Nationalstolz manchmal so ihre Probleme. Ja, und sie hatte auch damals schon Probleme damit. Allerdings anderer Art. Bald einmal neckte sie ein Schulkamerad und gab ihr zu verstehen, dass sie gar nicht stolz sein dürfe, denn ihr Vater sei ja ein »Tschingg«. Das tat Valentina weh. Sehr. Sie behielt diese Verletzung für sich, weinte aber oft abends leise in ihr Kissen. Ihr war klar, dass sie das den Eltern nicht erzählen konnte, wollte sie schonen. Sie tröstete sich damit, dass ihre Mutter Schweizerin war und sie ja auch. Aber trotzdem haderte sie. Worauf sollte sie denn nun stolz sein? Auf das weit entfernte Italien, das sie nur von den Sommerferien kannte? Oder auf die Schweiz, in der sie lebte? Ja, wahrscheinlich begann damals schon ihr differenzierter Blick auf den Schweizer Nationalstolz.
Gut, dass Helen immer an ihrer Seite war, als treue Freundin, die ihr zeigte, was Solidarität bedeutet. Schade, dass sie in ihrem neuen Job ständig unterwegs ist. Sie arbeitet neuerdings auf einem Rheinschiff und trägt die Verantwortung für große Touristengruppen. Valentina glaubt, dass das Helens Art war, ihrem nervigen Ehemann davonzulaufen, ohne sich scheiden zu lassen. Und wer muss es jetzt ausbaden? Sie, Valentina, denn Helen ist auch kaum mehr für sie da. Natürlich ist ihre Freundschaft durch nichts zu erschüttern, auch nicht durch Distanz. Trotzdem bräuchte sie manchmal ihre Nähe.
Valentina löst sich von ihren Gedanken und amüsiert sich darüber, dass sie neben der historischen Wiese schottische

Hochlandrinder entdeckt. Sie mag solche Brüche in der vermeintlichen Idylle.
Luna hat übrigens überhaupt keinen Respekt vor der Rütliwiese. Sie pinkelt mitten hinein. Vielleicht ist das ja aber auch ihre Art, Respekt zu zeigen. Wer weiß schon, was in Hunden vorgeht.

Valentina steuert auf das Gasthaus Rütli zu und findet einen Platz vor dem Haus. Das große Gartenrestaurant befindet sich hinter dem Haus, aber Valentina sitzt lieber vorn. Und dann kommt tatsächlich Madlen des Weges. Die alte Lehrerin trägt kurze Hosen und Wanderschuhe. Sie hat einen anderen Weg von Seelisberg zum Rütli unter die Füße genommen, wie sie erzählt. Sie setzt sich zu Valentina. Gemeinsam bestellen die beiden eine Bratwurst mit Rösti und tauschen sich dann ein wenig aus über das Rütli, über ihre Erinnerungen. Aber da hat natürlich Madlen einiges mehr zu bieten als nur ein paar Schul- und Familienausflüge. Sie ist exakt hier aufgewachsen. Ihre Eltern führten dieses Restaurant.
Madlen fragt: »Weißt du, dass Mark Twain auch mal hier war?«
»Der war doch überall in der Schweiz«, gibt Valentina zurück.
»Er schrieb – jetzt pass mal auf: ›Das Rütli ist ein abgelegener Flecken, eine kleine Wiese, aber ich wüsste kein anderes Stück Erde, das mehr wert wäre, Ozeane und Kontinente zu durchqueren, um es zu sehen.‹ Erstaunlich, nicht wahr?« Die ehemalige Lehrerin kann so was selbstverständlich auswendig zitieren.
»In der Tat erstaunlich!«, entgegnet Valentina, die Mark Twains Einschätzung mehr als übertrieben findet. Genau: Das Rütli ist eine abgelegene kleine Wiese, ein bisschen umwaldetes Grasland mit etwas Aussicht auf den See und die Mythen,

mehr nicht. Das wars. Nicht einmal ein Denkmal steht hier, was Madlen in keiner Weise zu betrüben scheint.
»Natürlich gab es immer wieder Vorschläge für bombastische Skulpturen und klotzige Monumente aller Art.« Madlen schüttelt sich. *Das* würde ihr gar nicht gefallen, betont sie. »Diese manifestierte Bescheidenheit bei einer nationalen Gedenkstätte hat doch auch ihren Charme, ihre Symbolik. Eine Schweizer Fahne, eine Wiese, fertig. Ein echtes Naturdenkmal. Das passt doch zu uns.« Auch so kämen jedes Jahr rund hunderttausend Besucher. Das reiche völlig. »Der Bayernkönig Ludwig II. reiste 1865 auf den Spuren Tells durch die Schweiz, und er fand das Rütli immerhin so spektakulär, dass er genau hier ein gigantisches Schloss bauen wollte. Aber schon 1860, als Privatleute ein Rütli-Hotel planten, hat die Schweizerische Gemeinnützige Gesellschaft angefangen, Geld zu sammeln. Sie kaufte noch im gleichen Jahr das Gelände und übergab es der Schweizer Eidgenossenschaft als unveräußerliches Nationaleigentum, behielt aber die Verwaltung und setzte eine Rütlikommission ein.«
Der Bayernkönig kam also zu spät. Wer weiß, wie es sonst hier heute aussehen würde? Das Rütli wäre ein Rummelplatz. Vielleicht auch irgendwie lustig. Die Touristen kämen noch zahlreicher aus aller Welt, um das dann ja verwirklichte Prunkschloss von Ludwig II. zu besichtigen und anschließend gar kreischend und johlend auf einer pinkfarbenen Rutschbahn vom Schlossturm in den Vierwaldstättersee runterzusausen, beschallt von DJ Bobo oder Gölä. Vielleicht gäbe es sogar eine Brücke von Brunnen aufs Rütli? Oder ein Seilbähnchen?
»Das Rütli solle frei bleiben, auch frei für die Gedanken über das Zusammenleben der Schweiz, hieß es damals von amtlicher Stelle«, weiß Madlen.

Nun, über das Zusammenleben denkt Valentina auch viel nach und braucht dafür keine Wiese. Und auch kein Rütli-Märchen. Sie weiß genau, dass der Schwur, den die drei Eidgenossen als Vertreter der sogenannten Schweizer Urkantone Uri, Schwyz und Unterwalden hier geleistet haben sollen, eine Legende ist. Aber das sagt sie nie laut, auch jetzt nicht, um niemanden, der das anders sehen will, in seinem Nationalstolz zu verletzen. Es ist ja nur nachgewiesen, dass die Urkantone hier ab und zu Versammlungen veranstalteten. Mehr nicht. Und dann kam ausgerechnet ein Deutscher, Friedrich Schiller, und erfand die passende Geschichte zu der kleinen Wiese im Urner Wald. Eigentlich wunderbar. Fast so, als hätte ein Deutscher die Schweiz erfunden. Und der Gipfel des Ganzen: Dieser Schriftsteller war gar nie hier!
Dennoch: Schiller hat ein Denkmal bekommen, den Schillerstein. Er ist etwa zwanzig Meter hoch und nur vom Wasser her zugänglich. Der Obelisk steht zwischen Rütli und Treib und trägt die Inschrift: »Dem Sänger Tells F. Schiller – Die Urkantone – 1859«.
Nach dem Essen bleiben die beiden noch für einen Kaffee sitzen und beobachten die anderen Gäste. Immer, wenn unten am See ein Schiff ankommt, marschieren neue Menschengruppen an ihnen vorbei, hoch zu der historischen Wiese. Andere stehen diskutierend und fotografierend vor Infotafeln oder spurten hinter einem Reiseleiter her, der mit einem Fähnchen vorauseilt.
Madlen erzählt nun ein bisschen von sich. Sie lebt allein. Hat immer schon allein gelebt.
»Ich bin eine alte Jungfer«, lacht sie. Aber ihr Lachen klingt nicht lustig. »Einsam bin ich nicht oder wenigstens nur selten. Inzwischen aber sicher bindungsunfähig. Das schon. Eine Einsiedlerin halt, irgendwie.«

Auf ihrer Suche nach Informationen über Schlaflosigkeit hat Valentina neulich gelesen, dass jede dritte Person in der Schweiz sich manchmal oder oft allein fühle. Und wie schädlich Einsamkeit für die Gesundheit sei, nämlich exakt so schädlich wie das Rauchen. Einsamkeit verkürze gar die Lebenserwartung. Einer der befragten Fachleute war sich sogar sicher, dass Einsamkeit die Haupttodesursache unserer Zeit sei. Das findet Valentina traurig.

»Du könntest dir einen Hund zulegen«, schlägt sie vor.

Madlen tätschelt Luna und sagt, ein Hund würde ihren großen Freiheitsdrang einschränken.

»Es ist schon alles gut so, wie es ist. Und ich habe ja meine Freunde aus dem Literaturzirkel. Sowieso, wir haben in dem winzigen Seelisberg siebzehn Dorfvereine. Siebzehn! Allein unser Skiklub hat zweihundertfünfzig Mitglieder. Ich müsste halt einfach auch mitmachen, meinem Alter zum Trotz.«

»Siebzehn Vereine? Und wie viele Einwohner hat Seelisberg?«

»Rund siebenhundert.«

»So viele Vereine für siebenhundert Leute? Und der Skiklub hat wirklich zweihundertfünfzig Mitglieder?«

»Ja.«

»Und wie viele Skipisten gibt es hier?«

»Natürlich keine. Zu viele Felsen und Abgründe. Früher sind wir hier aber schon Ski gefahren, über die Wiesen nach Treib hinunter, auf einer selbst getrampelten Piste. Oder wir haben den Schlitten genommen und sind auf der Straße nach Treib hinuntergerast. Damals gab es ja auch noch wirklich Winter und Schnee ohne Ende.« Heute fahre man zum Skifahren ins Nachbardorf Emmetten, und die Mitglieder des Skiklubs würden natürlich auch längst nicht mehr alle in Seelisberg wohnen. »Wir haben übrigens auch eine Musikgesellschaft«, fügt Madlen nach einer kurzen Pause noch an. »Früher habe ich mir sogar überlegt, da mitzumachen. Was ich damit meine: Es muss in Seelisberg keiner einsam sein, wenn er das nicht will. Ich bin halt ein wenig eigenartig.«

Valentina erinnert sich daran, wie sie Tom dieses Wort erklärt hat und dass Tom schließlich fand, sie sei wohl selber etwas eigenartig. Natürlich erzählt sie Madlen davon.

»Ja, eigenartig sind wir doch eigentlich alle, jeder und jede auf die eigene Art«, meint Madlen. »Und das ist gut so. Nur einige sind halt noch etwas eigenartiger als die andern.«

Die Frauen lachen. Und sie wissen beide: Madlen hat recht.

Der Kaffee ist ausgetrunken, Madlen verabschiedet sich.

»Richte Hildegard Grüße aus, wenn sie anruft, bitte«, sagt sie noch.

»Sie ruft nie an.«

»Nie?«

»Nie.«

»Das ist sonderbar«, meint Madlen und sieht etwas besorgt aus. Normalerweise nerve sie ihre vorübergehenden Hausbewohner mit ständigen Nachfragen. »Sie scheint dir blind zu vertrauen, Valentina. Schön.«

Madlen marschiert zügig davon, wieder Richtung Seelisberg hoch. Sie ist erstaunlich fit und offenbar recht aktiv.

Valentina zieht es nun auch wieder weiter. Sie besteigt mit Luna ein Dampfschiff und fährt nach Treib. Das Schiff macht einen kleinen, durchaus willkommenen Umweg nach Brunnen. Auf dem See fühlt sie sich wohl. Es gibt so viel zu sehen. Am liebsten würde sie gar nicht mehr aussteigen. Sie nimmt sich vor, demnächst eine große Schiffstour zu machen, eine Urnerseerundfahrt oder so. Kurz ist sie versucht, einfach weiter nach Luzern zu fahren, steigt aber in Treib aus, wo sie sich ins Restaurant setzt. Direkt am See, im Schatten der Bäume, findet sie einen kleinen Tisch. Sie hat keine Eile, war hier sonst immer nur auf der Durchreise. Sie bestellt sich einen Tee ohne Tee.

Die Bedienung sieht sie fragend an.

Valentina erklärt, dass sie einfach heißes Wasser trinken möchte. Gern nehme sie einen Schnitz Zitrone dazu.

Genau das Richtige, wenn sie gar nicht weiß, worauf sie Lust hat. Und eigentlich will sie auch gar nicht schon wieder etwas trinken. Aber hier zu sitzen, ist schön. Und gesund soll es ja auch sein.

Ja, es ist schön, einfach nichts tun zu müssen. Und sie findet es lustig, andere Menschen zu beobachten, die kommen und gehen, alle mit irgendwelchen Fahr- und anderen Plänen vor Augen. Sie hingegen lässt ihre Seele baumeln und genießt.

Dann wird sie doch ein wenig unruhig. Nichts tun ist gar nicht so einfach.

Muße will gelernt sein.

Tausend Gedanken gehen ihr durch den Kopf. Die schöne Gastwirtschaft etwa, war die nicht einmal auf einer Briefmarke abgebildet? Schon hat sie ihr Smartphone in der Hand, googelt: »Wirtschaft zur Treib«. Sie kann darüber nichts finden. Wahrscheinlich verwechselt sie da etwas. Allerdings liest sie, dass die Wirtschaft schon 1492 erstmals urkundlich erwähnt wurde. Das Innere des Hauses verberge viel Sehenswertes, ein Maria-Ölbild aus dem Jahr 1700 zum Beispiel oder einen vierhundertjährigen Kachelofen im Obergeschoss sowie Täfelungen oder ein Nussbaumbuffet aus der Barockzeit. Heute gehöre alles einer Stiftung. 2025 sollen umfassende Restaurierungsarbeiten beginnen. Valentina spendet über den aufgeführten QR-Code zwanzig Franken. Sie findet es gut, wie die Schweiz mit Kulturgütern umgeht. Und dieser Platz hier hat etwas sehr Wohltuendes. Es gefällt ihr hier besser als auf dem Rütli. Erklären kann sie das Gefühl allerdings nicht.

Es ist einfach so.
Basta.
Sie bleibt so lange unter den Bäumen sitzen, bis Luna unruhig wird und sie spontan beschließt, auf das Bähnchen nach Seelisberg zu verzichten und von Treib aus heimzumarschieren. Das gefällt Luna, die eine sehr gut Kondition zu haben scheint. Eine bessere als Valentina jedenfalls, denn sie kommt auf der steilen Strecke ziemlich ins Schnaufen. Fast kommt sie sich vor wie das Dampfschiff, auf dem sie kurz zuvor den See genossen hat. Sie schwitzt und dampft und schnaubt.
Und sie ist glücklich.

10

EMILY KLEBT

Valentina macht an diesem Abend ein neues Einschlafexperiment: Sie zitiert im Geiste sämtliche Strophen des Rütliliedes. Und Valentina ist nach wie vor gut darin. Auch die brutalen Strophen – oder vor allem die – sind ihr noch geläufig. Vorwärts und rückwärts beherrscht sie den Text. Und tatsächlich, sie schläft irgendwann ein, ohne sich stundenlang im Bett zu wälzen, trotz der Frau in Ketten, dem von Eisen durchbohrten Mann und den weinenden Waisen. Kein Wunder eigentlich, denn sie hat sich heute ja sehr erfolgreich müde gewandert. Allerdings kann sie den so eroberten Schlaf nicht lange genießen. Denn sie hat ihr Handy, das auf dem Nachttisch liegt, nicht auf Flugmodus gestellt. Noch vor Mitternacht klingelt es.
»Kantonspolizei Luzern, Reto Roggenmoser«, meldet sich eine Männerstimme.

Kantonspolizei? Mitten in der Nacht? Valentina hat das Gefühl, als würde sich jeder einzelne Muskel in ihr verkrampfen. Sie findet kaum die Stimme, um zu antworten und zu fragen, was los ist. Sie weiß: Jetzt kommt etwas ganz und gar Furchtbares auf sie zu.

»Ich rufe wegen Ihrer Enkeltochter Emily an.«

Und in dem Augenblick, da sie schon denkt, Emily sei tot, und sich eine gnädige Ohnmacht herbeiwünscht, oder gleich einen Herzstillstand, da sagt der Mann: »Können Sie das Mädchen bei uns abholen? Bei uns auf dem Posten? Sie ist ja noch minderjährig, und ihre Eltern sind nicht erreichbar. Emily wollte, dass Sie kommen. Sie sind doch die Großmutter, oder?«

Valentina bestätigt und fragt atemlos: »Was ist passiert? Was ist mit Emily?«

Gleichzeitig sucht sie ihre Kleider zusammen, schlüpft umständlich in Jeans und T-Shirt.

»Das Mädchen ist okay. Keine Sorge. Reden wir doch, wenn Sie hier sind.«

»Ich bin aber in Seelisberg.«

»Wir können warten. Keine Sorge. Ihre kleine Umweltaktivistin kann auch warten. Das tut ihr gut.«

Ah!

Mamma mia!

Valentina fällt ein Stein vom Herzen. Ein ganz großer Stein, bestimmt so groß wie der Schillerstein. Emily hat also eine Dummheit gemacht, sich irgendwo festgeklebt oder eine Wand mit einer wichtigen Botschaft beschmiert, Tiere befreit oder Transparente an Fassaden gehängt. Aber sie lebt!

Die kleine Umweltaktivistin!

Grazie a Dio!

Valentina versucht, ruhig zu bleiben und sich zu organisieren. Der Vogel ist okay. Die Katze schläft. Und Luna? Sie trot-

tet schon die ganze Zeit hinter ihr her, spürt ihre Nervosität. Sie wird Luna mitnehmen müssen. Aber zuvor will sie mit ihr noch kurz ums Haus laufen.
Sie bindet sich ihre Turnschuhe, greift sich Handtasche und Jacke.
»Komm, Luna, wir fahren nach Luzern!«
Total verrückt!
Und wieso waren Tanja und Ivan nicht erreichbar? Beide? Nun, das könnte durchaus auch etwas Gutes bedeuten.
Luna lässt sich zum Glück problemlos im Auto verfrachten. Anscheinend ist das nichts Neues für sie. Autofahren in der dunklen Nacht auf einer ungewohnten Strecke aber ist neu für Valentina. Sie muss sich zusammenreißen und sich auf die Kurven konzentrieren. Auch aufs Tempo muss sie achten. Es ist ja kein Notfall, sagt sie sich immer wieder. Sie muss kein Rennen gewinnen. Und wenn Emily etwas ausgefressen hat, dann soll sie ruhig ein wenig auf dieser Polizeistation herumwarten. Da hat der Herr Roggenmoser schon recht.
Sie hört ihre alte Bob-Marley-CD, die schon seit Jahren in ihrem CD-Player liegt, weil sie eigentlich sonst nur das Radio einschaltet. Jetzt aber braucht sie Bob Marley und ihr altes Lieblingslied.
Singin', »Don't worry about a thing
'Cause every little thing gonna be alright«
Ja, ja!
Valentina singt mit. Laut. Das beruhigt sie.
So wie der Polizist getönt hat, gibt es größere Tragödien als diese hier. Sie hofft inständig, dass die ganze Sache wirklich nur ein winziger Zwischenfall ist und vor allem bleiben wird. Was immer auch passiert ist, sie wird ruhig bleiben. Sie wird mit Emily reden. Ernsthaft. Morgen oder irgendwann.
Und alles wird wieder gut werden.

Es ist schon kurz vor eins, als Valentina den Polizeiposten betritt. Luna hat keine Freude, dass sie im Auto bleiben muss. Aber heute müssen halt alle ein wenig leiden. Valentinas Herz klopft laut, als sie zum Empfang geht. Und dann sieht sie Emily wie ein Häufchen Elend auf einem Stuhl in einer Ecke sitzen. Immerhin nicht in einer Zelle, denkt Valentina mit einem Schmunzeln. Bevor die beiden sich in die Arme nehmen können, schiebt sich Herr Roggenmoser dazwischen. Er will tatsächlich Valentinas Ausweis sehen.

»Wir passen gut auf unsere Minderjährigen auf«, erklärt er. »Wir geben sie nicht einfach jedem mit.« Das erste Wir betont er sehr. Darin ist ein deutlicher Vorwurf enthalten. Vielleicht haben sie tatsächlich alle zu wenig auf Emily aufgepasst?

Valentina ist froh, dass es Emily gut zu gehen scheint. Sie schaut Roggenmoser mit bösem Blick an, schenkt Valentina aber ein Lächeln, als sie sich endlich umarmen können.

Der Polizist bittet Valentina an einen Tisch, serviert ihr sogar einen Becher Kaffee, den sie dringend braucht, nur schon, um sich an etwas festzuhalten. Dann winkt er Emily, sie soll sich dazusetzen.

»Wir haben Ihre Enkelin nun schon dreimal aufgegriffen.«

»Dreimal?« Das schockiert Valentina nun wirklich.

»Genau. Das erste Mal war sie mit der Gruppe ›Bike for Nature‹ unterwegs. Das war letzten Monat.«

Valentina schaut ihn fragend an.

»Na, diese lästige Velofahrergruppe. Sie wird immer größer. Jeden ersten Freitag im Monat fahren die im Rudel durch Luzern. Im Schneckentempo. Sie machen nicht nur alle Autofahrer, sondern auch den ganzen ÖV wahnsinnig. Als hätten wir nicht ohnehin schon viel zu viel Stau. Neulich blieb sogar ein Krankenwagen stecken. Gott sei Dank war es nur ein Transport von Spital zu Spital, kein Notfall. Aber wie auch immer, die Verrückten bringen jeden Monat den Verkehr zum Erliegen.«

Valentina nickt. Davon hat sie schon gelesen. Nur wusste sie nicht, dass Emily da mitmacht. Sie schaut kurz zu ihrer Enkelin, die mit grimmiger Miene stumm dasitzt.

»Beim zweiten Mal hat sie mit Freunden in den Parkhäusern der Stadt Flyer unter die Scheibenwischer der Autos geheftet. Irgend so Umweltschutzzeugs. Ohne Genehmigung.«

Das findet Valentina allerdings ziemlich harmlos.

»Dabei gingen auch zwei Scheibenwischer kaputt«, fügt Roggenmoser an.

Das ist natürlich nicht gut.

Emily schweigt weiter.

»Aber heute, und das ist nun wirklich der Gipfel, hat sie mit zwei anderen Aktivisten im KKL ein klassisches Konzert mit dem berühmten Dirigenten Jörg Van Klössen gestört. Emily hat sich auf der Bühne angeklebt, am Sockel des Dirigentenpults, oder sie tat zumindest so. Die anderen hielten ein Transparent hoch.«

Er schiebt Valentina ein Foto rüber, auf dem drei Teenager zu sehen sind. Einer davon ist zweifelsohne Emily. Alle tragen weiße T-Shirts mit der Aufschrift »Act now!«. Emily lehnt am Dirigentenpult, ihre Freunde stehen mit einem Transparent auf der riesigen Bühne. Valentina liest: »KLIMANOTSTAND – Wir müssen JETZT handeln!«

Roggenmoser schimpft: »Das finde ich nun höchstpersönlich extrem daneben. So ein klassisches Konzert tut doch keinem was! Es verpestet nicht die Umwelt. Es ist ein freiwilliger, freudiger Anlass. Viele reisen mit dem ÖV an. Die Musiker sind keine misshandelten Kinderarbeiter. Das macht einfach keinen Sinn! Im Publikum saßen vielleicht sogar viele, die genauso denken wie diese Aktivisten …«

»Aber …« Emily will sich wehren, doch Valentina winkt ab, legt ihrer Enkelin die Hand auf den Arm.
»Diesmal wird Emily nicht so leicht davonkommen«, fährt Roggenmoser fort, »auch wenn sie erst fünfzehn ist. Es gibt eine Anzeige wegen Hausfriedensbruch und Nötigung. Sie hat Glück, dass das nicht eskalierte. Der Dirigent, Jörg Van Klössen, ist bekannt dafür, sich selber immer wieder für grüne Anliegen einzusetzen. Er verhandelte sozusagen mit den Störenfrieden, ließ sie ein paar Worte sagen und schickte sie danach erfolgreich von der Bühne. Aber das KKL sieht das nicht so locker.«
Valentina schüttelt erst den Kopf und nickt dann: »Verständlich.«
Emily schweigt wieder, und Valentina verspricht Roggenmoser: »Ich werde mit Emily reden.«
»Gut so. Ihre Eltern werden so oder so noch von uns hören. Passen Sie auf das Kind auf. Noch ist es nicht zu spät. Bringen Sie sie wieder auf Kurs!«
»Auf Kurs!«, wiederholt Valentina zackig, als wärs ein militärischer Befehl, muss aber innerlich lächeln. Als könnte irgendwer Emily auf Kurs bringen. Und auf welchen Kurs? Wessen Kurs?

»Wohin soll ich dich bringen?«, fragt Valentina Emily, nachdem sie das Polizeigebäude verlassen haben.
»Kann ich mit nach Seelisberg kommen? Ich habe ja Ferien.«
»Man wird dich vermissen.«
»Ich schreibe allen eine Nachricht, dass ich bei dir bin. Bitte!«
Valentina ist einverstanden.
Bald sind sie wieder auf der mäandernden Straße, die nach Seelisberg führt, Valentinas Gedanken hingegen hüpfen wild von einem Thema zum andern.

Emily schweigt wieder. Und Valentina tut es ihr gleich. Nicht einmal Musik schaltet sie ein.
»Danke, Nonnavalentina«, sagt Emily irgendwann kleinlaut.
»Wofür?«
»Dass du nicht schimpfst.«
»Erklär es mir einfach«, bittet Valentina ruhig.
»Was?«
»Ja, eben, was ihr da so tut und was das bringen soll.«
»Was das bringen soll?!«, fragt Emily empört zurück.
»Schon klar. Ihr wollt die Welt retten. Das weiß ich ja. Aber ich bin sicher, ihr macht euch mit euren Aktionen viele zu Feinden, die euch eigentlich wohlgesinnt wären.«
»Wohlgesinnt!« Emily spuckt das Wort aus und ist gar nicht mehr kleinlaut. »Wir brauchen keine Wohlgesinnten! Wir brauchen Menschen, die endlich aus ihrem Tiefschlaf erwachen und bereit sind, etwas zu tun!«
»Aha.« Valentina schüttelt den Kopf.
Und dann herrscht wieder Schweigen. Nur der Motor röhrt, und ab und zu ist Lunas leises Schnarchen zu hören.
In Valentina brodelt es. Wie können diese Klima-Kleber-Kinder ernsthaft glauben, dass auch nur ein einziger Konzertbesucher nach dieser Aktion heute Abend plötzlich die Welt retten will? Das tun sie genauso wenig wie die Autofahrer, die durch die Radfahrerdemos davon abgehalten werden, am Feierabend endlich nach Hause zu kommen. Sie stehen in und um Luzern herum ohnehin ständig im Stau und sind bestimmt nur voller Wut und Ärger über die Aktivisten. Für deren Message interessiert sich vor diesem Hintergrund keiner. Im Gegenteil. Und dann im Parkhaus? Flyer verteilen? Wenn irgendein Wisch hinter den Scheibenwischern steckt, ist das ja egal, auch wenn ihn wohl kaum einer aufmerksam liest. Aber wenn die Scheibenwischer deswegen beschädigt werden, ist die Auf-

merksamkeit voll da – doch bestimmt nicht in positivem Sinn. Valentina hat Verständnis für die Anliegen ihrer Enkelin. Wirklich. Aber sie müssten eindeutig anders unters Volk gebracht werden.
Auch wenn Valentina nichts sagt, Emily scheint zu spüren, dass sie ihre Aktionen nicht gutheißt.
»Ich dachte, du verstehst mich«, sagt sie irgendwann weinerlich.
»Ja, Emily, ich verstehe, dass dir das alles wichtig ist, dass du findest, es sei alles wirklich dringend und keiner höre dir zu. Aber ich bin überzeugt davon, dass ihr völlig falsche Wege geht, um eure Ziele zu erreichen. Ihr bringt viel zu viele Menschen gegen euch auf. Das ist nicht gut. Ihr erreicht mit euren Aktionen das Gegenteil von dem, was ihr eigentlich möchtet.«
Da ist sich Valentina sicher. Neulich las sie, dass Museen sich jetzt wegen militanter Klimakrimineller noch besser schützen müssten. Ja, genau so stand es: *militante Klimakriminelle*. Die Nachricht stand im Zusammenhang mit der Aktion der beiden Aktivisten, die sich in Dresden an Raffaels »Sixtinische Madonna« geklebt hatten. Oder war es, als zwei Frauen in Paris Suppe auf die »Mona Lisa« geschüttet hatten? Wie auch immer, solche Aktionen findet Valentina völlig kontraproduktiv. Ja, sie erregen Aufsehen, Aufmerksamkeit, bringen Schlagzeilen auf der ganzen Welt. Das schon. Aber nicht so, wie sie es tun sollten. Schlagzeilen und Aufmerksamkeit um jeden Preis?
Gut, wenn sie es sich so überlegt: Ihr fiele jetzt auch nicht der perfekte Weg ein, die Menschen aufzurütteln und zu motivieren, mehr für den Schutz des Klimas zu tun. Sie wird darüber nachdenken.

Valentinas kleine Aktivistin schweigt wieder für den Rest des Weges, ist müde und wohl auch ein bisschen traurig. In Seelisberg angekommen, schaut sie sich nicht groß um, will einfach nur ins Bett. Valentina bringt sie in das Zimmer, in dem Tom geschlafen hat, und Emily schlüpft so, wie sie ist, unter die Bettdecke, zieht nur gerade schnell die Schuhe aus.
»Danke, Nonnavalentina«, sagt sie noch einmal und schläft ein, noch bevor Valentina das Zimmer verlassen hat.
So einen Schlaf möchte Valentina auch einmal haben. Sie spürt einen Anflug von Neid. Aber dann schüttelt sie den Kopf über sich selbst. Nein, sie möchte nicht in der Haut ihrer Enkelin stecken. Sie hat sich zu sehr verrannt. Zu sehr verstrickt. Als Fünfzehnjährige hatte Valentina ganz andere Dinge im Kopf. Sie las die »Bravo« und war verliebt in Dominik, einen coolen, etwas älteren Jungen, der Gitarre spielte und dazu sang und überall erklärte, er werde einmal ein großer Rockstar werden. Tja, er wurde nicht Rockstar, sondern Versicherungsvertreter. Aber damals hatten alle an ihn geglaubt, und Valentina war nur eine von vielen, die ihn anhimmelten. Die Weltpolitik interessierte Valentina nicht. Sie las und las und las. Allerdings nicht Zeitungen, sondern Romane, und ab und zu schrieb sie ein ungelenkes Gedicht über unerwiderte Liebe und den Schmerz der Verschmähten. War sie damals naiv und oberflächlich? Und ist Emily einfach viel zu reif für ihr Alter? Oder ist Emily eben ganz genauso naiv und oberflächlich, nur anders? Ein bisschen eigenartiger als all die anderen Eigenartigen?
Valentina schickt Whatsapp-Nachrichten an ihre Tochter Tanja und an Willy. Dann sitzt sie noch lange im Wohnzimmer. Sie denkt nach. Sie überlegt. Und Luna, die zu ihren Füßen liegt, scheint ihre Gedanken hören zu können. Sie schaut immer wieder fragend zu ihr hoch.

»Schon gut. Alles ist gut«, beruhigt Valentina dann den aufmerksamen Hund. Aber eigentlich ist ja nie alles gut.
Niemalsnie.
Mai, mai, mai.
Dagegen kommt auch Bob Marley nicht an.
Aber es gab ja noch den schönen Spruch: »Am Ende wird alles gut. Und wenn es nicht gut ist, dann ist es noch nicht das Ende.« So oder ähnlich. Mit diesen Worten im Kopf legt sich Valentina ins Bett und schaut von dort aus zu, wie es langsam hell wird.

11

BROT

Während Emily den halben Morgen verschläft, hat Valentina schon früh eine kurze Zoom-Sitzung mit Doktor Habermann. Bevor das Gespräch beginnt, setzt sie sich Otto auf die Schulter, sozusagen als Dekoration.
»Oh, Frau Bachmann-Visconti, Sie sind nicht allein?«, lacht Doktor Habermann gleich in die Kamera.
So ein Papagei kann offenbar durchaus Stimmung machen. Aber Otto mag keine Fremden, flattert auf den Tisch und versucht, mit seinem Schnabel auf Habermann einzuhacken. Valentina erschrickt und fürchtet um ihren Laptop, das teure Stück. Der Vogel flattert wild und ruft kreischend und klagend »Ottoottootto«. Es muss urkomisch aussehen, denn Doktor Habermann lacht Tränen. Valentina steht auf und schafft es immerhin, dass Otto auf ihre Hand steigt. So lässt er sich von ihr in den Käfig zurückbringen. Als sie wieder vor dem

Bildschirm sitzt, lacht Doktor Habermann immer noch. Er sieht aus, als könne er sich nicht mehr beruhigen.
»Denken Sie an Brot!«, rät Valentina.
»An Brot?«, fragt ihr Therapeut verdutzt zurück, ist aber mit sofortiger Wirkung beruhigt.
»Ich habe einmal gelesen, dass Schauspieler, die auf der Bühne kurz vor einem unangebrachten Lachanfall stehen, an Brot denken.«
»Ach ja, ich vergaß: Sie lesen ja so viel. – Und welches Brot ist dafür geeignet? Vollkornbrot, Zopf oder eher Sauerteigbrot? Reicht auch schon ein winziges Maisbrötchen?« Jetzt lacht er wieder. Er scheint heute seinen besonders fröhlichen Tag zu haben.
»Hallo?« Valentina ärgert sich ein bisschen.
»Ja, ja, ist ja schon gut. Entschuldigen Sie.« Der Dottore räuspert sich, setzt sich wieder gerade vor seinen Bildschirm und fragt nach Valentinas Befinden. »Tut Ihnen die Luftveränderung gut?«
»Ja, auf jeden Fall. Nicht, dass ich jetzt viel besser schlafen könnte. Aber ich denke nicht mehr so viel darüber nach. Und tagsüber bin ich vom Leben hier ziemlich gut abgelenkt.«
Valentina erzählt ihm kurz von all ihren Überraschungen.
»Gut, gut, gut. Ich hatte mir Ihre Luftveränderung zwar etwas anders vorgestellt. Eventuell sogar mit therapeutischer Begleitung, aber ja, versuchen wir es doch mal so. Sie haben aber schon auch mal Ruhe zwischendurch? Zeit für sich?«
Valentina erzählt ihm von ihrem Balkon mit der unbeschreiblich schönen Aussicht, auf dem sie oft sitzt und einfach nur den Moment genießt. »Manchmal möchte ich mich dort festkleben.«
Das gefällt Doktor Habermann. »Aber passen Sie mit diesem Vogel auf. Er scheint mir nicht gerade harmlos zu sein.«

»Es war am Anfang tatsächlich schwierig mit ihm, aber inzwischen mag er mich. Ich habe ihn mit gekochten Eiern bestochen.«
»So, so. Wie auch immer, Sie bleiben also noch ein Weilchen auf diesem Berg?«
»Ja, vorläufig schon.«
»Okay. Für den Notfall schicke ich Ihnen meine Handynummer. Für den Notfall!«
»Schon gut, ich habe Sie verstanden, ich werde Sie sicher nicht unnötig belästigen.«
»Das weiß ich«, versichert Doktor Habermann schnell. »Ach, bevor ich es vergesse: Danke für den Pflanzendünger, den Sie mir geschickt haben. Sehr aufmerksam.«
»Und? Hatten Sie Erfolg damit?«
»Eine Pflanze ist gleich total eingegangen. Eine andere ist aufgeblüht und hat sich vollständig erholt.«
»Oh. Vielleicht haben Sie der einen Pflanze etwas zu viel von dem Zeug verabreicht?«
»Ja, wer weiß. Ich kenn mich da ja nicht aus. Trotzdem: Ich danke Ihnen. Das war nett. Sie denken oft an andere. Denken Sie jetzt an sich!«
Valentina und Doktor Habermann verabschieden sich, als ihm noch etwas einfällt: »Kennen Sie Kurt Tucholsky?«
»Sicher.«
»Lesen Sie mal sein Gedicht ›Luftveränderung‹.«
»Gern. Bin gespannt.«
Jetzt verabschieden sie sich endgültig, und Doktor Habermanns Ansicht verschwindet von Valentinas Bildschirm.
Sie klappt den Laptop zu und denkt – an sich.
Ja, sie ist müde.
Nein, sie schläft hier nicht wesentlich besser.
Aber: Sie fühlt sich gut.

Das liegt an der Höhenluft, den Veränderungen, den Überraschungen, den Menschen, dem Wandern, den Tieren … Sie hat erstmals wieder die Zuversicht, dass sie eines Tages wieder richtig schlafen wird. Und daran hat sie in letzter Zeit doch immer mehr gezweifelt.
Sie klappt noch einmal ihren Laptop auf und sucht nach dem Gedicht von Kurt Tucholsky.

Luftveränderung

Fahre mit der Eisenbahn,
fahre, Junge, fahre!
Auf dem Deck vom Wasserkahn
wehen deine Haare.

Tauch in fremde Städte ein,
lauf in fremden Gassen;
höre fremde Menschen schrein,
trink aus fremden Tassen.

Flieh Betrieb und Telefon,
grab in alten Schmökern,
sieh am Seinekai, mein Sohn,
Weisheit still verhökern.

Lauf in Afrika umher,
reite durch Oasen;
lausche auf ein blaues Meer,
hör den Mistral blasen!

Wie du auch die Welt durchflitzt
ohne Rast und Ruh –:
Hinten auf dem Puffer sitzt
du.

Schön!
Ja, ja, egal, wohin man auch geht, man nimmt sich selber mit.
Das weiß Valentina.
Aber vielleicht verändert eine Veränderung auch einen selber – oder gibt einem wenigstens die Möglichkeit dazu?
Wenn man es zulässt?
Ein bisschen?

Jetzt schleicht Emily aus ihrem Schlafzimmer. Sie sieht erschöpft aus. Valentina stellt ihr Toms Frühstücksflocken hin.
»Danke! Ich hab geschlafen wie ein Stein«, sagt sie. Und dann wird ihr bewusst, dass Schlafen für Valentina gerade ein rotes Tuch ist, und fügt an: »Sorry, Nonnavalentina.«
»Ich bin schon eine Weile auf«, sagt diese nur. »Ich hatte eine Sitzung mit meinem Psychiater. Per Zoom.«
Emily kaut auf ihren Flocken herum, trinkt dazu ein Glas Milch. Die beiden schweigen. Von draußen dringt der Gesang der Vögel herein. Ab und zu krächzt Otto irgendwelche unverständlichen Wörter, und es klingt leider so, als würde er übelst schimpfen. Dann wieder Stille. Luna schläft in ihrem Korb. Die Katze ist außer Haus. Die Stille ist irgendwie drückend, weil doch eigentlich so viel gesagt werden müsste.
Irgendwann bricht Emily das Schweigen: »Weißt du, was ich nicht verstehe, Nonnavalentina: Du bist doch früher auch auf die Straße gegangen und hast demonstriert. Das hat mir Mama erzählt. Dann müsstest du doch auf meiner Seite sein?«
Valentina lächelt. Das ist alles schon so lange her. Es kommt ihr vor, als sei das in einem früheren Leben gewesen.
»Es stimmt, ich bin schon auch ein paarmal auf die Straße gegangen. Wir demonstrierten nach dem Reaktorunfall in Tschernobyl gegen die Kernenergie. Ich war auf einer Demo für Frauenrechte. Wir haben natürlich gegen die Apartheid in

Südafrika demonstriert. Gegen Rassismus war ich mehrmals unterwegs. – Aber alles war immer total friedlich und legal.«

»Und was habt ihr damit erreicht?«

»Na ja, ich könnte jetzt erwähnen, dass es die Rassentrennung in Südafrika nicht mehr gibt. Zumindest offiziell nicht mehr. Und dass wir Frauen 1971 das Stimm- und Wahlrecht bekommen haben. Also das haben natürlich meine Vorkämpferinnen erreicht. Aber wir haben geholfen, das Thema aktuell zu halten. Es gäbe da ja immer noch so einiges zu verbessern.«

»Schon, aber sei ehrlich, waren es nicht eher laue Demos, an denen du teilgenommen hast? So was wird doch heute gar nicht mehr wahrgenommen.«

»Mag sein. Ihr müsstet euch aber schon andere Wege überlegen, Wege, die nicht kontraproduktiv sind! Weil mit blindem Aktivismus, liebe Emily, werdet ihr nichts erreichen. Nichts außer Unverständnis und Ablehnung.«

Valentina ärgert sich. Sie denkt an Brot. Das soll nicht nur gegen unangebrachte Lachanfälle, sondern auch gegen andere unerwünschte Emotionen helfen. Ihr hilft es nicht.

»Was soll ich denn tun?«, jammert Emily.

»Ihr jungen Leute habt doch heute tausend Möglichkeiten, gerade mit den digitalen Medien. Mach einen Podcast, drehe Videos, werde Influencerin zum Thema Klima! Und dann konzentrier dich auf deine Ausbildung und studiere. Ich habe mich informiert. Es gibt heute wunderbare Studiengänge zu erneuerbaren Energien, Klimaforschung, Naturschutzbiologie, Umweltwissenschaften oder auch Klimakommunikation. Und das sind nur ein paar wenige Beispiele. Damit könntest du wirklich viel zu deinem Anliegen beitragen. Du könntest auch politisch aktiv werden. Allerdings geht das schlecht, wenn du dann bereits vorbestraft bist, weil du heute schon so viele schräge Sachen machst.«

Valentina verstummt. Das musste einfach mal gesagt sein. Sie kann ja nicht immer nur die nette, verständnisvolle Nonna sein.

»Du hast dir solche Gedanken gemacht?«, sagt Emily erstaunt und schaut sie mit großen Augen an.

»Ja. Sicher.«

»Ich werde mir auch solche Gedanken machen«, verspricht sie.

»Keine Aktionen mehr? Vorläufig?« Valentina versucht, Emily streng anzusehen.

Es scheint zu klappen, denn Emily sagt mit würdevoller Miene: »Versprochen!« Und es klingt so, als würde sie es ernst meinen.

Otto krächzt wild und laut, als möchte er bestätigen, dass er alles gehört hat und es somit jederzeit bezeugen kann.

Emily geht hinüber zu seiner Voliere und meint: »Ist es nicht traurig, dass er eingesperrt ist? Warum bloß tut man so was? Mama sagt, es sei verboten, Papageien allein zu halten.«

»Ja. Aber diesen Vogel hat Hildegard mit dem Haus geerbt. Er ist alt. Und offenbar ließ er sich dann nicht mehr verpaaren, hat sie mir erzählt. Otto hat alle möglichen Gespanen böse attackiert. Und weißt du, früher hat man sich einfach nicht so große Gedanken über die Tierhaltung gemacht. Und jetzt ist Otto halt hier. Zurück in seinen natürlichen Lebensraum kann man ihn ja schlecht bringen. Er tut mir auch leid – aber nur manchmal.« Valentina erzählt von seinen früheren Flügen zum Baum gegenüber und vom Angriff des Greifvogels.

Ja, ihr ist schon bewusst, dass sich gerade im Umgang mit Tieren in den letzten Jahren viel geändert hat. Wie gern hat sie Elefanten und Löwen und Tiger im Zirkus besucht. Sogar eine Giraffe rannte mal kurz durch die Manege. Und es gab Schimpansen in Kleidern … Und Delfine im Kinderzoo …

Alles heute undenkbar.
Emily hält ihren Finger durch die Gitterstäbe von Ottos Käfig, und sofort kommt der Vogel näher und lässt sich von ihr den Hals kraulen. Ein seltsames Tier. Kann es sein, dass die »graue Eminenz« nur Kinder mag, und alle anderen müssen sich ihre Zuneigung zuerst mit gekochten Eiern erkaufen?
»Ein schöner Vogel!«, sagt Emily andächtig.
»Mach die Voliere auf und halte ihm deine Schulter hin!«
»Sicher? Echt?«
»Ja.«
Emily tut es und ist hocherfreut, als Otto ihr tatsächlich auf die Schulter hüpft. Zufrieden spaziert sie mit ihm durch die Wohnung, schaut sich überall um. Und was tut Otto? Er säuselt exotische, schmeichelnde Laute in ihr Ohr.
Emily findet, es sei schon etwas Besonderes, mit Tieren zu leben. Luna hat sie schon gestern auf der nächtlichen Fahrt ins Herz geschlossen, und Stella, die Katze, sei heute Morgen kurz bei ihr im Zimmer gewesen und habe sie begrüßt.
Valentina ist ein klein wenig eifersüchtig darauf, dass ihre Enkelin den Zugang zu »ihren« Tieren so schnell findet.
Mit Otto auf der Schulter betritt Emily nun den Balkon und ist wie ihre Nonna begeistert von der Aussicht.
»Als wäre man auf einem hohen Berg, dabei ist man ja nur in Seelisberg!«, ruft sie.
Valentina lächelt. Ziemlich sicher wird es ihrer Enkelin schnell einmal langweilig hier. Aber im Moment ist alles neu und spannend.
»Was machen wir heute?«, fragt Emily unternehmungslustig.
»Du willst also wirklich bleiben?«
»Ja, sicher!«
»Gut, dann gehen wir wandern. Wir könnten das Postauto nach Beckenried nehmen, von dort mit der Bahn auf die

Klewenalp fahren und etwa eineinhalb Stunden hinüber zur Stockhütte wandern. Dann mit der Seilbahn wieder hinunter nach Emmetten gondeln und mit dem Postauto zurück. Das geht gut mit deinen Turnschuhen.«

»Okay, ich lass mich überraschen.«

»Aber eigentlich brauchst du ja dann schon auch frische Kleider und ein paar persönliche Sachen, oder?«

»Ja. Aber das hat Zeit.«

Da hat sie recht. Valentina beschließt, dieses Problem auf den Abend zu verschieben. Der Tag ist zu sonnig, um nicht genützt zu werden. Sie freut sich auf den Ausflug mit Emily und Luna, die natürlich mitkommt.

Die Wanderung ist leicht, der Weg gut ausgebaut und niemals steil. Immer wieder gibt es Beizli und Bänke zum Ausruhen. Valentina versucht, dem Nachmittag ein wenig Leichtigkeit zu geben und Gespräche über den Klimawandel zu vermeiden. Das stellt sich allerdings als recht schwierig heraus. Als die beiden zum Beispiel an einer Weide vorbeikommen und die Kühe beim Fressen beobachten, erinnert sich Emily an einen Fernsehbericht über das karge Leben der Nutztiere in Mauretanien.

»Sie haben einen Bauern gezeigt, der seinen Schafen und Ziegen Karton zu fressen gab. In Stücke gerissenen Karton! Er hatte einfach nichts anderes. Und die fraßen das tatsächlich!« Sie habe geweint, als sie den Beitrag gesehen habe. »Ist das nicht alles schrecklich ungerecht? Ist es nicht zum Schreien, dass der Klimawandel die Armen am stärksten trifft?«

»Doch, das ist es. Und ja, wir sind sehr privilegiert, es ist ein Geschenk, in der Schweiz leben dürfen«, gibt Valentina gern zu. Sie weiß nicht einmal, wo Mauretanien liegt, wie sie sich zu ihrer eigenen Schande eingestehen muss. Wahrscheinlich irgendwo in Afrika.

Gut, dass Luna da ist, die immer wieder für Ablenkung sorgt. So verbringen Valentina und Emily einen schönen Nachmittag und kommen erst spät wieder nach Seelisberg zurück. Leider gibt es da eine böse Überraschung. Eine wutschnaubende Tanja wartet vor Hildegards Haus auf die beiden.
»Ihr geht einfach auf einen Ausflug, als wäre nichts gewesen? So geht das wirklich nicht! Wir müssen doch reden! Wir gehen sicher nicht einfach zur Tagesordnung über. So einfach machen wir es dir nicht, Emily.«
Uff. Tanja ist mächtig böse.
»Emily, du bist heute in allen Zeitungen und sogar in den Nachrichten! Die Leute reden über dich! Und nein, sie reden dabei nicht auch über den Klimawandel!« Die Kommentare zu den Online-Berichten seien überwiegend kritisch gegenüber Emily und ihren beiden Freunden. »Ich schäme mich – und du solltest es auch tun«, sagt Tanja. »Du bist erst fünfzehn!«
Valentina weiß gerade nicht, wie sie sich verhalten soll. Sie versucht, Tanja zu beruhigen.
»Komm doch rein, dann könnt ihr in Ruhe reden, während ich eine Minestrone für uns koche. Brot haben wir unterwegs eingekauft«, schlägt sie vor.
Damit ist Tanja nicht einverstanden: »Nein, das sehe ich anders. Emily kommt jetzt mit mir heim. Dort wird sie mir und ihrem Vater alles erklären. Und wir werden uns gemeinsam Konsequenzen überlegen. Das muss einfach Konsequenzen haben.«
Emily schweigt.
Und Tanja schimpft weiter. Allerdings nicht mehr nur mit Emily.
»Es reicht doch völlig, dass du, Mama, hier oben machst, was du willst, ohne Rücksicht auf uns. Aber Emily ist ein Kind,

und sie braucht Grenzen, und wie ich inzwischen von der Polizei erfahren habe, hat sie diese schon viel zu häufig überschritten.« Inzwischen hätten sich schon Journalisten bei ihr und Ivan gemeldet und für ein Interview angefragt. »Wir werden aber keine geben, Emily! Auch du nicht! Dafür sorge ich höchstpersönlich! Gott sei Dank ist dein Vater Jurist! Was um Himmels willen hast du dir dabei nur gedacht?«

Tanja sieht aus, als könnte sie gleich explodieren vor Wut. Valentina würde es nicht wundern, wenn plötzlich heißer Dampf aus ihrer Nase und ihren Ohren zischte. Schon als Kind hatte ihre Tochter spektakuläre Wutanfälle und war, wenn sie einmal in Rage war, kaum mehr zu besänftigen.

Emily dagegen scheint innert kürzester Zeit zu schrumpfen. Gerade als Valentina sich für Emily einsetzen will, winkt sie ab.

»Schon gut, Nonnavalentina. Es war schön bei dir. Und du hast mich zum Nachdenken gebracht. Ich gehe jetzt wohl besser wieder heim, aber – darf ich wiederkommen?«

»Jederzeit«, sagt Valentina so schnell, dass Tanja nicht dagegen protestieren kann, und schon steigt Emily gehorsam in den knallroten Alfa Romeo ihrer Mutter ein. Diese schickt Valentina noch einen letzten, bösen Blick, lässt den Motor aufheulen und fährt mit ihrer eingeschüchterten Tochter davon.

Valentina erlaubt sich einen lauten Seufzer.

Sie denkt an Brot. Und an Minestrone.

Aber der Appetit ist ihr vergangen.

Gründlich.

Sie steht noch eine Weile vor dem Haus, fühlt sich irgendwie verloren, bis Luna an der Leine zerrt und sie von ihrer Erstarrung befreit. Den Abend verbringt sie nachdenklich auf dem Balkon, mit Papagei und Hund. Als würde Otto ihre Bedrückt-

heit spüren, sitzt er heute nicht einfach auf seiner Stange, sondern turnt wie verrückt herum. Felgaufschwung vorwärts und rückwärts. Es muss dem wilden Vogel längst schwindlig sein. Dazu kreischt er laut, wohl voller Freude über seine Akrobatikkünste. Und er ringt Valentina ein Lächeln ab.
Ja, das Leben mit Tieren ist schön.
Aber gerade fehlt ihr auch Willy, und daher führt sie mit ihm ein spätes, langes Gespräch.
»Tanja ist wieder bei Ivan eingezogen. Wegen Emily«, berichtet ihr Ehemann. »Aber sie betonte, das sei eine wirklich vorübergehende Entscheidung. Nun, die Stimmung zwischen den beiden ist immer noch relativ eisig. Bloß wegen Emily werden die wohl kaum zusammenbleiben.«
»Wer weiß. Es ist zumindest ein Versuch, der sich ja auch als Chance herausstellen könnte – für alle«, wirft Valentina ein, hat allerdings auch ihre Zweifel. »Das Hin und Her ist für alle drei nicht gut.«
»Ist ja schon ein starkes Stück, was Emily da veranstaltet hat. Kam sogar in den Nachrichten!«
»Tja, das kann man wohl sagen – ein starkes Stück. Aber ich konnte ganz gut mit ihr reden. Und sie schien durchaus einsichtig. Wenn nur Tanja mit ihrer unbändigen, lauten Wut nicht alles wieder verdirbt. Unsere Tochter hat sich manchmal einfach nicht im Griff!«
»Stimmt. Aber Ivan ist ja auch noch da. Der hat schon viele Tanja-Stürme überstanden. Möglicherweise schon viel zu viele …«
»Aber sag, Willy, wie kommst du zurecht, jetzt, wo auch noch Tanja das Haus verlassen hat?«
»Das werden wir sehen, im Moment genieße ich das leere Haus sogar ein bisschen. Und morgen Abend habe ich ein paar Kollegen zum Jassen eingeladen. Du siehst, ich mache mich.

Aber wenn du wieder heimkommst – egal wann –, dann freut mich das sehr.«
So etwas Rührendes hat ihr Mann schon lange nicht mehr gesagt. Valentina genießt es.
»Weißt du, Valentina, ich mache mir im Moment wirklich Sorgen um Emily. Tanja und Ivan müssen selber wissen, was sie tun oder nicht tun. Aber für das Kind ist die Situation sicher nicht einfach.«
»Emily weiß, dass sie jederzeit zu mir nach Seelisberg kommen kann. Ich hoffe nur, Tanja und Ivan erlauben es ihr dann auch. Was für ein Glück, ist grad Ferienzeit.«
Dann erzählt Willy noch, dass sie wieder ein wirklich lukratives Kaufangebot für ihr Haus in Luzern bekommen hätten: »Die Immoholding Müller-Meier würde – jetzt halt dich fest – über zwei Millionen bezahlen, Valentina. Wir wären reich!«
»Zwei Millionen? Das ist wirklich viel Geld. Aber das Haus ist halt auch unsere Heimat, unser Daheim, voller Erinnerungen.«
»Ja, ja, so etwas will gut überlegt sein, Valentina. Keine Sorge, da sind wir ganz einer Meinung«, beruhigt Willy sie. Und sagt dann, er wolle bald einmal zu ihr zu Besuch kommen. »Aber wenn du mich nicht grad brauchst, genieße ich vorerst noch die sturmfreie Bude.«
Sturmfrei!
Was für ein Ausdruck!
Als wäre Valentina ein Sturm!
Und dann denkt sie, sie müsste vielleicht tatsächlich etwas stürmischer werden. Möglicherweise war sie viel zu lange nur ein laues Lüftchen.

12

NICK

Im Chat des Literaturzirkels wird heute zu einem inoffiziellen Treffen im Hotel Bellevue eingeladen. Es spiele eine Rockband. Eine Rockband? Valentina hat gar keine Lust auf Lärm. Als sie realisiert, was sie gerade gedacht hat, schimpft sie mit sich selber.

Seit wann ist Rockmusik Lärm?

Wie alt ist sie eigentlich?

Jede Art von Musik kann als Lärm empfunden werden, wenn sie stört – sogar dann, wenn sie gut ist, egal, ob Klassik oder Ländler. Vielleicht ist es ja eine coole Band? Und wenn sich schon die Elite von Seelisberg nicht zu fein ist, an diesem Anlass teilzunehmen, findet Valentina nun, sollte sie sich wirklich nicht zieren. Außerdem würde sie wohl in Hildegards Häuschen, das so nah beim »Bellevue« ist, sowieso alles hören.

Also gibt sie sich einen Schubs und schreibt in den Chat: »Ich bin dabei.«

Und das, obwohl sie gerade Kopfschmerzen plagen. Aber die hat sie in letzter Zeit häufig, was wahrscheinlich am Schlafmangel liegt. Ob sie sich an beides gewöhnen muss?

Schlafmangel und Kopfschmerzen?

Aber jetzt gibt es Rock in Seelisberg! Als Teenager, schwer verliebt in Dominik – den Versicherungsvertreter, der damals noch glaubte, Rockstar zu werden, und der sie wie Luft behandelte –, hörte sie monatelang nur AC/DC oder Status Quo, weil das Dominiks Lieblingsbands waren. Später, als sie sich ihn abgeschminkt hatte, ließ auch ihr Interesse für diese Bands nach. Und Alice Cooper war ihr zu exzentrisch.

Queen, Deep Purple oder Pink Floyd, daran erinnert sie sich jedoch heute noch gern. Die Rolling Stones hört sie sich immer noch an, genauso wie die Schweizer Rockbands Krokus und Gotthard.
Für das Rockkonzert in Seelisberg muss sie sich nicht einmal umziehen. Jeans und T-Shirt trägt sie schon. Allerdings hat sie gerade gestern in der Zeitung eine Schlagzeile entdeckt, in der es hieß, Frauen ab fünfzig sollten keine Jeans mehr tragen. Das hätten britische Forscher herausgefunden. Valentina empfand dies als so absurd, dass sie nur Titel und Lead des Artikels las. Alles andere wäre Zeitverschwendung gewesen. Trotzdem war sie dann eine Weile mit Kopfschütteln beschäftigt. Haben Forscher denn nichts anderes zu tun? Gibt es keine wichtigen, unerforschten Gebiete mehr? Schwarze Löcher irgendwo? Vielleicht weit, weit weg, hinter der Antarktis?
Immer wieder steht da oder dort, was eine Frau über fünfzig nicht mehr tragen dürfe, welche Lippenstiftfarben für ältere Semester nicht mehr empfehlenswert seien oder welche Frisuren ab sechzig unpassend. Hä? Und wer ist das, der das empfiehlt, entscheidet, »erforscht«? Da ist Valentina dann doch selbstbewusst genug, um selbst zu bestimmen, was sie noch tun und was lassen will. Das möchte sie ganz gern auch Emily weitergeben: Selbstbewusstsein. Die Stärke, selber zu entscheiden und Einflüsse von außen nicht zu ernst zu nehmen. Bei Tanja ist es ihr ja fast schon zu gut gelungen. Die ist stark, entscheidungsfreudig, selbstbewusst.
Immerhin etwas, was sie in ihrer Erziehung gut gemacht hat.

Der Abend wird dann tatsächlich ein Erfolg. Auf der Bühne steht nämlich eine Band mit älteren Musikern. Das findet Valentina cool. Und sie spielen auch ältere Musik, Songs, die sie kennt, die ihre Füße in Bewegung setzen, die sie mitsin-

gen kann. Die Seelisberger Elite tanzt viel, und sogar Madlen schwingt ihre Hüften. Sie ist mit achtzig sicher die Älteste hier, auch wenn das Publikum bunt gemischt ist. Auch Toms Eltern sind hier. Der Lastwagenfahrer hat anscheinend mal Heimurlaub. Patty winkt ihr glücklich zu.
Ja, so ein Rockkonzert ist schon sehr, sehr laut; aber die Band ist gut. Und Lautstärke hat halt auch Vorteile: Man spürt die Musik körperlich. Die Bässe wummern sich tief in den Bauch hinein. Das Schlagzeug bringt das Blut in Wallung. Der ganze Körper vibriert.
Pietro, der ja auch zu ihrem Zirkel gehört, arbeitet heute an der Bar und scheint ganz glücklich damit zu sein. Er bedient, singt, tanzt und lacht. Alles gleichzeitig. Valentina holt sich bei ihm etwas zu trinken und steht wippend mit einem Glas in der Hand vor der Bühne. Zufällig kreuzt sich ihr Blick mit jenem des Sängers und Gitarristen. Einen Moment lang schauen sich die beiden in die Augen, als gäbe es ein Erkennen, ein Wiedersehen. Aber Valentina wendet sich ab. Sie kennt keine Rockmusiker.
Als ihr Glas leer ist, tanzt sie zusammen mit Christian, dem einstigen Zahnarzt, einen langsameren Song. Später flippt sie mit Sibylle über die Tanzfläche, als wäre sie ein Teenager. Valentina hat richtig Spaß. Solch ausgelassene Abende haben in ihrem Leben schon lange nicht mehr stattgefunden. Warum eigentlich? Warum hört man irgendwann auf, Dinge zu tun, die doch immer schon Spaß gemacht haben?
Ein vergnüglicher Abend.
Entspannung pur.
Bis dann in der Pause der Gitarrist auf sie zukommt.
»Bist du nicht Valentina?«, fragt er.
Valentina schaut den Mann aufmerksam an. Sie kennen sich also doch!? Und dann lacht sie laut auf.

»Dominik?«, fragt sie und kann es kaum fassen.
Er nickt und bestätigt: »Heute nennt man mich Nick! Ich wäre jetzt doch etwas beleidigt gewesen, wenn du mich einfach vergessen hättest.« Die beiden umarmen sich.
»Wir haben uns fast vierzig Jahre nicht mehr gesehen«, verteidigt sich Valentina.
Dominik/Nick schiebt sie etwas von sich weg, mustert sie und sagt: »Du siehst immer noch heiß aus.«
Valentina protestiert: »Heiß? Ich habe noch nie heiß ausgesehen. Und wenn, dann hast du es jedenfalls nicht registriert. Mit fünfzehn warst du mein großer Schwarm, aber du hast das vor lauter Verehrerinnen nicht gemerkt, soweit mir bekannt ist.«
Nick grinst und sagt: »Sorry, du bist mir erst mit zwanzig aufgefallen. Damals hast du mich leider nicht mehr angeschaut.«
»Tja, Timing ist alles – nicht nur in der Musik«, entgegnet Valentina lachend.
Die beiden verlassen den Saal und gehen hinaus auf die große Terrasse, atmen tief durch. Nick legt seinen Arm um sie, als wären sie alte Freunde. Das sind sie vielleicht auch, irgendwie.
»Du bist also doch Rockmusiker geworden«, sagt Valentina anerkennend. »Ich gratuliere.«
»Na ja, nicht ganz so groß, wie ich es mir als Teenie erträumt habe. Aber vielleicht genau richtig für mich«, relativiert er. »Ich habe bis fünfzig bei einer Versicherung gearbeitet. Dann ließen meine Frau und ich uns scheiden. Das war eine richtig hässliche Geschichte. Bei der Versicherung standen auch unschöne Veränderungen an. Ich schmiss alles hin und mache jetzt das, was ich immer tun wollte.«
»Gut gemacht. Sehr mutig.«

»Und du? Ich hörte, du hast Preise gewonnen für deine Übersetzungen?«
»Dass du das gehört hast, überrascht mich jetzt grad ein wenig, wirklich. Und zurzeit bin ich gerade arbeitslos«, gibt Valentina bescheiden zurück.
»Oh!«
»Ja, jetzt übersetzt wahrscheinlich bereits die künstliche Intelligenz.«
»Und du bist verheiratet, richtig?«, fragt Nick.
»Ja, wir haben eine Tochter und eine Enkelin.«
»Was, du bist Oma? Herrlich!«
»Finde ich auch.«
Nick muss zurück auf die Bühne, fragt: »Du bist nach dem Gig schon noch da, oder?«
Valentina weiß es noch nicht genau und lässt die Antwort offen. Sie bleibt noch eine Weile draußen stehen und erinnert sich, wie unglaublich verliebt sie in den Jungen war, der so fest daran glaubte, einmal ein Rockstar zu werden. Als Teenager war Nick erstaunlich sicher in seiner Lebensplanung. Das beeindruckte sie damals. Heute wiederum ist sie beeindruckt davon, dass er sein Leben völlig umgekrempelt hat. Und auch wenn er zu einer Veränderung gezwungen wurde, sie ihm durch gewisse Umstände vielleicht sogar erleichtert wurde, so hat er es doch durchgezogen. Dieser Gedanke ist wie ein monströses Transparent, das direkt vor ihrer Nase hängt: *Alles ist möglich, wenn man will, wenn man Mut hat, wenn man es überhaupt versucht – egal, wie alt man ist.*
Valentina tut das gut.
Das ist wie ein Wink des Universums.
Sie geht wieder hinein in das Getümmel und tanzt jetzt vielleicht etwas weniger wild, beobachtet dafür umso mehr das Geschehen auf der Bühne.

Ja, Nick ist in seinem Element. Er ist glücklich. Er tut das, was er immer tun wollte, nur halt ein paar Nummern kleiner.
Nicht in Seattle, aber in Seelisberg.
Nicht im Hallenstadion, aber im Hotel Bellevue.

Valentina hat letztes Jahr von Tanja ein Buch geschenkt bekommen, »Die Mitternachtsbibliothek«. Im Bestseller von Matt Haig geht es darum, dass eine Frau, die versucht hat, sich das Leben zu nehmen, weil sie glaubt, in ihrem bisherigen Leben alles falsch gemacht zu haben, die Möglichkeit bekommt, an einem Ort zwischen Raum und Zeit auf ihr Leben zurückzuschauen. Sie darf alle ihre großen Entscheidungen noch einmal treffen, um dann zu erleben, wie alles geworden wäre, hätte sie sich da und dort anders entschieden. Am Ende stellt sie dann fest, dass all ihre Lebensentscheidungen durchaus gut gewesen waren. Ein empfehlenswertes Buch, weil man sich danach unwillkürlich mit seinen eigenen Entscheidungen befasst, die man im Leben so getroffen hat.
Auch Valentina kann sich jetzt natürlich viele Fragen stellen: Was wäre aus ihr geworden, wenn sie damals mit Nick zusammengekommen und mit ihm zusammengeblieben wäre? Was, wenn er dann wirklich ein Star geworden wäre? Was, wenn er nicht erfolgreich gewesen und zusammen mit seinem Traum zerbrochen wäre? Was wäre dann aus ihr geworden? Was wäre passiert, wenn sie nach ihrem Studium in Rom einfach in Italien geblieben wäre, vielleicht mit Luigi, der sich das so sehr gewünscht hatte? Was wäre gewesen, wenn sie ein Buch geschrieben hätte, wie sie es eigentlich immer irgendwann einmal tun wollte, statt Bücher von anderen zu übersetzen?
»Die Mitternachtsbibliothek« hat Valentina damals sehr zum Nachdenken angeregt. Heute ist es Nick, der ihre Gedanken

zum Kochen bringt. Auch ihr Blut köchelt ein ganz klein wenig. Dominik/Nick sieht einfach immer noch verdammt gut aus. Graues Haar steht ihm. Statt Pickel hat er heute Falten. Und einen leichten Bauchansatz hat er auch. Alles kein Thema. Er strahlt, er singt, er lacht, er grinst. Es ist sein Glück, das ihn so attraktiv macht.

Immer wieder schaut er sie an. Und sie schaut ihn an. Manchmal wird sie ein wenig verlegen bei diesem intensiven Blickwechsel. Flirtet er? Flirtet sie? Will sie das wirklich? Sie hatten ihre Chance, vor bald einem halben Jahrhundert. Jetzt sind sie doch zu alt für irgendetwas Aufgewärmtes. Sie hat Willy. Und Willy ist gut.

Aber, nun, Willy ist ein warmer Ofen.

Nick ist ein loderndes Feuer.

Willy ist ein zuverlässiger Mittelklassewagen.

Nick ist der rote Sportflitzer, den man sich eigentlich nicht leisten kann.

Willy ist der Mann fürs geruhsame Zusammenleben.

Nick ein Mann für eine wilde Affäre.

Valentina erschrickt selber über ihre Gedankenspiele. Sie ist nicht »so eine«. Oder doch? Es ist leicht, den Stab über andere zu brechen, wenn man nie richtig in Versuchung geführt wird. Dieser Moment hier, der ist eine Versuchung. Und was hat sie bisher gedacht über Männer, die fremdgehen? Dass es immer eine freie Entscheidung ist. Dass man nie verführt wird, sondern sich verführen lässt. Dass man immer Nein sagen kann. Dass Liebe doch mehr wert sein muss als irgendein schnelles Abenteuer. Dass man schließlich erwachsen ist und einen Willen hat und so weiter …

Valentina denkt an Brot.

An ein ganz großes, ein riesiges Brot.

Einen Berg von einem Brot.

Und dann verabschiedet sie sich von ihren neuen Freunden. Sie winkt Nick zu – und geht heim. Ja, es gibt einen kleinen Anflug von Bedauern, aber auch Freude über ihre Vernunft und eine gewisse Erleichterung.
Luna freut sich, dass sie heimkommt. Valentina könnte sich daran gewöhnen, dass zu Hause immer ein Tier auf sie wartet. Sie macht mit der Hündin noch eine kleine Runde und setzt sich dann auf den Balkon. Aus dem »Bellevue« ist noch immer die Musik zu hören. Sie atmet und freut sich an der würzigen frischen Luft. Dazu mäandern ihre Gedanken im Takt von Status Quo und Nicks Gesang.
Whatever you want
Whatever you like
Whatever you say
You pay your money
You take your choice
Genau: Sie hat ihre Wahl getroffen. Valentina lächelt.
Irgendwann nickt sie sogar ein wenig ein.

Als es klingelt, schreckt Valentina hoch. Oh, sie hat wohl geschlafen! Im Freien! Sie freut sich immer, wenn sie aufwacht, weil das ja heißt, dass sie tatsächlich geschlafen hat. Natürlich bedauert sie dann auch gleich, dass sie aufgewacht ist.
Aber jetzt, wenn jemand mitten in der Nacht klingelt, weiß sie, es ist wichtig. Es könnte Emily sein – mit oder ohne Polizei. Oder Willy – als Überraschungsbesuch.
Nein!
Es ist Dominik respektive Nick, der Rocker.
»Du bist einfach gegangen!«, sagt er trotzig mit vorwurfsvollem Blick, wie ein kleines Kind.
»Ja«, antwortet Valentina unbeeindruckt, lässt ihn aber eintreten.

»Machst du mir einen Kaffee?« Seine Frage klingt allerdings so, als würde sie viel mehr beinhalten.
»Ja, einen Kaffee kann ich dir machen. Dann schläfst du nicht ein auf der Heimfahrt.« Das war doch deutlich genug, oder?
»Warum bist du gegangen?«, will Nick wissen, während er neugierig durchs Haus spaziert.
»Ich war müde.«
»Ach?«
»Ja.«
»Du hast gar nicht müde ausgesehen, sondern immer noch ganz und gar knusprig.«
Darauf geht Valentina besser gar nicht ein. Sie beschäftigt sich mit der Kaffeemaschine.
»Dieser Vogel da, ist der schon lange allein?«
Nick hat frech das Tuch von Ottos Käfig gezogen und starrt den Vogel an.
Otto beginnt sofort zu krächzen: »Ottoottootto!«
Valentina sagt bestimmt: »Lass Otto schlafen!«
Erst als Nick den Käfig wieder abgedeckt hat, beantwortet sie seine Frage: »Ja, Otto ist schon lange allein. Zu lange, als dass er sich verpartnern lassen wollte. Er hat alle Vögel angegriffen, die man ihm vorgestellt hat.«
»Keiner ist gern allein, nicht einmal ein grauer Papagei. Ich kenne auch so einen einsamen Vogel«, meint Nick.
Valentina ignoriert den Satz. Sie ist ja nicht allein.
Jetzt schaltet Nick das Radio ein.
Er benimmt sich wie zu Hause.
Valentina geht auch darauf nicht ein und setzt sich mit Nick im Wohnzimmer auf das geblümte Sofa. Er trinkt den Kaffee, sie hat sich einen Tee gemacht. Sie reden über dies und das, und Valentina spricht auch über ihre Schlafstörungen, nennt sie als Grund, überhaupt hier in Seelisberg zu sein.

»Meine neuen Freunde nennen mich ›Schlaflos in Seelisberg‹.«
»Ach, nach dem Film, lustige Idee«, meint Nick und fügt dann allerdings hinzu, er hätte schon auch noch ein paar Ideen, sie zum Schlafen zu bringen, wenn sie ihm nur eine Chance gäbe. Dabei rückt er verdächtig nahe an sie heran. Sie riecht seinen rauchigen Schweiß und den flüchtigen Duft eines Aftershaves.
»Sex kann helfen«, wird ihr alter Schwarm noch deutlicher. »Sozusagen Therapiesex. Für die Psyche und gegen Schlaflosigkeit.«
Nicks Hände wuscheln jetzt sanft in Valentinas Haar herum. Er kann nicht wissen, dass sie das ganz und gar nicht mag. Sie spielt nur selbst gern mit ihren Haaren, wenn sie ihre Gedanken ordnen will. Willy würde das nie tun. Er weiß, was sie mag und was nicht.
»Kein Sex, Nick. Sorry. Du musst jetzt gehen. Es ist besser.«
»Nur eine Nacht. Keiner muss je davon erfahren. Morgen gehen wir wieder unserer Wege.«
»Nein«, sagt Valentina klar und deutlich.
»Nein?«
»Nein!«
Jetzt sieht der Rocker richtig geknickt aus. Er habe den Tourbus der Band ohne ihn abfahren lassen, weil er so sicher gewesen sei, bei ihr schlafen zu können.
»Wohin soll ich jetzt gehen, mitten in der Nacht?« Nick schaut sie mit einem süßen Hundeblick an. Nicht einmal Luna könnte das besser.
Valentina verdreht die Augen und seufzt. Das kann doch wohl nicht wahr sein?! Einen Moment lang erwägt sie, ihn bei sich übernachten zu lassen. Im Gästezimmer, wohlverstanden. Aber dann findet sie, dass auch das überhaupt nicht geht. Sie ärgert sich. Sie will sich nicht manipulieren lassen.

»Du kannst rüber zum Hotel und da jemanden rausklingeln. Einer ist da immer wach. Die haben noch viele freie Zimmer«, behauptet sie frech, ohne es wirklich zu wissen.
»Wirklich? Du schmeißt mich jetzt raus?« Nick kann es nicht fassen, dass er abgewiesen wird.
»Ja, genau. Ich bin verheiratet. Ich liebe meinen Ehemann, und ich habe keine Lust auf Komplikationen.«
»Aber auf mich, da hättest du doch schon Lust? Oder?«
»Vielleicht tatsächlich – unter ganz, ganz anderen Umständen. Aber wir haben nun mal unsere Chance verpasst.«
Valentina ist sehr froh, dass Nick dann tatsächlich geht, ohne ein großes Theater zu machen. Aber kurz darauf ärgert sie sich wieder, als sie vom Balkon aus hört, wie jemand auf dem Hotelparkplatz in ein Auto steigt, den Motor startet, ihn aufheulen lässt und losfährt. Das war ganz bestimmt Nick. Von wegen Tourbus! Er hatte sehr wohl sein Auto dabei!
Aber sie lächelt dann doch – mit leichtem Kopfschütteln –, über sich genauso wie über Nick. Sie kann nicht zurück in die Vergangenheit. Und sie will es auch nicht. Auch wenn sie einen Augenblick lang in Versuchung geraten war.
Nein. Niemals.
Mai, mai, mai.

13

ANNA

Am Morgen zieht Valentina schon früh mit Luna los. Der Tag ist ein Traum, einer von der Sorte, für die es keine Worte gibt. *Meraviglioso!*

Sie braucht Bewegung und Sonne und Ablenkung, muss diese Begegnung mit Nick verarbeiten und vielleicht besser sogar vergessen. Dringend. Sie fährt also mit dem Postauto Richtung Emmetten. Noch vor dem Dorf geht eine winzige blaue Seilbahn zum Niederbauen hoch. Dort oben steigt sie aus und wird mit sofortiger Wirkung von einer traumhaften Aussicht überrascht. Sie spaziert hinüber zur Alp Tritt, wo sie einen Milchkaffee trinkt, frisch gebackenen Apfelkuchen isst und ein großes Stück Alpkäse kauft. Es hat viele Wanderer hier, und sie wird schnell in Gespräche verwickelt. Dabei hilft einmal mehr Luna, die sofort alle Herzen erobert. Allerdings hätte Valentina hier in dieser Alpwirtschaft wohl ohnehin schnell Anschluss gefunden, denn es gibt nur ein paar wenige, lange Tische. Man rückt zusammen.

Valentina war schon einmal mit Willy hier, sie sind damals anschließend auf den Niederbauen Kulm gewandert, bis auf zweitausend Meter Höhe. Diese Wanderung hat sie in bester Erinnerung, weil sie nach der Bergaufwanderung von etwa eineinhalb Stunden großartig belohnt wurden. Der Rundblick auf dem Gipfel war spektakulär und fast nicht zu überbieten. Sie hatte damals Tränen in den Augen. Berggipfel, die man nur zu Fuß erreichen kann, sind halt immer etwas Besonderes. Allein traut sie sich den Weg nicht zu. Aber die schönsten Wanderungen, die vergisst man ja sein Leben lang nie.

Jetzt genießt sie einfach einen längeren Spaziergang und die herrliche Gegend. Sie macht Fotos von Kühen mit Hörnern und mit Aussicht und verschickt sie auch gleich im Familienchat, stellt sie auch auf Facebook und Instagram. Sobald sie Kühe sieht, muss sie ans Kartonfüttern in Mauretanien denken, und es kommt ihr auch wieder in den Sinn, dass sie Emily auf den richtigen Weg bringen wollte.
Valentina hat sich inzwischen im Internet eingehend über Influencer informiert. Ihr ist das zwar nicht ganz geheuer, und sie findet deren immer größer werdenden Einfluss bedenklich, aber man kann sich dem ja nicht einfach verschließen, und sie will diese neue Welt auch verstehen. Jedenfalls ist sie so auf die Sinnfluencer gestoßen. Das wäre doch etwas für Emily, findet Valentina. Sie weiß, wie gern ihre Enkelin in den sozialen Medien unterwegs ist. Und Emily weiß so viel über den Klimawandel und Umweltthemen im Allgemeinen. Sie könnte ihr Wissen doch in Kurzvideos verbreiten, an guten Ideen für einen »Content« – so nennt sich der Inhalt solcher Nachrichten, wie Valentina jetzt weiß – mangelt es Emily bestimmt nicht. Vielleicht bräuchte sie noch ein Ringlicht mit Stativ, um sich wirkungsvoll zu präsentieren, und eine App, um die Filmchen zu bearbeiten. So etwas wie Capcut, die wäre sogar gratis herunterzuladen. Ja, Valentina hat sich gut in die Materie eingelesen und nimmt sich vor, demnächst wieder ein ernsthaftes Gespräch mit ihrer Enkelin zu führen. Sie hätte viele Ideen …
Schlaflose Nächte können manchmal auch gut sein. Man verschläft keine kreative Phase. Hat viel Zeit zum Nachdenken.
Sinnfluencerin.
Das klingt doch gut.
Sympathischer als Klimaaktivistin.
Sie ist gespannt, wie Emily über ihre Ideen denkt.

Inzwischen hat Valentina richtig Hunger bekommen und kehrt im Berggasthaus Niederbauen ein. Die Wirtin, Christine Ineichen, begrüßt sie höchstpersönlich und bringt Luna sofort einen Napf mit Wasser. Die Älplermagronen, die sich Valentina bestellt, schmecken vorzüglich. So wie halt alles, was man über tausendfünfhundert Metern Höhe genießt, einfach besser schmeckt. Glaubt Valentina zumindest. Die Portion ist so groß, dass sie sich die Hälfte davon einpacken lässt und somit auch schon ein Abendessen hat. Fast drei Millionen Tonnen Lebensmittel werden in der Schweiz jährlich weggeworfen, ja, auch das weiß Valentina dank Emily. Gegen Foodwaste ankämpfen, das kann jeder, auch sie. Mit Überzeugung. Allerdings hätte Emily sicher etwas gegen das Plastikgeschirr einzuwenden, in das man ihr die Reste verpackt hat.
Tja, es ist nicht einfach.
Valentina versucht, alles Schwere aus ihren Gedanken zu verbannen und sich auf die Gleitschirmflieger zu konzentrieren, die genau neben der Restaurantterrasse starten. Ein buntes Fliegerspektakel. Valentina möchte das auch mal ausprobieren. Eines Tages. Heute nicht. Morgen auch nicht. Ihr fehlt dazu noch der nötige Mutanfall. Aber Lust hätte sie schon, einmal zu fliegen. Das muss ein unbeschreibliches Gefühl sein. Fliegen. Wie Otto. Nur länger.
Stattdessen nimmt sie die Seilbahn bergab und fährt mit dem Postauto wieder nach Seelisberg. Nein, der Ort ist wirklich keine Sackgasse, sondern ein Anfangspunkt für viele reizende Ausflüge.

Valentina ist noch nicht einmal ganz vor der Haustür, da wird Luna furchtbar unruhig und zieht ungewohnt an der Leine. Warten wieder Überraschungen auf sie? Am frühen Nachmittag? Sie kommt sich langsam vor wie in einem billigen

Schwank, einem Volkstheater, wo der erste Schauspieler rechts die Bühne verlässt und dafür der zweite links hereinkommt, der dritte aus dem Kleiderschrank steigt, wenn der vierte gerade die Zimmertür hinter sich schließt. Und keiner weiß vom anderen, oder jeder sucht den anderen. Klamauk halt – solange es ein Theater ist. Aber bei Valentina ist das grad die Wirklichkeit.
Denn in der Tat: Auf den zwei Stufen vor der Haustür sitzt eine Frau. Eine sehr farbenfroh gekleidete alte Dame. Neben ihr steht eine braune, abgenützte Reisetasche. Mühsam rappelt sie sich hoch. Luna bellt freudig und leckt ihr die Füße und die Hände.
»Ich bin Anna«, sagt die Lady, die um den Kopf geschlungen ein buntes, kunstvoll verknotetes Tuch trägt.
Anna!
»Anna!?«, kann Valentina nur sagen. Mehr will ihr grad nicht in den Sinn kommen. Und dann fragt sie doch: »Anna? Hildegards Schwester?«
Anna nickt.
Valentina schließt die Tür auf und lässt die Frau eintreten, während ihre Gedanken rasen. Wie um alles in der Welt kann Anna hier sein? Und sie wirkt zwar alt, aber nicht etwa gebrechlich und auf gar keinen Fall krank. Und wenn Anna hier ist, wo ist dann Hildegard? Und wenn Anna gesund ist, was geht denn da vor sich?
Luna rennt aufgeregt um Anna herum.
Otto krächzt und flattert.
»Wer sind Sie?«, fragt Anna jetzt ernst. Und: »Wo ist Hildegard?«
Valentina wird klar, dass hier etwas ganz und gar schiefgelaufen sein muss. Ein unheimliches, unheilvolles Gefühl steigt in ihr hoch. Sie lässt Anna zuerst einmal Platz nehmen, stellt

ihrem Gast ein Glas Wasser hin, fragt, ob sie Kaffee oder Tee anbieten darf, und redet dann davon, dass sie hier zu den Tieren und zum Haus schaut.
Anna trinkt durstig das Glas leer und hakt dann nach: »Wo ist Hildegard?« Sie will nun eine Antwort.
Valentina setzt sich neben sie, schaut ihr in die Augen und erklärt: »Hildegard ist nach Kenia geflogen, weil sie glaubte, dass Sie, Anna, schwer krank oder verletzt dort in irgendeinem Spital im Hochland liegen und ganz dringend Geld und Hilfe benötigten. Sie sprach davon, Sie vielleicht heimholen zu müssen. Vielleicht lägen Sie sogar im Sterben.«
Anna lacht ein trockenes Lachen, schüttelt den Kopf und will dann wissen: »Wie kommt sie denn darauf? Und warum konnte ich sie nie erreichen? Ich bin gekommen, weil sie meine Anrufe nicht mehr beantwortet hat. Ich bin gekommen, weil ich dachte, *sie* sei krank oder brauche meine Hilfe.«
Die beiden Frauen schauen sich an und sehen im Gesicht der jeweils anderen die gleiche aufkeimende Angst. Was, wenn das alles Lug und Trug ist?
»Hildegard hatte sehr viel Geld dabei. Sie war unruhig deswegen. Sie sagte, sie habe mit einem Freund von Ihnen gesprochen, dachte, sie würde das Geld vielleicht brauchen, um Sie aus dem Krankenhaus zu holen.«
»Mit einem Freund von mir? Nein. Ich habe keine Ahnung, wen sie damit gemeint haben könnte.«
Konzentriert versucht Valentina, sich noch einmal an alles zu erinnern, an jedes Detail, an jedes Wort von Hildegard.
»Sie sagte, sie habe immer wieder Anrufe bekommen, in denen ihr mitgeteilt wurde, wie schlecht es Ihnen gehe. Und sie konnte Sie nie erreichen.«
Anna schüttelt nur immer wieder den Kopf. »Ich war und bin gesund und munter.«

Jetzt ärgert sich Valentina, dass sie Hildegard nicht vors Haus begleitet hatte, als sie abgeholt wurde: »Ich weiß nicht, wer sie zum Flughafen gebracht hat, ich bin wegen der Tiere drinnen geblieben.«
Den beiden Frauen wird immer mehr bewusst, dass es hier um einen Betrug gehen muss, und Anna sagt mit leiser Stimme: »Es müssen Leute beteiligt gewesen sein, die einiges über uns wussten. Vielleicht hat jemand sogar Hildegards Handy manipuliert, damit wir uns nicht mehr anrufen konnten. Oder eher meines.« Sie fröstelt. »Ich hatte in Kenia schon oft mit Gewalt und Kriminalität zu tun. Dass auch hier in der Schweiz so etwas passieren kann, das erschüttert mich sehr.«
Aber was war dieses »so etwas«, das vielleicht passiert war?
Was war mit Hildegard?
War sie am Leben?
Und wenn ja, wo war sie?
Beide sind ganz blass geworden, als ihnen klar wird, dass möglicherweise etwas sehr Schlimmes geschehen ist.
Sie müssen handeln: Sie brauchen die Polizei.
Sofort.
Valentina wählt die 117 und erklärt einem Beamten ein wenig umständlich und sehr aufgeregt, was passiert ist. Sie wird weitergeleitet und erzählt nochmals, diesmal kürzer und knapper. Dann wird sie an eine Beamtin verwiesen, die ganz genau zuhört, alles exakt zu notieren scheint und auch mit Anna reden will. Sie stellt präzise Fragen und versteht den Ernst der Lage.
»Wir schicken jemanden vorbei. Halten Sie ein möglichst aktuelles Foto der Vermissten bereit. Und rufen Sie sich noch einmal ganz genau in Erinnerung, was alles geschehen ist. Der Reihe nach. Jedes Detail.«
Nach dem Gespräch sind Anna und Valentina gleichermaßen außer sich. Jetzt, wo sie von der Polizei so ernst genommen

werden, müssen sie sich eingestehen, dass es keine andere Erklärung gibt: Es muss ein Verbrechen passiert sein.

Valentina erinnert sich an die Whatsapp-Gruppe von Hildegards Freunden vom Literaturzirkel. Die Mitglieder haben versprochen, immer da zu sein, wenn Hilfe benötigt werde.

»Ich glaube, wir brauchen jetzt Unterstützung«, sagt sie zu Anna und schreibt dann ein paar Zeilen in die Runde.

Danach sitzen sie einfach nur da. Anna weint leise ein paar Tränen. Die Katze legt sich auf ihren Schoß. Luna hockt an ihrer Seite. Valentina läuft unruhig vom Wohnzimmer in die Küche und wieder zurück, hin und her.

Pietro Furioso trifft als Erster ein. Er hat bis eben noch im »Bellevue« nebenan gearbeitet, hat jetzt aber frei.

»Ihr braucht Hilfe? Ich bin da.«

Er umarmt erst Valentina, dann Anna, die er zu kennen scheint.

»Was ist passiert? Was kann ich tun?«, fragt er.

Seine Energie tut gut. Die beiden Frauen informieren ihn, erzählen ihm alles. Er hört aufmerksam zu.

»Gut, dann warten wir auf die Polizei. Habt ihr schon etwas gegessen?«

Und bevor Valentina sagen kann, dass sie pappsatt ist von den Älplermagronen und sogar noch welche übrig hat, erklärt er: »Ich koche.«

Na ja, auch eine Art, mit dem Schrecken umzugehen.

Er kocht eine riesige Portion Spaghetti. Ganz so, als kämen heute noch viele und müssten eine längere Zeit gemeinsam durchhalten und unablässig Stärkung brauchen. Was vielleicht ja auch stimmt. Alles.

Christian Mörgeli, der ehemalige Zahnarzt, ist der Zweite, der eintrifft. Er fragt, ob sie schon alle Krankenhäuser angerufen hätten, und beginnt gleich selbst herumzutelefonieren. Allerdings weist man ihn überall ab, redet von Datenschutz und empfiehlt ihm, sich an die Polizei zu wenden.

»Einen Versuch wars wert«, sagt er schließlich und gibt auf. Er stellt vier kleine Schnapsgläser auf den Wohnzimmertisch und gießt allen ein wenig Rémy Martin ein. »Genau das würde Hildegard jetzt auch tun«, erklärt er. »Sie sagte immer, Cognac sei nicht nur eine gute Medizin, sondern geradezu eine Allzweckwaffe.«

Sie trinken auf Hildegard und schicken ihr gute Gedanken, wo immer sie auch sein möge.

»Schmeckt tatsächlich ein wenig nach Medizin«, findet Valentina, die so starke Getränke nicht mag. Aber vielleicht tut ihr der Branntwein ja trotzdem gut. Jedenfalls rinnt er nicht einfach so durch ihren Körper, sondern hinterlässt eine Spur, ein Brennen, Hitze.

Pietro schneidet und häckselt, und es duftet immer mehr nach Kräutern, die er aus dem Garten geholt, und Zwiebeln und Knoblauch, die er im Küchenschrank gefunden hat. Als Sibylle eintrifft, bringt sie nicht nur Gehacktes mit, sondern auch eine riesige Torte.

»Die war zwar nicht für euch bestimmt, aber meiner Mutter werde ich eine neue machen. Hier wird die jetzt sicher viel mehr gebraucht.«

Sibylle serviert Kaffee und schneidet die Schwarzwäldertorte in Stücke. Bald sitzen alle am Küchentisch. Auch Madlen, die alte Lehrerin, und Noldi, der Bähnler, sind gekommen. Anna hat sich nach dem Cognac kurz hingelegt und ist inzwischen eingeschlafen. Kein Wunder nach dem langen Flug und der großen Aufregung. Valentina würde auch gern schlafen und alle Sorgen damit verschwinden lassen.

»Wir müssen uns auf das Schlimmste gefasst machen«, sagt Sibylle leise.

»Nein, nein, jetzt doch nicht«, wehrt Pietro empört ab.
»Gib mir eine einzige mögliche Erklärung, was passiert sein könnte, die nichts mit einem Verbrechen zu tun hat«, fordert ihn Sibylle heraus. »Nur eine einzige.«
Alle überlegen.
Alle suchen eine Erklärung.
Eine harmlose.
Eine mögliche.
Eine logische.
Nur eine einzige.
»Es gäbe nur eine einzige Erklärung, aber die ist völlig abstrus. Nicht einmal die Polizei wird sie bei einer Frau in diesem Alter in Erwägung ziehen: Hildegard wollte untertauchen. Sie hat alles Geld eingepackt, ihre Tiere versorgt und lebt jetzt in Kalkutta oder in Ouagadougou ein neues Leben«, fabuliert Sibylle.
Nein.
Ganz bestimmt nicht.
Es gibt leider keine harmlose Erklärung.
Keine.
Es wird still am Tisch. Nur Madlen rührt endlos in ihrer Kaffeetasse, als würde das irgendwie helfen.
»Überlegen wir doch mal, wer so ein großes Theater inszenieren könnte? Mit Beteiligten in Kenia und vielleicht auch hier? So eine Art Enkelbetrug – aber ohne Enkel?«, fragt Madlen schließlich in die Runde. »Wer ihr das Geld abgenommen haben könnte, bevor sie in den Flieger steigen konnte?« Madlen sieht sehr betrübt aus, als sie sagt: »Und jetzt liegt Hildegard möglicherweise irgendwo. Vielleicht wurde sie getötet?«
Pietro meint: »Denk nicht so was! Sie könnte auch geflogen sein und wurde in Kenia ausgeraubt. Und am Ende liegt jetzt sie in einem hässlichen Spital in Kenia statt Anna.«

»Ob sie geflogen ist oder nicht, das kann die Polizei schnell herausfinden«, weiß Christian.
Er steht jetzt auf und will mit Luna ein wenig spazieren gehen. So könne er am besten nachdenken, und der Hund müsse doch bestimmt mal raus.
Stimmt.
Das ist gut.
Während sie alle warten, wird es immer stiller.
Alle sitzen vor ihrem eigenen Kopfkino.

Es dauert geschlagene zwei Stunden, bis die Polizeibeamten, ein Mann und eine Frau, in Seelisberg ankommen. Frau Hirschi und Herr Lustenberger, wie sie sich vorstellen, setzen sich an den großen Küchentisch und sind zuerst einmal etwas irritiert wegen all der Menschen, die sie hier antreffen.
»Wer hat denn nun angerufen?«
Valentina meldet sich.
»Und wer ist die Frau aus Kenia …?«
Anna, die inzwischen wieder wach ist, hebt kurz den Arm.
»Dann bitte ich alle außer Anna Ackermann und Valentina Bachmann, im Wohnzimmer zu warten. Wir bleiben hier in der Küche.«
Der Literaturzirkel gehorcht. Frau Hirschi schließt die Küchentür und sagt: »Also noch einmal alles von Anfang an, bitte.«
Anna und Valentina erzählen die Geschichte ausführlich, bis ins Detail mit Vorgeschichte und den ganzen Überlegungen des Literaturzirkels. Die Beamten unterbrechen die beiden mit vielen Zwischenfragen, die sie nicht immer beantworten können. Valentina weiß ja beispielsweise nicht, wer Hildegard abgeholt hat. Und auch ein Flugticket hat sie bei ihrem kurzen Aufeinandertreffen nicht gesehen.

»Wir werden bei unseren Ermittlungen als Erstes abklären, ob Frau Truttmann überhaupt geflogen ist«, sagt Frau Hirschi schließlich. »Falls ja, müssen wir annehmen, dass sie in Kenia vielleicht einem Raubüberfall oder einem Trickbetrug zum Opfer gefallen ist. Dann müssten das die Ordnungsdienste vor Ort abklären. Sollte sie nicht abgereist sein, müssen wir hier zuerst alle Spitäler und Polizeistationen informieren und befragen. Danach melden wir uns wieder.«
Anna verdreht die Augen und schnaubt.
»Was wollen Sie mir sagen, Frau Ackermann?«, will die aufmerksame Beamtin wissen.
»Dass die Polizei in Kenia ein korrupter Haufen ist und ich denen überhaupt nicht traue. Die werden dort nichts tun. Wenns hoch kommt, gehen sie bei mir zu Hause vorbei, und wenn ich Pech habe, bestehlen sie mich grad bei dieser Gelegenheit. Wenn Hildegard tatsächlich geflogen ist, werde ich den nächsten Flug nach Kenia nehmen und selber eine Suche organisieren.«
Frau Hirschi versucht die aufgebrachte Anna zu beruhigen: »Jetzt warten wir erst mal ab. Bitte überstürzen Sie nichts. Ich weiß natürlich, dass Abwarten in so einer Situation schwerfällt. Aber tun Sie es trotzdem. Ich melde mich heute noch bei Ihnen. Versprochen.«
Die Polizeibeamten verabschieden sich, und schon beim Herausgehen telefoniert der Polizist Lustenberger mit der Zentrale und gibt Anweisungen, was unternommen werden soll.

14

DISKUSSIONEN

Gibt es einen Enkeltrickbetrug ohne Enkel? Und wie heißt so ein Betrug dann? Trickbetrug, hat Frau Hirschi gesagt.
Hätte man Hildegard nur um ihr Geld gebracht, müssten sie dann nicht längst von ihr gehört haben? Vielleicht hat sie sich gewehrt oder die Täter erkannt. Ob sie noch lebt? Wäre sie angegriffen worden und würde irgendwo liegen, hilflos und verletzt, könnte sie denn jetzt nach all der unterdessen verstrichenen Zeit überhaupt noch leben? Sind für ein Happy End nicht schon viel zu viele Tage vergangen?
Alle sitzen wieder am großen Küchentisch und diskutieren, stellen Vermutungen an, äußern ihre Befürchtungen.
Valentina ist still.
Anna auch.
Hildegard hätte sich gemeldet, wenn sie noch leben würde. Notfalls mit Rauchzeichen oder Brieftauben.
Aber das hat sie nicht.
Das ist die traurige Wahrheit.
Allerdings will das niemand sehen. Es gibt ja ganz sicher viele Eventualitäten, die noch zu berücksichtigen sind, und auch das kleine Pflänzchen Hoffnung ist zu pflegen. Auf einem winzigen Sprüchekalender auf Hildegards Toilette steht: »Denken müssen wir ja sowieso. Warum dann nicht gleich positiv?« Wenn das bloß so einfach wäre. Wenn man sein eigenes Denken so leicht manipulieren könnte. Man müsste dann ja auch gleichzeitig seine Vernunft manipulieren.
Pietro hat jetzt seinen großen Auftritt mit den Spaghetti, denn plötzlich haben alle Hunger. Sogar Valentina. Zumindest ist

das Bedürfnis nach etwas Warmem groß. Madlen holt aus Hildegards Keller zwei Flaschen Rotwein. Das hätte ein gemütliches Spaghettiessen werden können – unter anderen Vorzeichen.

»Kenia gehört immerhin auch Interpol an«, sagt Christian irgendwann, als würde das irgendjemanden beruhigen.

»Interpol?«, fragt Sibylle. »Wozu gibt es diese Organisation eigentlich?«

»Das ist nicht einfach eine Organisation, das ist eine international tätige kriminalpolizeiliche Kommission. Darin sind um die zweihundert Länder zusammengeschlossen. Und diese Länder arbeiten zusammen, wenn es gilt, Hildegard zu suchen«, erklärt Christian.

»Gut«, meint Madlen. »Interpol klingt gut.«

»Kenia ist Kenia, Interpol hin oder her.« Anna verdreht wieder die Augen.

Eigentlich hofft Valentina ja, dass es weder Interpol noch sonst irgendwelche Hilfe braucht.

Sie wünscht sich einfach, dass Hildegard plötzlich heimkäme. So, wie sich das hier alle wünschen.

Aber das wird wohl nicht passieren.

»Mi fa male il cuore«, sagt sie leise vor sich hin, und nur Pietro hat sie gehört und verstanden. Er legt ihr kurz eine Hand auf die Schulter.

Es ist längst Abend geworden. Aber alle bleiben. Sibylle beschäftigt sich mit Otto. Die beiden spielen mit einem kleinen Ball, und der Vogel stellt sich sehr geschickt an. Stella, die Katze, die sich bisher nicht gerade als gesellig gezeigt hatte, bleibt ständig in Annas Nähe, schleicht um sie herum, springt bei jeder Gelegenheit auf ihren Schoß. Das erstaunt Valentina sehr, und sie fragt sich, ob die Katze tatsächlich spüren kann, dass hier jemand dringend Zuwendung benötigt. Kann sie den Schmerz von Anna fühlen? Kümmert sie sich um Anna? Das wäre ja schon sehr beeindruckend. Oder ist es nur so, dass sie Anna von allen am längsten und besten kennt?

Luna hat sich mitten im Trubel unter den Tisch gelegt und schläft. Der kleine Hund ist heute ja weit gelaufen, und die Aufregung im Hause muss ihn auch ermüdet haben.

Die Diskussionen haben sich gelegt. Bald einmal ist wirklich alles zu diesem Thema gesagt, jede Möglichkeit wurde in Erwägung gezogen und besprochen. Dürfen sie noch hoffen?

Es gibt einen Moment der Stille. Einer für alle unangenehmen Stille.

Wohl darum wird jetzt über den geplanten Umbau des Yogi-Zentrums gesprochen. Das ehemalige Grandhotel Sonnenberg soll in neuem Glanz erstrahlen. Zweihundert Millionen will eine Luzerner Firma investieren.

»Das ist doch großartig, der Platz dort ist perfekt für ein neues Traumhotel«, wagt Valentina zu sagen. »Es ist doch traurig, wie dort an bester Lage gerade alles zerfällt und verwahrlost.«

Madlen sieht das allerdings anders, hat am Vorgehen ihre Zweifel, bemängelt dies und das.

Noldi hingegen sieht eine große Chance für Seelisberg: »Hundertfünfzig Hotelzimmer und dreißig Wohnungen entstehen. Das bringt viele Menschen hierher. Und wir bekommen neue Arbeitsplätze.«

Christian freut sich schon darauf, dass es dann wieder mehr Action im Dorf geben würde und mehr Anlässe stattfinden könnten. Worauf Madlen meint, exakt das mache Seelisberg doch aus: dass es hier eben noch echte Ruhe gebe statt »Action«. Sie stört sich nur schon an diesem Wort. Noldi glaubt aber nicht, dass man mit Ruhe allein heute noch groß irgendwen hinter dem Ofen hervorholen kann.

»Wenn du dich für den Yogi-Palast interessierst, musst du dich unbedingt von Otto Odermatt durch das Haus führen lassen, bevor es nicht mehr zu erkennen ist«, rät Madlen Valentina. Man könne da noch sehr viel vom Zauber der vergangenen Zeiten spüren.

»Wer ist Otto Odermatt?«, will Valentina wissen.

»Er führt das Haus mit seiner Frau«, antwortet Madlen.

»Genau«, meint Christian, »Otto weiß alles über die Yogis und die Zeit, als Maharishi Mahesh Yogi hier residierte. Er lebt in dem Tempel.«

Sie könne einfach mal vorbeigehen und um eine Führung bitten, empfiehlt man Valentina, die sich das durchaus vorstellen kann, allerdings nicht heute und auch nicht morgen.

Und dann kommt der Anruf.

Valentina stellt das Telefon auf Lautsprecher, damit alle mithören können. Die Spannung ist riesig.

Frau Hirschi erklärt, dass Hildegard den Flug tatsächlich angetreten habe. Mehr könne man noch nicht sagen, aber sie würden dranbleiben.

Das wars.

Kein Happy End. Zumindest keines in der Schweiz.

Anna ist jetzt nicht mehr zu beruhigen. Es schüttelt sie vor Weinen, sie ist kurz vor einem Zusammenbruch.

»Ich muss sofort nach Kenia«, schluchzt sie. »Ich brauche jetzt einen Flug. Bitte bucht mir einen Flug. Heute noch!«

Valentina fragt sich, ob Anna in ihrem Zustand die Reise überhaupt schaffen kann. Sie weiß, dass sie bald achtzig wird. Ganz schön viel Stress für eine alte Dame, die vor wenigen Stunden erst denselben Weg in der Gegenrichtung gemacht hat. Aber Anna lässt an ihren Plänen keinen Zweifel aufkommen.

»Ich kann hier nichts tun. Dort aber schon. Ich muss zurück!«

Schließlich erklärt Christian, dass er Anna begleite. »Ich habe Zeit. Ich habe Geld. Ich habe vielleicht auch Ideen. Ich komme mit.«
Anna schaut ihn ungläubig an. Alle staunen.
»Ich buche zwei Tickets auf den schnellstmöglichen Flug nach Nairobi«, sagt er und bittet Valentina um ihren Laptop und Anna um ihren Pass.
Ansonsten stehen alle ratlos herum und fragen sich, ob das eine gute Idee ist. Andererseits sieht jeder ein, dass Anna zurückwill, zurückmuss. Und dass es gut ist, wenn sie nicht allein reist.
Hildegard muss irgendwo in Kenia sein, ob tot oder lebend. Hier ermittelt die Polizei. Dort passiert vielleicht gar nichts.
Pietro bietet an: »Ich fahre euch zum Flughafen.«
Valentina gefällt diese Gruppe von Menschen: mitfühlende und hilfsbereite Wesen. Ja, auch das ist wohl Seelisberg. Kleine Orte können eine große Zusammengehörigkeit bewirken. Das findet Valentina sehr sympathisch.

Es ist kurz vor Mitternacht, als die letzten Besucher das Haus verlassen haben. Pietro ist mit Anna und Christian schon unterwegs zum Flughafen, wo die beiden im Hotel übernachten werden, da der Flug nach Nairobi schon am frühen Morgen geht. Valentina legt sich ins Bett und schickt tatsächlich ein paar Gebete zum Himmel. Sie hat schon lange nicht mehr gebetet. Aber sie weiß noch ungefähr, wie es geht. Sie betet für Hildegard. Sie bittet um ein Happy End. Ein großes. Oder muss sie vielleicht um ein kleines Wunder bitten?
Trotz allem wagt sie es, wieder einmal diesen Satz zu denken: »Man muss mit allem rechnen, auch mit dem Guten.«
Sie ist furchtbar aufgewühlt und jetzt – wo sie allein ist – auch irgendwie ängstlich. Jedes Geräusch lässt sie aufschrecken.

Erst jetzt merkt sie, wie sehr ihr alles unter die Haut geht. Sie hat Hildegard ja nicht wirklich gekannt, wohnt aber in deren Haus und fühlt sich mit ihr verbunden. Die alte Dame wurde von Verbrechern in die Irre geführt – und dann was? Ausgeraubt? Vielleicht sogar umgebracht? Und die Person, die Hildegard abgeholt hat, gehört sie zu den Verbrechern? Valentina wurde mehrmals von der Polizei gefragt, ob sie sie gesehen habe. Sie hat sich schon beinahe geärgert. Schließlich war sie nicht mal mit vors Haus gegangen. Die Polizei hält es allerdings auch für möglich, dass diese Person rein gar nichts mit allem zu tun hatte.
Auch möglich.
Alles ist möglich.
Genau das findet Valentina so verstörend: dass plötzlich Dinge möglich sind, die in ihrem Leben bisher nur in Kriminalromanen vorkamen. Dass sie plötzlich selber Teil eines Kriminalfalls geworden ist.
Das macht ihr Angst.
Und so springt sie über ihren Schatten und holt Stella, die Katze, zu sich. Sie hatte in den ersten Tagen immer wieder versucht, in ihr Bett zu kommen, manchmal tagsüber, klammheimlich. Valentin ließ es nie zu. Jetzt darf sie. Und dann kommt Luna gleich hinterher. Fehlt nur noch der Papagei auf der hölzernen Bettumrandung.
Valentina schaut Stella und Luna beim Schlafen zu. Sie spürt, wie gern sie in ihrem Bett liegen. Sie weiß, es ist falsch, die beiden im Zimmer zu haben, aber sie genießt die tierische Gesellschaft. Und dann merkt sie auch, wie sie sich entspannt. Es ist fast ein wenig so, als hätte die Mutter das Licht für die kleine Valentina brennen lassen. Sicherheit. Geborgenheit. Wohlgefühl.
Valentina schläft ein.

Und sie schläft tief und fest, ausgerechnet in dieser Nacht, in der andere bestimmt kein Auge schließen werden.

Sie wacht auf, weil Luna ihr das Gesicht ableckt. Es ist längst Zeit, mit ihr Gassi zu gehen. Als Valentina realisiert, dass sie einige Stunden tief und traumlos durchgeschlafen hat, reckt und streckt sie sich genüsslich wie eine Katze. Das war schön! Sie weiß, anderen geht es schlecht, will den Moment aber trotzdem genießen. Sie hat geschlafen. Und zwar richtig.
»Schon gut, Luna. Ich komme, ich komme.«
Sie dreht eine sehr kurze Runde mit der Hündin und setzt sich dann an den Küchentisch. Sie frühstückt ausgiebig und studiert die Zeitung ganz genau. Hofft auf eine Nachricht über Hildegard. Aber sie findet nichts. Natürlich nicht.
Doch sie stößt auf etwas anderes, was sie gefangen nimmt: Klimaseniorinnen.
Gibt es das jetzt auch?
Nein, die kleben sich nirgendwo an. Immerhin. Aber sie klagen vor dem Europäischen Gerichtshof gegen die Schweiz, die zu wenig gegen den Klimawandel unternehme.
Wow.
Die trauen sich was!
Früher hätten sie auf dem Scheiterhaufen geendet, heute werden sie mit tausend Anfeindungen auf allen möglichen Ebenen leben müssen. Sie wäre viel zu feige, sich dermaßen zu exponieren.
Trotzdem: Vielleicht könnte auch Valentina etwas tun? Und damit etwas Last von Emilys Schultern nehmen?
Sie könnte zusammen mit Emily die Sinnfluencer-Videos drehen. Hauptthema: die schlaue Enkelin, die ihre unwissende Großmutter belehrt. Sie könnten mit der Szene beginnen, wo Emily ihr das Duschmittel auf die Zeitung knallt und sie fragt,

ob sie sich jemals über die Inhaltsstoffe ihrer Kosmetika informiert habe.
Sie beide könnten vielleicht auffallen. Zusammen. Und vielleicht Alt und Jung erreichen. Gemeinsam.
Sie liest ja jeden Morgen Zeitung, und vor kurzem gerade hat sie so erfahren, dass an der Küste von Uruguay zweitausend tote Pinguine angespült wurden. Sie seien verhungert. Möglicherweise seien die armen Tiere Opfer der Überfischung der Meere geworden.
Vielleicht könnte genau dies das Setting für die gemeinsamen Filmchen sein: Valentina beim Zeitunglesen und Emily, die aus irgendeinem Grund auch dazukommt und sich über gewisse Dinge aufregt. Und dann würde sich Valentina darüber aufregen, über was sich Emily aufregt, und daraus würden dann kurze, knackige Streitgespräche entstehen.
Valentina schreibt Emily per Whatsapp: »Bitte melde dich bei mir. Habe eine Idee. Und ich möchte wissen, wie es dir geht. Brauchst du Hilfe? Hier ist leider auch viel passiert.«
Fünf Minuten später ruft Emily zurück.
»Was ist passiert?«, will sie zuerst neugierig wissen und bekommt einen ausführlichen Bericht.
»Das ist ja schlimm. Furchtbar. Soll ich kommen? Brauchst du mich?«
Emily ist eine wunderbare Enkeltochter.
»Ja, komm, das wäre schön. Immer vorausgesetzt, deine Eltern erlauben es.« Und dann erklärt Valentina, wie sie Emily zur Sinnfluencerin machen will.
Diese lacht laut und meint dann: »Nonnavalentina, deine Idee ist wirklich gut! Und du willst dann wirklich die Rolle der wohl etwas dummen, unbelehrbaren Alten spielen?«
Valentina findet das okay. Sie könnte sich ja noch mit einer schrägen Brille und einem Hütchen etwas maskieren.

»Ich komme. Morgen. Ich besorge mir noch Equipment für die Videos. Und dann probieren wir es einfach aus. Ja, klar, ich komme nur, wenn die Eltern es erlauben, aber ganz ehrlich, ich halte es eh nicht mehr aus zu Hause. Jetzt wohnen wir wieder alle zusammen, so wie ich es eigentlich wollte. Aber die Stimmung ist eisig. Ich erwarte immer, dass entweder Mama oder Papa gleich ein Messer zieht und den anderen abmurkst. Und – was völlig krass ist – sie sind höflich dabei und lächeln ständig ein verkrampftes Lächeln.« Beim nächsten falschen Schritt werde Emily in ein Internat gehen müssen, habe man ihr angedroht. »Und weißt du was? Ich bin bald froh, wenn ich in ein Internat kann. Echt, Nonnavalentina. Das ist voll krass, wie die sich ganz höflich anfeinden. Krank.«
Valentina kann es sich vorstellen.
»Ich glaube, die sind froh, wenn ich zu dir komme. Dann müssen sie keinen mehr auf heilige Familie machen, sondern können mal so richtig aufeinander losgehen. Wäre vielleicht sogar hilfreicher als dieses Theater.«
»Soll ich Tanja und Ivan fragen, ob du kommen darfst?«
»Nein, nein, das mache ich schon. Ich bin ziemlich sicher, dass sie froh sind, wenn ich gehe.«
Was für eine Situation!
Che casino!

15

LORE

In den Krimis heißt es immer, Täter kämen an den Tatort zurück. So wie es aussieht, sind diese in ihrem Fall aber wohl nicht in Seelisberg, sondern in Kenia. Wenn es denn einen Fall gibt.

Jedenfalls fährt Valentina nun erschrocken zusammen, als es gegen Mittag an der Haustür klingelt. Sie spürt einen Anflug von Angst in sich hochsteigen. Als Valentina darüber nachdenkt, verfliegt sie wieder. Trotzdem öffnet sie nicht einfach, sondern späht misstrauisch durch das Guckloch. Sie will zuerst gar nicht glauben, was sie sieht. Es ist Nick. Nick, der Rocker. Er lacht frech und fröhlich in das Guckloch.

Der traut sich was!

Valentina fühlt sich ein ganz klein wenig geschmeichelt, dass er schon wieder nach Seelisberg hochgefahren ist, nur um sie zu sehen. Wann erlebt man so was schon, in ihrem Alter und als verheiratete Frau.

Aber soll sie ihn hereinlassen?

Nun klopft Nick an die Tür und ruft: »Ich weiß, dass du da bist, Valentina. Ich habe den Hund bellen gehört! Los, mach auf! Ich habe einen Vogel!«

Er hat einen Vogel?

Valentina öffnet die Tür.

»Dass du einen Vogel hast, wusste ich schon«, sagt sie lachend zur Begrüßung und sieht erst dann: Er hat wirklich einen Vogel mitgebracht. Am Boden neben ihm steht ein Käfig mit einem Graupapagei.

»Das ist Lore«, erklärt Nick.

»Lorelorelore«, kräht der Papagei – und dann: »Klimakterium. Guten Morgen! Klimakterium.«
»Hat er jetzt Klimakterium gesagt?«, fragt Valentina. Diesmal muss sie laut herauslachen.
»Ja, er redet lauter Unsinn.«
»Köstlich.«
»Und, wollen wir es probieren?«
»Was wollen wir probieren? Aber Nick, das hatten wir doch schon! Nein!«, wehrt Valentina empört seine plumpe Frage ab.
»Ach, Valentina. Ich meine doch: Wollen wir versuchen, deinen Otto mit der Lore zusammenzubringen?«
»Ach so.« Valentina errötet ein wenig. »Was ist denn das für ein Vogel?«
»Ein Graupapagei.«
»Schon klar! Ich bin ja nicht doof. Aber woher hast du Lore?«
»Meine Freundin hat das Tier von ihrer Tante übernommen. Der Vogel muss uralt sein. Alle hassen Lore. Wir haben uns schon überlegt, sie als Suppenhuhn zu verwenden.«
»Na! *Non esagerare!* Übertreibs nicht!«
Valentina hat es durchaus mitbekommen: Nick hat eine Freundin. Und es verwundert sie nicht wirklich. Das ist wohl das Leben, von dem er immer geträumt hat: Sex, drugs and rock 'n' roll. Vielleicht holt er gerade seine verpassten Sturm-und-Drang-Jahre nach. Schön für ihn. Valentina ist jedoch an einem ganz anderen Punkt in ihrem Leben.
Luna beschnüffelt den neuen Vogel neugierig. Dieser schreit ein wenig herum. Otto hingegen tut einfach so, als wäre Lore gar nicht da.
Valentina erklärt Nick noch einmal, dass man ihr erzählt habe, Otto wünsche sich keine Partnerin und habe alle Papageien angegriffen, die man mit ihm verpartnern wollte.

Nick entgegnet unbeeindruckt: »Aber ich habe gehört, dass man es trotzdem immer wieder versuchen muss, denn Otto mag halt vielleicht nicht jeden beliebigen Papagei. Aber möglicherweise mag er Lore. Wir sollten es versuchen.«
»Klimakterium!«, schreit Lore.
Nick fährt fort: »Du wolltest mich ja auch nicht in deinem Bett haben. Aber wer weiß, ein anderer wäre vielleicht bei dir gelandet. Ich denke, Otto ist eben besonders wählerisch. Genau wie du.« Nick zwinkert ihr zu. Er schlägt vor, einfach mal den kleinen Transportkäfig eine Weile neben die Voliere zu stellen und zu beobachten, was passiert.
»Na gut«, meint Valentina. Sie rückt einen Hocker nahe an Ottos Voliere heran und stellt den Käfig darauf.
»Loreloreloreore«, schreit der neue Vogel in Endlosschleife, als möchte er sich vorstellen. Otto ist ganz still und tut so, als würde er nichts hören. Er dreht Lore den Rücken zu. Liebe auf den ersten Blick sieht anders aus.
»Wusstest du, dass man gar nicht sehen kann, ob so ein Graupapagei ein Weibchen oder ein Männchen ist? Die muss man beim Tierarzt unter Narkose endoskopieren, um das festzustellen«, verkündet Nick.
»Endoskopieren, Klimakterium, Loreloreloreore!«, ruft Lore durchs Haus.
»Das ist ja toll, wie Lore reden kann.« Valentina ist beeindruckt.
»Nein, nein«, wiegelt Nick ab. »Lore ist ein Sturkopf. Sie lernt nur die Wörter, die man ihr gar nicht beibringen will. Das nervt. Und wer will schon ständig ›Klimakterium‹ hören? Ich wusste ja zuerst nicht einmal, was das ist. Neulich hat sie einen halben Tag lang ständig ›Ravioli‹ gerufen. Und ich habe nicht die geringste Idee, wo sie das Wort aufgeschnappt haben könnte.« Es sei auch nicht witzig, wenn man mitten in der

Nacht heimkomme, in die Wohnung schleiche und der Papagei »Guten Morgen« schreie, bis alle wach seien.
Valentina betrachtet das neue Vogeltier mit Interesse. Der Papagei sieht ganz genau so aus wie Otto, ist aber ein wenig kleiner, im Gefieder etwas dunkler.
»Graupapageien kommen aus Afrika, wusstest du das? Und sie können bei guter Pflege locker sechzig Jahre alt werden. Manche sogar noch älter.«
Aha. Nick kann also durchaus für länger als einen Satz ernst sein.
»Man sagt, sie seien ungeheuer intelligent«, fährt er weiter. »Und auf Wikipedia steht, sie hätten von allen Papageien die höchste Begabung zum Nachahmen von Geräuschen. Das kann ich bestätigen. Neulich hat Lore meinen Handy-Klingelton so genau nachgemacht, dass ich ihn auswechseln musste, sonst wäre ich wahnsinnig geworden.«
Die beiden stehen vor den Vögeln.
»Und nun?«, fragt Valentina.
»Ich muss jetzt wieder gehen. Ich lasse Lore mal hier, und wir reden morgen wieder. Ich rufe dich an.«
Und schon hat Nick die Türklinke in der Hand.
»Hey, hey, nicht so schnell, mein Freund!«, wehrt sich Valentina. »Ich bin keine Papageien-Entsorgungsstelle. Ich will deine Nummer.«
»Na endlich. Ich dachte schon, du fragst nie!«, antwortet Nick zweideutig, ist wieder ganz der Alte.
Valentina schweigt, kann sich aber ein Lächeln nicht verkneifen.
Die beiden tauschen ihre Kontaktdaten aus, und Nick meint beruhigend: »Ich hol den Vogel wieder, wenns nicht klappt, keine Sorge. Wie gesagt, ich melde mich morgen! Und wenns Stress gibt, rufst du mich an, gern auch mitten in der Nacht.«

Er gibt Valentina einen schnellen Kuss auf die Wange, und weg ist er.
Und Valentina hat nun zwei Papageien. Als wäre nicht einer schon genug. Was, wenn Nick nie mehr wiederkommt? Und die beiden Vögel sich gegenseitig fressen? Und was, wenn sie sich mögen?
Cavolo!
Sie schlägt ihren Laptop auf, liest dies und das über Papageien, vor allem über Graupapageien. Der große Komponist Joseph Haydn hatte offenbar auch einen, und der konnte mehrere seiner Kompositionen pfeifen. Erstaunlich! Nach seinem Tod 1809 wurde der Vogel für eine horrende Summe versteigert.
Valentina stellt sich vor Lore hin und pfeift ein paar Töne. Sofort pfeift auch Lore wunderbar vor sich hin. Es ist zwar nicht gerade Haydns »Paukenschlag«-Sinfonie, aber doch erfreulich melodiös und klingt definitiv schöner als das Schreien und Krächzen von Otto.
Und dann passiert Unerwartetes.
Otto scheint Lores Pfeifen zu mögen! Er dreht sich zu ihr um und versucht, ähnliche Töne von sich zu geben. Aber Pfeifen ist halt nicht Ottos Ding. Er ist mehr so der Rocker unter den Vögeln. Schreien ist ihm lieber. Aber egal, er hört Lore interessiert zu.
Valentina liest weiter, was sie so alles über Papageien findet, und stößt auf eine Verhaltensbiologin namens Irene Pepperberg, die einen Graupapagei hatte, der überaus klug war. Das berühmte Tier hieß Alex. Alex konnte fünfzig Objekte benennen, dazu sieben Farben und fünf Formen erkennen. Und er sprach über hundert Wörter. Er konnte sogar einfache Additionen vornehmen.
Echt? Wirklich?
Troppo bello per essere vero.

Die Forscherin hat Bücher über ihren Vogel geschrieben. Eines heißt »Alex und ich«. Das bestellt sich Valentina sofort. Spannend.
Sie schaut wieder hinüber zu den Käfigen. Otto ist ein Stück näher in Richtung Lores Käfig herangerückt. Valentina traut dem Frieden nicht so recht. Hoffentlich bekommt Lore keinen Herzinfarkt, wenn Otto plötzlich einen Schrei- und Flatteranfall bekommt oder mit seinem Schnabel böse und aggressiv herumzuhacken beginnt.
Aber nichts passiert.
Nichts!
Auch Lore ist ruhig geworden und scheint an Otto interessiert. Valentina beschließt, beiden ein gekochtes Ei zu offerieren. Das erste gibt sie Otto, damit er nicht gleich eifersüchtig wird. Das zweite bekommt Lore. Und dann fressen die beiden.
Erst jetzt fragt sich Valentina, was sie da eigentlich tut. Im Idealfall hocken nachher zwei Papageien in der Voliere. Aber die Voliere gehört ihr nicht. Sie hätte Hildegard fragen müssen. Nur ist die ja irgendwo, nur halt nicht hier.
Mannaggia!
Am Ende sind dann nur die Vögel glücklich, und sie selber hat den Ärger.
Andererseits: zwei glückliche alte Vögel.
Wäre dies nicht jeden Ärger wert?
In der Freiheit, so liest Valentina weiter, würden die Graupapageien lebenslange Paarbindungen eingehen. Das ist doch süß! Der internationale Vogelhandel und der Verlust der Lebensräume gefährden jedoch die Tiere. Eben. Hier sitzen genau zwei international gehandelte Vögel. Gut, möglicherweise sind sie auch irgendwo in der Schweiz gezüchtet worden. Mag sein. Aber macht es denn Sinn, in der Schweiz Papageien zu züchten, die dann in Käfigen leben müssen?

Severin Dressen, der Direktor der Zoos Zürich, schreibt irgendwo, weil Graupapageien in der guten Stube früher so beliebt gewesen seien, sei die Population damals innerhalb von vierzig Jahren um achtzig Prozent zurückgegangen. Und inzwischen seien Graupapageien als bedrohte Art klassifiziert.
Traurig.
Arme bedrohte Vögel.

Das Wetter ist wunderschön, und Valentina würde gern rausgehen. Sie braucht dringend Bewegung. Außerdem möchte sie noch viel mehr von der Umgebung Seelisbergs entdecken. Luna hätte sicher auch Lust auf eine Wanderung. Aber erst muss sie noch eine Weile die Vögel bewachen. Sie beobachten.
Doch für morgen hat sich der kleine Tom wieder angemeldet. Und Emily wird kommen. Sie sollte also noch einkaufen gehen. Aber eben: die Vögel …
Sie überlegt kurz und beschließt dann, die Käfige noch einmal weit auseinander zu stellen. Sollen die sich doch noch eine Weile aus der Entfernung aneinander gewöhnen.
»Guten Morgen! Guten Morgen! Klimakterium! Endoskopieren!«
Lore redet und redet nun wieder.
»Ottoottootto«, gibt Otto zurück.
Valentina lacht. Und sie packt den Rucksack. Sie möchte mit Luna den Weg nach Bauen hinuntergehen. Man sagt, das sei der schönste Teil des Wegs der Schweiz. Sie ist ihn sicher auch schon gegangen, erinnert sich nur nicht mehr so genau. Sie weiß nur, dass es von Seelisberg nach Bauen über neunhundertsechzig Treppenstufen vierhundert Höhenmeter nach unten geht.
Neunhundertsechzig Treppenstufen!
Das muss man sich mal bildlich vorstellen!?!

Zumindest steht das so im Ordner von Hildegard. Diese fast tausend Stufen flößen ihr einen gewissen Respekt ein. Am Ende muss sie dann noch Luna tragen. Aber im Ordner wird das ja als Wandertipp angepriesen, also wird der Hund das wohl schon öfter gemacht haben.
So machen sich die beiden auf den Weg, durch den Ort, am Yogi-Zentrum vorbei, beim Tanzplatz dann in den Wald hinein. Am Aussichtspunkt Marienhöhe macht Valentina die erste Pause und bewundert die Natur. Genau diese Aussicht hat bekanntlich Charles Giron als riesiges Wandbild im Nationalratssaal im Bundeshaus Bern gemalt. Man sieht es immer wieder im Fernsehen. Es soll 1902 entstanden sein und heißt »Die Wiege der Eidgenossenschaft«. Seine stolzen Maße: elfeinhalb Meter breit und fünf Meter hoch! Und es zeigt exakt diese Aussicht!
Schade, dass Willy kein wirklicher Maler ist. Sonst könnte er statt Senf solche kunstvollen Bilder in ihre Räume zaubern. Das wär was!
Der Weg führt bald einmal bergauf bis zum Schloss Beroldingen, das sich Valentina etwas pompöser vorgestellt hat. Und dann beginnt der Abstieg. Stufe um Stufe. Dies soll einmal ein alter Säumerweg gewesen sein. Stufe um Stufe. Luna findet es offenbar lustig und hüpft wie ein Reh bergab. Stufe um Stufe. Valentina fühlt sich eher wie ein Elefant. Ihre Knie werden mit der Zeit zu Pudding. Ihre Gelenke ächzen.
Zu viele Stufen! Eindeutig.
In Bauen angekommen, beschließt sie spontan, keinen Meter weiterzugehen, denn natürlich könnte man noch nach Isleten wandern oder weiter nach Flüelen und Sisikon …
Auf einem kleinen Platz im Dorf steht die Statue von Pater Alberik Zwyssig. Alberik? Diesen Vornamen hat Valentina noch nie gehört. Sie googelt den Namen auf ihrem Handy. Aha!

Das hat sie nicht gewusst. Zwyssig hat die Schweizer Landeshymne komponiert und ist hier in Bauen aufgewachsen. Ja, man lernt dazu. Wandern bildet. Ganz klar. Ihr Geist ist ja auch noch wach, nur die Gelenke wollen nicht mehr. Trotzdem quält sie sich noch die zusätzliche Treppe links zur Pfarrkirche hinunter. Sie will für Hildegard und Anna Kerzen anzünden. Sie bezahlt gleich zehn Stück, zündet sie an und denkt dabei fest an die beiden alten Damen, die jetzt allen möglichen Beistand brauchen.

Die Kirche ist der heiligen Idda gewidmet. Auch von ihr hat Valentina noch nie gehört. Sie setzt sich in eine Kirchenbank und googelt noch einmal.

Was für eine Geschichte!

Idda war die Gattin des jähzornigen Grafen Heinrich von Toggenburg. Dieser warf seine Ehefrau eines Tages aus dem Fenster seiner Burg, weil er ihr Untreue unterstellte. Dabei, so erzählt die Sage, hatte ein Rabe ihren Ehering geklaut, und der Jäger, der diesen dann im Wald fand, trug ihn bloß an seinem Finger. Dank ihrer Unschuld überlebte Idda den Sturz und richtete sich in einer selbst gebauten Hütte in der Wildnis ein. Als ihr inzwischen reuiger Gatte sie nach siebzehn Jahren wiederfand, bat sie darum, weiterhin als Einsiedlerin leben zu dürfen. Er hat Idda dann eine etwas komfortablere Unterkunft bauen lassen.

Was? Der Graf brauchte siebzehn Jahre, um sie zu finden? Eine ziemlich absurde Geschichte. Auf den Bildern, die Valentina im Netz findet, sieht man Idda von Toggenburg mit einem Hirsch, der viele Lichter auf seinem Geweih herumträgt. Er soll sie nachts immer begleitet haben. Den Lämpchen-Hirsch entdeckt Valentina auch auf einem großen Gemälde in der Kirche.

Idda.

Gut. Mehr will Valentina gar nicht wissen. Diesen Hirsch mit dem Leuchtgeweih wird sie ohnehin nie mehr vergessen können. Ein sehr mystisches Wesen.
Sie bleibt eine Weile sitzen, erholt sich, denkt an Anna und Hildegard und versucht zu beten.
Sie hat viel Zeit, denn das nächste Schiff nach Treib fährt erst in zwei Stunden. Daher gönnt sie sich noch ein Mittagsmenü auf der Seeterrasse im Restaurant Fischli. Anschließend sitzt sie auf einer Bank am See, schaut hinaus auf das glitzernde Nass und wartet auf das Schiff.
Die Sonne scheint, ein laues Windchen weht.

Valentina erkennt, dass sie immer mehr Freude am Alleinwandern bekommt. Aber vielleicht nur wegen Luna. So eine Hundegesellschaft ist halt schon sehr bereichernd. Valentina genießt es, ihr eigenes Tempo gehen zu können. Außerdem kann sie, wenn sie mit niemandem sprechen muss, ausgezeichnet nachdenken. Und die Natur ist für Valentina eine Kraftquelle. Wenn sie an einem sonnigen Tag im Freien unterwegs ist, weiß sie, dass sie Kraft tankt.
Und das tut sie auch gerade jetzt und hier.
Als Valentina auf dem Schiff ist, ruft Christian an. Valentina bekommt gleich ein schlechtes Gewissen, weil sie ihren Ausflug so genossen hat, während andernorts tonnenschwere Probleme auf ihren neuen Freunden lasten. Und für ein paar Momente hatte sie diese auch tatsächlich vergessen.
Christian berichtet, Anna und er seien gut in Nairobi angekommen und hätten dort ein Hotel bezogen.
»Wie geht es Anna?«, will Valentina wissen.
»Sie ist völlig erschöpft, will aber sofort mit der Suche nach Hildegard beginnen.« Christian klingt besorgt. »Sie telefoniert schon unaufhörlich alle ihre Kontakte ab. Sie kennt auch Leute

von der Schweizer Botschaft. Klar, wir brauchen jede Hilfe, die wir bekommen können. Irgendwie glauben alle, dass Hildegard gleich schon in der Umgebung des Flughafens ausgeraubt wurde. Wir werden von hier aus alle umliegenden Krankenhäuser abklappern oder zumindest anrufen.« Christian wirkt nicht besonders optimistisch. »Wir fangen jetzt an. Sobald es dunkel wird, gehen wir aber schlafen. Dann kann man hier ja nicht mehr unterwegs sein.«
Christian will noch etwas sagen, aber die Verbindung bricht ab. Per Whatsapp gibt er Valentina eine andere Telefonnummer. Er habe am Flughafen die Sim-Karte gewechselt und benutze jetzt eine kenianische Nummer.
Valentina gibt die Neuigkeiten an den Literaturzirkel weiter. Es ist für alle schwierig, zu akzeptieren, dass sie rein gar nichts tun können.
Leicht bedrückt fährt Valentina weiter, ohne die Schönheit des Vierwaldstättersees so richtig zu würdigen, steigt in Treib in die Bahn um und fährt hoch nach Seelisberg. Oben angekommen, geht sie noch einkaufen, redet mit Sibylle, die natürlich auch Mühe damit hat, dass sie nichts für Hildegard tun kann, und die Ungewissheit fast nicht aushält.
»Ich habe Hildegard sehr gern. Sie steht mir nah«, sagt sie. »Letzte Nacht hatte ich schreckliche Albträume. Es ist so entsetzlich, dass man Hildegards große Hilfsbereitschaft ausgenützt hat. Sie war immer für alle da. Was ist das nur für eine Welt? Was sind das für Menschen?« Es sind eher rhetorische Fragen, auf die es keine Antworten gibt. »Ich habe selbst schon Schlimmes erlebt, und irgendwie holt mich das jetzt grad alles wieder ein.«
Die beiden Frauen drücken sich kurz, dann kommen andere Kunden, und Valentina steigt ins nächste Postauto. Luna liegt still zu ihren Fußen, macht keinen Mucks. Vielleicht ist sie

einfach nur erschöpft, aber Valentina kommt es langsam so vor, als würden die Tiere ganz genau auf ihre Stimmungen reagieren.

Im Haus von Hildegard angekommen, steht Valentina wieder vor den beiden Vögeln. Sie sind still. Darum schiebt sie mutig den kleinen Käfig mit Lore ganz nahe an die Voliere von Otto heran, ist aber bereit, sofort einzugreifen. Die Papageien gehen nun vorsichtig aufeinander zu. Kommen sich, soweit es die Käfige erlauben, sehr nahe, drücken sich gar aneinander. Nur die Gitterstäbe trennen sie. Valentina hält den Atem an. Nichts passiert. Nur Zweisamkeit. Die beiden kuscheln und geben unverständliche Laute von sich. Sie scheinen sich zu unterhalten. In Papageiensprache? Können diese vermenschlichten Zuchttiere überhaupt noch eine gemeinsame Sprache haben? Es scheint so.
Was ist nun der nächste Schritt?
Wie soll sie die beiden richtig aufeinandertreffen lassen?
Soll sie einfach beide Käfige öffnen und dann weiter beobachten, was passiert?
Valentina sucht im Internet nach Rat. Da gibt es unzählige Seiten, die sich mit der Verpaarung und der Vergesellschaftung von Papageien beschäftigen. Etwa bei fünf Prozent der Vögel erlebe man eine Liebe auf den ersten Blick. Dann habe man allerdings wirklich Glück.
Wie bei Otto und Lore?
Oft brauche eine Zusammenführung bis zu zehn Wochen Zeit. Valentina verdreht die Augen. Nein, so lange soll es bei diesen »grauen Eminenzen« nicht dauern.
Sie liest sich durch verschiedenste Berichte und erfährt so nebenbei, dass man das Geschlecht der Vögel inzwischen mittels DNA-Analyse feststellen lassen könne. Vielleicht wäre das

ein neues Wort für Lore: DNA-Analyse. Valentina lächelt vor sich hin.
Dass sich die beiden Tiere trotz der Gitterstäbe aneinanderkuscheln, ist offenbar ein extrem gutes Zeichen. Weitere sehr gute Zeichen seien, wenn die Vögel schnäbeln, sich gegenseitig füttern oder kraulen würden oder sich bei der Gefiederpflege helfen.
Und ja, auch sehr alte, jahrzehntelang allein lebende Vögel könnten vergesellschaftet werden.
Warum nicht?
Otto und Lore.
Lore und Otto.
Das wird.
Hoffentlich.
Valentina setzt sich aufs Sofa und muss gähnen. Der Tag hat sie müde gemacht, trotz dieser wunderbar durchschlafenen Nacht.
»Ottoottootto!«
»Klimakterium. Lore. Guten Morgenmorgenmorgen!«
Und dann schnäbeln die Vögel, durch die Gitterstäbe hindurch.
Sie schnäbeln!
Morgen wird sie die beiden Papageien einfach rauslassen und schauen, was passiert. Heute mag sie nicht mehr. Sie füttert die Tiere und schaut sich noch eine Weile Videos von Sinnfluencern an. Ihre Themen: nachhaltige Mode, weniger Lebensmittelverschwendung, vegane Küche oder Naturkosmetik. Sie denkt, dass Emily hier einen Weg finden könnte.
Einmal im Bett, dreht sich Valentina wie in vielen Nächten zuvor von einer Seite auf die andere. Sie kann nicht schlafen und lässt ihre Gedanken mäandern. Von Hildegard und Anna über Otto und Lore zu Emily.

Emily. Während ihrer Sinnfluencer-Suche stieß sie auf die Nachricht, dass junge Leute eben in Luzern Autopneus angestochen hatten, um gegen zu viel Verkehr und zu starke Automotoren zu protestieren. Verständlicherweise sorgte das wieder für viel Verärgerung. Auf jeden Fall für mehr Wut als Einsicht. Wie kann man nur glauben, derartige Aktionen würden etwas bewegen und Menschen zum Nachdenken anregen? Niemals. Aber Valentina versteht, dass Emily etwas tun muss. Aktiv. Weil sie sonst an der Welt verzweifelt. Also will sie ihrer Enkelin helfen, etwas zu tun, das niemandem schadet und vielleicht tatsächlich Leute erreicht, Menschen bewegen kann. Hin zu mehr Achtsamkeit.

16

HEUHAUFEN

Am Morgen kommt Emily mit Sack und Pack im Postauto angereist und ist sofort Feuer und Flamme für das Projekt der Papageienzusammenführung. Sie will das Ganze per Video begleiten. Valentina öffnet erst das Türchen von Ottos, dann das von Lores Käfig. Jetzt setzen sich Großmutter und Enkelin in einiger Distanz hin und beobachten. In all den Berichten, die Valentina darüber im Internet gelesen hat, hieß es immer, menschliche Intervention sei nicht angebracht.

Otto verlässt als Erster seinen Käfig. Er hockt sich frech auf das offene Türchen von Lores Käfig. Emily und Valentina halten den Atem an. Der will doch nicht ernsthaft einfach zu Lore hinein, in diesen winzigen Käfig?

»Klimakterium«, meint Lore nun. »Klimakterium.«

Tja. Was sie damit sagen will, wird wohl immer ein Rätsel bleiben. Vielleicht einfach »Hau ab!«.
Otto flattert auf das Dach seiner Voliere. Dort bleibt er, schreit ein wenig herum, flattert an Ort. Dann fliegt er wieder auf Lores Türchen, macht nickende Kopfbewegungen, plustert sich auf und fliegt wieder zu seiner Voliere zurück. Als möchte er Lore aus ihrem Käfig locken.
»Spannender als ein Film«, meint Valentina.
»Hoffentlich wird es kein Horrorstreifen«, entgegnet Emily.
Es dauert über eine halbe Stunde, bis sich Lore von Otto dazu bewegen lässt, ihren Käfig zu verlassen. Sie tuts zögerlich, streckt zuerst nur sehr langsam den Kopf ins Freie und hangelt sich dann an den Stäben ihres Käfigs auf dessen Dach und schreit dazu: »Ravioli! Endoskopieren!« Erst als sie oben sitzt, pfeift sie ganz liebreizend daher. So was kann sie.
Otto hingegen bringt nur glucksende Geräusche hervor, tanzt dabei auf dem Dach seiner Voliere umher und – es sieht aus, als verbeuge er sich vor Lore.
Ob er mit seinem Balzverhalten bei der zarten Lore eine Chance hat? Gut, »endoskopieren« klingt jetzt auch nicht besonders erotisch und anziehend.
Irgendwann wird klar, dass sich die beiden Vögel nicht angreifen werden, sondern offenbar einfach Zeit brauchen. Und wohl auch etwas Privatsphäre. Also beschließen die beiden Frauen, die Tiere mal eine Weile sich selber zu überlassen und in der Küche einen Kaffee zu trinken.
»Du trinkst wieder Kaffee?«, fragt Emily neugierig.
»Ja, zwar wenig, aber ich wage es wieder. Hab ich dir schon erzählt, dass ich vor ein paar Tagen richtig geschlafen habe?«, antwortet Valentina. Aber sie will ja eigentlich mit niemandem mehr über ihre Schlafprobleme reden, und schon gar nicht mit Emily. Also sagt sie schnell: »Emily, sag, wie geht es dir?«

»Schon okay«, sagt Emily.

Valentina fragt sich, ob »okay« die kleine Schwester von »beschissen« ist. Besorgt mustert sie ihre Enkelin.

»Und gibt es etwas Neues von deinen Eltern?«

»Nein, nichts Neues. Immer noch Kriegszustand.«

»Waren sie einverstanden mit deinem Besuch hier bei mir?« Sie muss Emily gerade jedes Wort abringen.

»Es war wie vermutet: Sie waren einfach nur froh, mich los zu sein. Krass.«

Emily klingt traurig, auch wenn sie eigentlich cool und überlegen wirken möchte. Sie wird aber wieder munter, als Valentina das Thema Sinnfluencer anspricht.

»Ich bin dabei«, sagt sie. Sie habe schon Apps geladen, um Filme schneiden und bearbeiten zu können. »Ich fände die Idee gut, immer mit der gleichen Szene anzufangen: Du, Nonnavalentina, sitzt mit der Zeitung am Küchentisch, und ich komme dazu.« Emily hat sich bereits Notizen gemacht über Streitthemen, die sie durchspielen könnten. »Wir müssten noch einen Namen finden für uns.«

»Streitereien?«

»Gibt es schon«, entgegnet Emily nach einem kurzen Blick ins Internet.

»Küchenstreitereien? Küchendiskussionen?«

»Ja!«

»Was, ja? Willst du beides?«

»Nein. Ich hätte gern Streit im Wort, das ist krasser. Auch wenn wir nur diskutieren.«

»Also Küchenstreitereien?«

»Ja, aber besser in der Jugendsprache. Beef. Kitchenbeef. Das würde mir gefallen. Was meinst du?«

»Kitchenbeef?« Valentina überlegt kurz und sagt dann: »Gut, es soll ja vor allem die Jungen ansprechen.«

»Nein, nein. Es soll vor allem die Generation der Boomer ansprechen«, wehrt sich Emily. Und dann: »Oh, Kitchenbeef gibt es auch schon!«
Valentina ist froh.
Aber dann sagt Emily: »Kitchen & Beef. Das ginge.«
Valentina nickt.
Und wartet ab.
»Wir geraten so halt ein wenig in die Nähe von Köchen. Aber wir kochen ja nichts«, denkt Emily laut nach.
»Streit-mit-Oma«, schlägt Valentina vor. »Wenn du auch die Alten erreichen willst, wäre das nicht schlecht, oder? Und es würde auch das Generationenübergreifende ausdrücken.«
»Streit-mit-Oma – das gefällt mir, doch, das nehmen wir!«
Und so diskutieren die beiden noch über dies und das und vergessen dabei völlig die Papageien im Wohnzimmer. Sie schrecken hoch, als ihnen das bewusst wird, und gehen schnell hinüber, fast schon das Schlimmste befürchtend.
Und was ist passiert?
Nichts Schlimmes.
Im Gegenteil.
Die beiden »grauen Eminenzen« hocken jetzt zusammen. Nicht etwa in der großen Voliere, sondern in dem kleinen Transportkäfig von Lore. Sie kuscheln dort, sitzen ganz nah beieinander.
Emily und Valentina sind gerührt.
So viel Papageienglück!
Zwei alte Vogelseelen haben sich gefunden. Das ist ja fast schon kitschig. Ob es nun Liebe ist oder eine schöne Freundschaft, eine Art Wohngemeinschaft – das ist doch völlig egal. Keiner der beiden ist mehr einsam.
Valentina wischt sich eine Träne aus dem Augenwinkel. Dann schickt sie Nick ein Foto von den beiden glücklichen Grau-

papageien in dem kleinen Käfig. Er antwortet sofort: mit einem Daumen-Hoch-Emoji. Tja, Nick hat wirklich Glück gehabt. Er muss keine Vogelsuppe kochen.
Und Hildegard hat jetzt zwei Vögel.
Hildegard …
Valentina schickt ihr im Geiste eine große Portion Papageienglück dorthin, wo sie jetzt gerade ist.
Um nicht wieder traurig zu werden, fängt sie an, die große Voliere von Grund auf zu putzen, sie richtig auseinanderzunehmen. Dann füllt sie die Essbehälter mit Bananenscheiben und ungerösteten Erdnüssen, den Lieblingsnüssen der Tiere, den Trinkbehälter mit frischem Wasser. Es müsste doch mit dem Teufel zu- und hergehen, wenn die beiden danach nicht freiwillig und gemeinsam umziehen würden. Beim Transportkäfig entfernt Valentina die Behälter für Futter und Wasser. Emily hilft ihr bei der großen Putzaktion.
»Hast du auch die Nachricht vom anhänglichen Graupapagei gelesen?«, fragt sie, während sie Sitzstangen schrubbt.
Valentina schüttelt den Kopf.
»Da hat eine Frau im Kanton Schwyz die Polizei alarmiert. Sie war spazieren, und da flog ein Graupapagei direkt auf ihre Schulter. Und ließ sich einfach nicht mehr vertreiben. Auch wenn er kurz wegflog – er kam immer wieder.«
»Wirklich?«
»Ja, sicher, so stand es da. *Du* liest doch immer Zeitung!«
»Ja, manchmal entgeht mir halt auch mal eine Meldung«, verteidigt sich Valentina.
»Die Polizei kam dann, holte den Vogel ab und brachte ihn in eine Auffangstation. Er wurde nicht vermisst.«
Hatte da wieder einmal jemand sein lästig gewordenes Haustier einfach ausgesetzt? Gerade vor den Sommerferien soll das ja das Schicksal vieler Tiere sein.

»Gibt es denn in der Schweiz eine Auffangstation nur für Papageien? Wir haben doch gar keine Papageien …«, meint Valentina mehr zu sich selbst.
Doch Emily hat schon nach ihrem Handy gegriffen, tippt drauflos und findet tatsächlich eine Auffangstation in Matzingen. Es müsste also wirklich keiner seinen Papagei einfach aussetzen – das mit der Suppe findet Emily auch als Scherz nicht komisch.

Am Nachmittag bringt Patty den kleinen Tom vorbei, und Emily mag den kleinen Jungen sofort. Was offenbar auf Gegenseitigkeit beruht. Valentina und Emily sagen nichts über den Neuzugang von Lore. Gar nichts. Sie wollen den Jungen überraschen. Die Vögel hocken inzwischen einträchtig in der großen Voliere. Tom begrüßt den Hund, die Katze und geht dann prompt zu Otto. Und dann steht er völlig verdattert und sprachlos da. Er ist ganz aus dem Häuschen.
»Was ist passiert? Wer ist das?«, fragt er fassungslos. Seine Mimik ist filmreif.
Lore mag anscheinend auch so gern Kinder wie Otto. Sie ruft ihm fröhlich »Guten Morgenmorgenmorgen« entgegen. Und doppelt nach: »Guten Morgen!«
Tom quietscht vor Vergnügen. »Der neue Vogel kann reden!« Valentina überlegt schon, wie sie seinen Wortschatz erweitern und ihm kindgerecht erklären soll, was ein Klimakterium ist. Und was endoskopieren bedeutet. Aber Lore fängt jetzt an zu pfeifen, in wunderbar melodiösen Tönen. Otto krächzt jämmerlich dazu.
Tom hält frech seinen Finger in den Käfig und streichelt Lore am Hals, was diese sehr zu mögen scheint. Und Otto offenbar ein klein wenig eifersüchtig macht. Auf alle Fälle streckt er Tom nun auch seinen Hals hin.

Emily und Tom verlassen das Haus, um mit Luna spazieren zu gehen. Sie tun es, als würden sie sich schon lange kennen. Schön!

Kaum sind sie weg, lässt sich Valentina aufs Sofa fallen und schließt kurz die Augen.

Sie hat auch ein neues Wort in ihrem Wortschatz: Papageienglück. Und sie würde es am liebsten immer vor sich hinsagen. Papageienglück. Papageienglück. Papageienglück.

Papageienglück für alle!

Und dann wirkt der Papageienzauber auch schon. Das Telefon klingelt, und es gibt wunderbare Nachrichten. Im Grunde zwar schlechte – und doch ganz und gar wunderprächtige.

»Wir haben Hildegard gefunden«, schreit Christian aufgeregt ins Telefon. »Hast du gehört? Wir haben sie gefunden! Sie lebt!«

»Oh … was … das ist einfach nur großartig! Danke, danke … danke, dass du anrufst! Ich bin so erleichtert«, freut sich Valentina und wird ganz aufgeregt. »Was ist passiert? Wie geht es Hildegard? Wo ist sie? Wann kommt ihr heim?« Sie kann die vielen Fragen nicht zurückhalten, nicht ordnen.

Und jetzt kommt prompt die weniger schöne Nachricht: »Hildegard hat schwere Kopfverletzungen. Sie ist noch sehr verwirrt, sie lag einige Tage im Koma. Wir haben sie in einem kleinen Missionsspital bei Kibera gefunden. Es war Spital Nummer siebzehn, das wir aufgesucht haben! Und es ist gar nicht so übel. Weil – ich sag dir, das willst du dir gar nicht vorstellen, was für schlimme, furchtbare Krankenhäuser wir gesehen haben! Es gibt auch ein paar edle, vornehme, private. Das schon. Aber, tja, wer kann sich die hier schon leisten?«

Die Verbindung ist schlecht, Christians Sätze werden immer wieder kurz unterbrochen, und Valentina muss nachfragen: »Wie war das, wo bringt ihr Hildegard hin?«

»Sie soll jetzt in exakt so ein teures Spital verlegt werden. Sie wird noch heute ins Aga Khan Hospital in Nairobi gebracht. Sie braucht jetzt wirklich die allerbeste Pflege, damit sie wieder gesund wird.«
»Kann sie reden?«, wagt Valentina zu fragen.
»Nein, sie hat uns zwar erkannt, aber sie spricht nicht. Wir sind ein wenig verunsichert. Aber auch wirklich sehr erleichtert. Weißt du, wie groß Kenia ist? Vierzehnmal so groß wie die Schweiz. Vierzehnmal! Wir haben die Nadel im Heuhaufen gefunden!«
Es wird laut im Hintergrund. Christian sagt schnell, dass er sich wieder melden werde, und schon ist die Verbindung getrennt.
Christian und Anna haben die Nadel im Heuhaufen gefunden! Im kenianischen Heuhaufen!
Valentina macht Musik an. Die Bob-Marley-CD von Hildegard. Sie tanzt durchs Haus und singt:
'Cause every little thing gonna be alright ...
Sie gießt sich mitten am Tag einen Rémy Martin ein, den Cognac, den Hildegard laut Christian bei besonderen Gelegenheiten immer aus dem Schrank holt – und den sie ja eigentlich gar nicht mag.
»Ein Hoch auf das Papageienglück!«, sagt sie laut und trinkt auf Hildegard.
Hildegard lebt!
Bob Marley hat recht: Alles wird gut.
Erst dann fällt ihr ein, dass sie die neuen Informationen über Hildegard sofort weitergeben muss, damit auch andere feiern können.

Es geht nicht lang, bis die Buchfreunde einer nach dem andern bei Valentina auftauchen. Was für eine Erleichterung für alle,

Hildegard lebt! Pietro bringt ein paar Nussgipfel aus dem Hotel Bellevue mit. Er konnte seine Schicht kurzfristig tauschen, Noldi hat schon Feierabend und Sibylle ihren freien Tag. Sie trinken Kaffee und Tee, plaudern angeregt. Natürlich ist ihnen klar, dass Hildegard Schreckliches erlebt haben muss und sie eventuell auch lange nicht transportfähig sein wird. Vielleicht sogar nie mehr ganz gesund wird.
»Das muss sie ja auch psychisch irgendwie verkraften und verarbeiten«, gibt Sibylle zu bedenken.
»Hildegard wird hier in Seelisberg wirklich sehr geliebt. Wir alle werden auf sie schauen«, meint Noldi. Auch er freut sich riesig. »Ich habe gestern eine Kerze für sie angezündet.«
»Fackle ja nicht die Bahnstation ab!«, warnt Madlen, die Lehrerin. Und sagt dann: »Ich bin gleichermaßen erleichtert wie besorgt.«
Valentina hat genug von Sorgen. Sie steht auf und sagt fröhlich: »Kommt, ich will euch etwas zeigen!«
Und dann steht der ganze Literaturzirkel vor der Voliere und bewundert das Papageienglück.
»Die beiden sind ja entzückend!«, findet Sibylle. »Und die Lore, die hast du von diesem Rockmusiker, dem knackigen Nick? Soso.«
»Nichts soso«, wehrt sich Valentina. »Seine Freundin wollte ihn loswerden. *Freundin*, hast du gehört?«
»Jaja«, lacht Sibylle. »Aber er ist schon irgendwie heiß – jedenfalls für sein Alter.«
Valentina erinnert sich daran, dass Nick fand, *sie* sehe immer noch heiß aus. Sie errötet kurz, was hoffentlich keiner bemerkt.
»Was wird Hildegard sagen, wenn sie plötzlich zwei Papageien hat?«, fragt sie zur Ablenkung.
Alle sind davon überzeugt, dass sie sich freuen wird.

»Ich wäre schon froh, wenn sie hier wäre, selbst wenn sie sich ärgern würde«, meint Noldi nachdenklich. »Unter Umständen dauert das noch lange.«
Plötzlich schreit Lore: »Klimakterium, endoskopieren, guten Morgenmorgenmorgen!«
»Sie redet!«
»Sie spricht!«
»Sie hat Klimakterium gesagt!«
Alle lachen und reden wild durcheinander. Aber jetzt schweigt Lore. Auch Otto ist still. Die beiden wollen wohl wieder ihre Zweisamkeit zurück.
Wieder am Küchentisch, fragen alle, ob Valentina hierbleiben könne, bis Hildegard wieder zurück ist und sich um ihre Tiere kümmern kann. Das hat Valentina sich auch schon gefragt.
»Sie kommt doch niemals vor einem Monat wieder heim«, mutmaßt Madlen.
Valentina lässt die Frage offen.
Sie wird demnächst mit Willy reden müssen.

Als Emily und Tom vom Spaziergang mit Luna zurück sind, ist es schon spät. Valentina stellt der Seelisberger Elite ihre Enkelin vor. Tom kennen sie schon. Der Junge hat neue Quizkarten, die er Valentina nun zeigen will.
»Nein, Tom, das müssen wir auf morgen verschieben. Ich koch dir jetzt was, es ist spät, und du musst bald ins Bett.«
Toms Enttäuschung dauert nicht lange, denn Noldi erbarmt sich seiner und spielt mit ihm sein Quiz. Unterdessen kocht Valentina für Tom und Emily, die auch hungrig ist, ein paar Spaghetti und wärmt Pietros Sauce bolognese auf, die sie noch im Kühlschrank stehen hat. Zum Glück mag Tom das ja eh am liebsten, und Emily ist nicht heikel und isst die Spaghetti ohne Sauce, dafür mit etwas Käse.

Nachdem die beiden gegessen haben, lässt sich Tom mühelos von Emily ins Bett bringen. Sie erzählt ihm noch eine Geschichte und setzt sich dann zu den Erwachsenen.
Sie alle haben keinen Hunger und sind sich einig, dass die Nussgipfel von vorhin für den Moment gereicht haben. Valentina lenkt die Unterhaltung auf die geplanten Videos unter dem Titel Streit-mit-Oma, und Emily erklärt freudig, wie sie auf die Idee gekommen sind.
Madlen gibt ihr einen Dämpfer. Sie mag von dem Thema nichts mehr hören. Ziemlich gehässig sagt sie, dass die Klimakleber und die jugendlichen Aktivisten aller Art dann ja doch mit dem Flugzeug in die Ferien wollten.
Emily schweigt.
»Exakt so ist es doch!«, doppelt Madlen nach. »Die gehen mir nur noch auf die Nerven und haben erreicht, dass ich gar nicht mehr zuhören will.«
Auch Valentina schweigt. Schließlich wird Emily mit ihren Ansichten noch viel Kritik aushalten müssen.
Doch jetzt mischt sich Pietro ein: »Also ich habe Respekt vor der engagierten Jugend.« Er findet, auf den sozialen Medien um Aufmerksamkeit zu kämpfen, mache doch Sinn und tue keinem weh. »Wenn ich euch beide irgendwie unterstützen kann, bin ich dabei. Ich könnte auch die ersten Videos für euch drehen, damit ihr euch auf das Agieren konzentrieren könnt.«
Auch Sibylle verspricht, alles zu teilen, was Emily und Valentina produzieren würden, und meint: »Am besten setzt sich Valentina einen Papagei auf die Schuler. Das wäre doch mal ein Hingucker, ein Alleinstellungsmerkmal, wie man so schön sagt!«
»Das könnte aber auch einen Shitstorm auslösen. Grün und umweltbewusst sein, vegetarisch leben, aber einen Vogel in

Gefangenschaft halten – das geht gar nicht«, meint Noldi dazu.
»Dann halt auf jeder Schulter einen Vogel, wir haben ja jetzt zwei«, lacht Sibylle. »Tiere ziehen doch immer.«
Emily und Valentina werden darüber nachdenken.
Um neun klingelt es, und als Valentina öffnet, steht Willy vor der Tür.
»Willy?!?«, Valentina ist völlig überrascht.
Die beiden umarmen sich.
»Störe ich?«, fragt er ein wenig brummig. Aus der Küche ertönt lautes Gelächter.
»Komm rein. Du störst doch nie. Ich bin einfach nur überrascht.«
Willy auch. Neugierig betritt er das kleine Häuschen. Und dann lernt er gleich schon die Elite von Seelisberg kennen. Valentina stellt alle vor, und Madlen serviert ihm einen Kaffee, schwarz und kurz, wie ihr Emily ein wenig schnippisch erklärt hat.
Pietro bietet Willy den letzten Nussgipfel an und meint dazu: »Es war eine Touristengruppe angemeldet, und die kam dann nicht. Daher haben wir so viele übrig.«
Und Valentina breitet die Arme aus und ruft fröhlich: »Ja, das ist er: mein Ehemann Willy!«
Bald schon setzt ein Plaudern ein, als würde Willy dazugehören. Und das tut er ja auch. Irgendwie. Valentina erzählt ihm, dass Hildegard gefunden wurde und sie sich deshalb spontan getroffen hätten. Jetzt dreht sich das Gespräch wieder darum, und das Thema Streit-mit-Oma ist vom Tisch.
Als Emily dann nochmals kurz mit Luna rauswill, verabschieden sich auch die Gäste. Valentina zeigt Willy das Haus. Am meisten angetan ist er vom Papageienglück. Die Aussicht kann er leider nicht genießen, weil es dunkel geworden ist, aber die

beiden setzen sich auf den Balkon und sitzen noch eine Weile unter dem sternenklaren Himmel. Valentina erzählt Willy ausführlich von den Ereignissen der letzten Tage. Er schüttelt immer wieder den Kopf. Er hätte nie erwartet, dass man in Seelisberg so viel erleben kann. Und natürlich auch nicht, dass er in ein volles Haus kommen würde.

»Ich habe mich darauf gefreut, mit dir hier zu sitzen«, sagt Valentina. »Bleibst du länger?«

»Hast du noch Platz für mich?«, lacht Willy.

»Emily und Tom schlafen im gleichen Zimmer. Der Kleine geht ja morgen wieder. Es hat genau zwei Schlafzimmer. Und mein Bett ist groß genug.«

»Gut!«

17

BLÜTENNEKTAR

Das leise Schnarchen von Willy hört sich für Valentina gut an. Vertraut. Trotzdem schläft sie schlecht, schreckt immer wieder hoch. Mitten in der Nacht steht sie auf und geht hinunter in die Küche, um aufzuräumen. Sogar den Boden nimmt sie feucht auf. Sie will Willy nicht wecken, wenn sie sich neben ihm im Bett ständig dreht und wälzt.

Sie denkt daran, dass in der Nacht, in der sie durchgeschlafen hat, Hund und Katze in ihrem Zimmer waren. Völlig schräg. Sie muss es doch auch ohne Tiere schaffen! Aber immerhin drehen sich ihre Gedanken nicht mehr ständig um dieses leidige Thema. Sie hat sich damit arrangiert, mit wenig Schlaf auszukommen. Mit viel weniger als früher. Damals dachte sie,

ohne ihre regelmäßigen acht Stunden Schlaf würde sie eingehen wie eine kranke Primel. Sie geht noch einmal ins Bett, kann aber wie befürchtet auch jetzt nicht schlafen.
Also steht sie bald wieder auf und begrüßt die aufgehende Sonne mit einer Tasse Tee auf dem Balkon. Tom ist der Erste, der sich kurz nach sieben zu ihr schleicht. Er ist putzmunter und freut sich darauf, ihr sein neues Quiz zeigen zu dürfen. Ganz neue Karten. Diesmal geht es um Tiere.
Tom kann die Fragen noch nicht ganz auswendig und bittet Valentina, sie vorzulesen. Und auch wenn die Karten noch neu sind: Die Antworten kennt er alle schon.
Wie viele Beine hat eine Spinne?
Da kann Valentina noch mithalten: »Acht«, antwortet sie ohne zu zögern.
Tom, der von ihr ja denkt, dass sie ganz allgemein sehr wenig weiß, ist kurz beeindruckt. Er mustert sie, als würde er sich fragen, ob sie gemogelt hätte. Dann nimmt er die nächste Karte.
Was ist das größte Tier auf der ganzen Welt?
Tom freut sich darüber, dass Valentina ganz angestrengt nachdenkt.
»Wahrscheinlich ein Elefant«, rät sie.
»Neiiiiiiiin!«
»Vielleicht eine Giraffe?«
»Phuuuu, nein! Die hat ja nur einen langen Hals.«
»Stimmt.«
Und dann kann er nicht mehr länger warten und posaunt sein Karten-Wissen heraus: »Der Blauwal!«
»Tatsächlich.« Darauf wäre Valentina nie gekommen. Sie liest vor, was auf der Karte steht: »Der Blauwal kann bis zu dreiunddreißig Meter lang werden und bis zu zweihundert Tonnen schwer.«

»Wirklich eindrücklich!«, findet Valentina. »Dem möchte ich aber beim Schwimmen nicht begegnen. Das würde sich wohl anfühlen, als käme einem ein Lastwagen entgegen.«
Tom zieht seine Stirn kraus. Das hat er sich bestimmt noch nie überlegt. Der Gedanke an einen schwimmenden Lastwagen scheint ihn ein wenig zu verwirren. Aber dann bittet er um die nächste Frage.
Wovon ernährt sich ein Kolibri vorwiegend?
Valentina gibt Tom die Karte zurück und antwortet gleich: »Das weiß ich nun wirklich nicht.«
»Was heißt ›vorwiegend‹?«, fragt Tom.
»Hauptsächlich. Es ist das, was er vor allem frisst.«
»Und das ist?«
»Eben, ich habe absolut keine Ahnung. Ich rate einfach mal: Mücken.«
»Neiiiiiin! – Blütennektar!«, erklärt Tom ungeduldig, als hätte er das gewusst ohne seine Karten.
»Ach so«, sagt Valentina.
»Was ist Blütennektar?«
»Oh. Das ist etwas Süßes, das die Blüte produziert, um damit Bienen anzulocken.« Die Details von Bienen und Blüten und so, die können ihm dann seine Eltern mal erklären.
»Der Vogel ist herzig«, sagt Tom und hält Valentina die Kolibri-Karte nun direkt unter die Nase.
Valentina holt ihren Laptop auf den Balkon und findet nach ein paar Klicks ein Video aus der Serie »Anna und die wilden Tiere«, bei dem sie beide noch etwas über den filigranen Vogel lernen. Bezaubernd! Kolibris sind nicht nur wunderschön mit ihren schillernden Farben und dem feinen, langen Schnabel. Sie gelten auch als Spitzensportler unter den Vögeln, allem voran, weil sie die einzigen Vögel sind, die nicht nur rückwärts, sondern auch seitwärts und sogar kopfüber fliegen können.

Und wenn sie beeindrucken wollen, veranstalten sie Sturzflüge in einem Tempo von bis zu hundert Stundenkilometern! Dazu können sie sich im Stillstand in der Luft halten wie ein Helikopter.
»Kolibris sind cool!«, beschließt Tom.
Das findet Valentina auch. Und es gefällt ihr, dass sie ein Thema gefunden haben, das sie beide interessiert und Tom von den Karten ablenkt. Sie erzählt ihm dann, was sie inzwischen alles über Graupapageien gelesen hat.
Tom erschrickt ein wenig, als plötzlich Willy auftaucht.
»Wer ist das?«, fragt er Valentina, fast vorwurfsvoll.
»Das ist mein Mann, Willy.«
Die beiden reichen sich artig die Hände. Valentina darf dann das Frühstück vorbereiten, und Willy muss sich jetzt mit Fragen löchern lassen.
Sie setzen sich an den Küchentisch, und gerade als sie über den Großen Panda sprechen und sich Valentina fragt, ob es auch einen Kleinen Panda gibt, kommt auch Emily aus den Federn.
Was für eine schöne Betriebsamkeit!
Valentina, die sich in Luzern immer mehr zurückgezogen hat und Ruhe suchte, mag es hier oben, wenn sie Menschen um sich hat. Und Tiere. Und dass sie mit zwei Schritten mitten in der Natur ist, wo sie die Erholung findet, die sie so dringend braucht, ist einfach nur schön.
Emily und Willy schmieden jetzt Pläne. Am Nachmittag wollen sie schwimmen gehen. Im Seelisbergsee natürlich.
Und Willy fragt: »Hast du die Bank vor dem Haus gesehen, Valentina? Die Farbe ist völlig abgeblättert – denkst du, ich könnte mich da mal nützlich machen?«
Valentina überlegt kurz und entscheidet dann, dass Hildegard wohl nichts dagegen hat.

»Und ist dir aufgefallen, dass die Fensterläden in Senfgelb gestrichen wurden?«, freut sich Willy dann. »Sieht doch gut aus! Vielleicht könnte ich die Bank dann auch grad senfgelb streichen? Ich habe noch Farbe übrig.«
Valentina verdreht die Augen. Das hat Willy natürlich gut gefallen.
Senf!
Senape!
Klingt wie ein Wort, das in Lores Wortschatz passen könnte.

Nachdem Patty Tom abgeholt hat, gehen Emily und Willy tatsächlich schwimmen. Valentina begleitet die beiden spazierend bis zum Eingang des Strandbads und geht dann mit Luna wieder durch den Wald zurück.
Sie sitzt zufrieden auf ihrem Lieblingsplatz, dem Balkon, als Emily und Willy gleichermaßen glücklich von ihrem Badenachmittag zurückkommen. Willy hat einen Einheimischen getroffen, der ihm viel über das Seeli, wie der See hier einfach genannt wird, erzählt hat.
»Das war spannend! Wusstest du, dass es im Seeli Krebse gibt? Die können, ohne Scheren, bis zu fünfzehn Zentimeter groß werden.«
Valentina denkt an Toms Riesenblauwal und ist nicht allzu sehr beeindruckt.
»Gegen Ende des 19. Jahrhunderts begann man, im Seelisbergsee Krebse zu fangen, und lieferte sie bis nach Luzern, Vitznau oder Weggis. Das war für einige ein schöner Nebenverdienst. Ein paar Exemplare wurden sogar bis nach Schweden verkauft, weil dort gerade die ganze Krebspopulation vernichtet worden war. Und 1993 hat man achtzig von ihnen im Urner Golzernsee ausgesetzt.« Willy erzählt und erzählt. Er hat wohl wirklich einen Seespezialisten getroffen. Während

Valentina noch überlegt, wo genau der Golzernsee liegen könnte, berichtet er weiter: »Ja, der hat sogar ein Buch über den See geschrieben.«
Valentina freut sich über Willys Begeisterung.
»Ja, und vom ›Ischen‹ muss ich dir auch noch erzählen.«
»Ischen?«
»Kannte ich auch nicht. Dem sagt man anscheinend so. Bis Ende der 1940er-Jahre hat man im Winter nämlich Eis aus dem Seeli gewonnen. Mit Handsägen wurden ganze Blöcke aus dem gefrorenen See geschnitten und dann in Hotelkellern, mit Sägemehl abgedeckt, gelagert. Bis nach Luzern wurden Eisblöcke geliefert. Sie wurden mit Schlitten nach Treib gebracht, und dann gings weiter mit dem Schiff über den See. So hatte man auch im Sommer gekühlte Getränke.« Es sei einfach wunderschön hier oben, meint Willy dann und schwärmt: »Dieser Natursee ist wirklich ein Juwel! Und man schaut gut zu ihm. Rundherum ist Naturschutzgebiet.«
Valentina lächelt innerlich und denkt, Männer wie Willy müssten auch irgendwie geschützt werden. Wenn er so sprudelt vor Begeisterung, weiß sie wieder ganz genau, warum sie sich einst in ihn verliebt hat: genau deshalb. Weil er sich so leicht begeistern lässt. Und weil das so ansteckend ist.
Endlich kommt auch Emily zu Wort: »Du, Nonnavalentina, der See wäre im Fall auch ein Thema für unsere Filmerei. Also nicht wirklich der See, sondern der klimaneutrale Campingplatz am See. Ich könnte dir erklären, was das ist. Eine gute Sache!«
»Aber ja, gute Idee!«
»Fangen wir an?«
Emily will tatsächlich grad hier und jetzt ihr erstes Filmchen drehen, und Valentina ist dabei. Ihre Enkelin hat schon eine schöne Anfangsgrafik für die Videos gestaltet.

»Es soll nicht so schülermäßig daherkommen«, sagt sie dazu. Willy hat versprochen, die Kamera zu führen, sobald die beiden bereit sind. Sie wissen, die Filme müssen kurz sein. Um ihr erstes Video zu drehen, brauchen sie dann dennoch fast drei Stunden. Als sie irgendwann alle mit dem Resultat zufrieden sind, schauen sie überrascht auf die Uhr. Vielleicht sind sie auch einfach nur müde und machen deshalb nicht mehr weiter. Drei Stunden für ein Zweiminutenvideo! Mit diesem Zeitaufwand haben sie nicht gerechnet. Allem voran, weil die Szene ja noch nicht mal erfunden werden musste.

Valentina sitzt mit der Zeitung am Küchentisch. Ohne Vögel. Sie liest. Emily kommt mit nassem Haar und in einen Bademantel gewickelt herein und knallt ihr das Duschmittel auf die Zeitung, wo es einen nassen Ring hinterlässt.
»Nonnavalentina, hast du dich jemals mit den Inhaltsstoffen deiner Duschmittel befasst?«
»Nein, Emily. Diese Angaben kann man doch kaum lesen. Das ist alles viel zu klein gedruckt.«
»Ausreden! – Fast alle deine kosmetischen Produkte sind voller Mikroplastikpartikel.«
Ein vorwurfsvoller Blick von Emily.
Ein ratloser Blick von Valentina.
»Wieso denn das?«, fragt Valentina.
»Das tun die da rein, damit es besser schäumt oder cremiger ist. Und wenn du schon ständig Zeitung liest, dann weißt du doch sicher längst, wie schlimm diese Partikel für die Umwelt sind!«
»Aha.« Valentina nickt, wirkt aber offenbar nicht überzeugend genug.
Emily doziert: »Über das Waschbecken gelangen die Kunststoffpartikel ins Abwasser und von dort in die Umwelt. Sie

wirken wie ein Magnet für Schadstoffe. Und werden dann in Seen von Fischen gefressen, die wir dann wiederum essen. Es wurden schon solche Partikel im menschlichen Kot gefunden.«

Valentina rümpft die Nase. »Wer wühlt denn bitte in menschlichem Kot?«

»Nonnavalentina!!!«

»Ja, ja, ist ja gut. Ich werde beim nächsten Einkauf darauf achten.«

»Ich benutze ein festes Duschmittel, eine Art Seife. So gibt es nicht einmal Plastikabfall.«

»Und für die Haare?«

»Inzwischen gibt es auch Seifen für die Haare«, verkündet Emily stolz.

»Interessant!«

Emily geht. Valentina wirkt nachdenklich.

Schluss der Szene.

Es ist ein einfaches Filmchen geworden, eine leicht verständliche Message, locker dargeboten. Die drei Stunden waren verschiedenen Anfängerfehlern geschuldet. Einmal klingelte das Handy. Einmal vergaß Willy zu filmen. Dann war das Licht unmöglich, und der Küchentisch musste von hier nach da verschoben werden. Dann erkannten sie, dass Dinge im Hintergrund ins Bild geraten waren, die einfach nicht auf das Video gehören. Und plötzlich war der Handy-Akku leer. Zudem hatte Emily tatsächlich kurz einen Schluckauf. Und irgendwann waren ihre Haare trocken, und sie musste nochmals unter die Dusche.

»Das muss aber in Zukunft schneller gehen, sonst schaffen wir nur einen einzigen Film pro Monat«, meint Valentina nachdenklich.

»Anfangs sollten wir mindestens einen Film pro Woche haben«, erklärt Emily das Ziel.
»Oha! Aber ohne mich!«, kommentiert Willy diese Pläne.
Auch Valentina seufzt.
Haben sie sich zu viel vorgenommen?
»Das geht ja dann immer schneller«, beruhigt Emily sie. »Keine Sorge.«

18

ZEIT DER ERLEUCHTUNG

Nachdem es mit dem Filmen so spät geworden ist, ist Willy grad nochmals eine Nacht in Seelisberg geblieben. Am nächsten Morgen macht er doch noch einmal mit und stellt sich als Filmer zur Verfügung. Jetzt geht es um Insekten.

Valentina schlägt mit einer Fliegenklatsche auf ihre Zeitung ein und schimpft über Fliegen und Mücken und Käfer.
»Hier lebt einfach alles!«
»Nonnavalentina!« Emily wirft Valentina einen bösen Blick zu.
»Ja, was denn?«
»In den letzten dreißig Jahren hat der Mensch in verschiedenen Gebieten die Insekten um fünfundsiebzig Prozent dezimiert. Auch die Zahl der Arten nimmt ab. Weit über hundertfünfzig gelten in der Schweiz als ausgestorben; sie sind einfach für immer fort und weg!«
»Das ist schade, aber ich reagiere halt einfach empfindlich auf Stiche.«

»Die meisten Insekten stechen doch gar nicht! Sie sind aber Futter für die Vögel, die du doch so sehr liebst. Sie bestäuben Pflanzen und sind wichtig für das Ökosystem.«

Emily zeigt Valentina eine Lebendfalle, erklärt: »Die kann man inzwischen überall kaufen. Damit kannst du neben Fliegen und anderem auch Käfer lebend einfangen und dann im Garten wieder aussetzen.«

Während Emily jetzt direkt in die Kamera blickt, sagt sie: »Und wenn dieser Garten dann auch noch mit einheimischen Pflanzen und Büschen bestückt ist und nicht nur eine golfplatzähnliche Rasenfläche bietet, dann freut sich der Käfer. Happy beetle – happy life.«

Schluss der Szene.

Valentina findet diesen Film nicht so gut – weil sie nämlich nach wie vor nicht bereit ist, eine Fliege einzufangen, um sie dann auf dem Balkon wieder freizulassen, von wo sie dann wieder in die Wohnung zurückbrummt. Vielleicht könnte sie sich bei einem Käfer, bei einem besonders schönen Exemplar, dazu hinreißen lassen, ihn sorgfältig umzuquartieren. Das schon. Aber Mücken, Spinnen, Wespen? Valentina schüttelt sich. Außerdem gibt es ja auch immer mehr neue Insekten. Sie hat Bilder von der großen Hyalomma-Zecke gesehen, die gerade die Schweiz erobert. Sie soll sehr aggressiv sein. Und dann die Tigermücke, die exotische Krankheiten überträgt! Und die widerlichen Bettwanzen! Und die Asiatische Hornisse, die kiloweise Bienen frisst! Und der Japankäfer, den man grad in Kloten so intensiv bekämpft!

Nein, Insekten sind nicht ihr Ding.

Darum findet sie den zweiten Film wirklich nicht gerade gut. Egal. Das ist Emilys Projekt. Und dieser Dreh ging immerhin schon deutlich schneller als der erste, viel schneller. Es hat

sich schon eine kleine Routine eingestellt. Valentina findet jetzt aber, dass sie nicht immer nur die dumme alte Oma sein möchte, und bekommt langsam Lust, auch mal zu widersprechen. Ein wenig zumindest. Sie macht sich Gedanken über neue Storys, in denen auch Emily etwas einstecken muss. Den Rest des Tages ist ihre Enkelin jedoch nicht mehr ansprechbar. Auch sie will weitere Ideen aushecken. Es soll der Start einer großen Sache werden.
Emily hat jetzt ein Ziel: Sie will Sinnfluencerin werden.

Willy und Valentina spazieren mit Hundebegleitung ins Dorf. Madlen hat ihnen eine Führung im Yogi-Zentrum organisiert. Das interessiert beide sehr. Otto Odermatt wartet schon auf sie. Er stellt sich vor und verkündet ziemlich schnell, er sei mit Winkelried verwandt. Also mit *dem* Winkelried. Arnold Winkelried, der bei der Schlacht von Sempach, 1386, ein Bündel Lanzen der gegnerischen Habsburger packte und sich damit selbst aufspießte. So öffnete er eine Gasse für die Eidgenossen. Sein Opfer war der Schlüssel zum Sieg. Oder so ähnlich. Jeder möchte natürlich mit einem Nationalhelden verwandt sein. Kein Wunder, ist Odermatt stolz auf seinen Vorfahren.
Aber ob diese Verwandtschaft auch stimmt? Otto Odermatt relativiert dann, dass er mit der Frau von Arnold Winkelried verwandt sei. Immerhin! Er, also Otto Odermatt, war und ist Lehrer der Transzendentalen Meditation, er bildete sogar Lehrer aus, reiste dafür in der ganzen Welt umher und ist heute eine Art Gralshüter der Bewegung, die einst um Maharishi Mahesh Yogi entstand. Er lebt mit seiner Frau Maria seit 1981 in Seelisberg und leitet die im Hotel untergebrachte Maharishi European Research University. Man kann hier noch immer Kurse besuchen, dazu gehört auch ein Gesundheitszentrum, das ayurvedische Behandlungen anbietet.

Für Otto Odermatt wird sich in Zukunft alles ändern, wenn die Bauarbeiten beginnen und aus dem ehemaligen Yogi-Tempel wieder ein Hotel wird. Das wird für den Achtundsiebzigjährigen sicher eine große Umstellung werden. Valentina kommt in seiner Begleitung ständig ein krächzendes »Ottoottootto« in den Sinn, und sie muss sich zusammenreißen. Das hier ist ein ganz anderer Otto, einer der viel weiß und der gern und mit Leidenschaft erzählt.
»Früher war dieses Haus ein luxuriöses Grandhotel«, beginnt er seine Führung. »Das Hotel Sonnenberg beherbergte sogar Richard Wagner, als dieser an der Oper ›Die Walküre‹ arbeitete. Auch Heinrich Heine und Leo Tolstoi stiegen hier ab. Gottfried Keller feierte hier seinen siebzigsten Geburtstag.«
Valentina darf die große Glocke beim Eingang schlagen. Die Glocke der Unbesiegbarkeit. Der schwere, warme Ton berührt. Man spürt ihn im ganzen Körper.
Und dann beginnt Otto Odermatt von der Geschichte des Yogi-Zentrums zu erzählen, und Willy und Valentina hören gespannt zu: Maharishi Mahesh Yogi, ein charismatischer, bärtiger Guru und der Begründer der Transzendentalen Meditation, kurz TM genannt, sei Anfang der Siebzigerjahre nach Seelisberg gekommen und mit ihm seine ganze Gefolgschaft. In den folgenden Jahren sollen über dreihundert seiner Anhänger in der pompösen Hotelanlage gewohnt haben. Mehrere tausend Interessierte und Yogis hätten hier Kurse besucht. Auch die Hotels in der Umgebung wurden gebucht. Maharishi Mahesh Yogi rief das Zeitalter der Erleuchtung aus. Seine Überzeugung: Wenn nur ein Prozent eines Landes oder einer Stadt nach seinen Vorgaben meditiere, würden sich dort automatisch Krankheiten, soziale Probleme und Kriminalität reduzieren. Otto Odermatt zeigt Valentina und Willy reihenweise dicke Bücher.

»Diese Studien beweisen das, man nennt es den Maharishi-Effekt«, verkündet er.
Valentina und Willy kommentieren das nicht. Wie sollten sie?
Sie spazieren durchs ganze Haus, und Odermatt erzählt weiter:
»Die Studien haben auch gezeigt, dass Menschen, die Transzendentale Meditation ausüben, im Durchschnitt zu fünfzig Prozent weniger auf ärztliche Hilfe angewiesen sind. Außerdem können durch Meditieren Schlafstörungen verringert und Ängste abgebaut werden.«
Schlafstörungen werden verringert?
Vielleicht sollte sich Valentina hier einquartieren?
»1983 haben siebentausend Personen im amerikanischen Fairfield gemeinsam meditiert. Sie kamen aus fünfzig Ländern. Danach hat man die Reden von Staatspräsidenten analysiert und viel häufiger die Worte Frieden und Freiheit gefunden als vorher. Die Meditierenden erzeugten eine große Welle von Harmonie.«
Interessant.
»Maharishi Mahesh Yogi fand, man müsse nicht die Dunkelheit bekämpfen, sondern Licht bringen, dann verschwinde die Dunkelheit von selber.«
Das hat eine gewisse Logik.
In dem großzügigen Haus scheint irgendwie die Zeit stehen geblieben zu sein. Viel spürbare, fühlbare Vergangenheit und Geschichte. Kunstblumen überall, bunte Girlanden, Goldglitter, Kronleuchter und Batiktücher. Die imposanten Sessel, in denen der Guru jeweils saß, werden nicht mehr benützt, stehen aber da, als würden sie noch immer auf ihn warten. Überall gibt es Fotos von dem eindrücklichen Mann mit dem weißen Bart. In der großen Halle, die zu Hotelzeiten noch als Speisesaal benützt wurde, setzen sich Valentina und Willy zusammen mit ihrem Gastgeber kurz hin.

»Dieser Saal wurde 1874 gebaut«, erklärt Otto Odermatt. »Es ist weit und breit der größte Saal ohne Säulen. Hier trafen sich spirituelle Gelehrte mit Wissenschaftlern und Politikern. Ja, wir wollten die Welt verändern. Wir wollten den Weltfrieden. Wollen ihn immer noch.« Als der Meister in Seelisberg weilte, wurden seine Auftritte über ein eigenes Fernsehstudio bis ins weit entfernte Nepal übertragen. Maharishi Mahesh Yogi begeisterte auch Stars wie die Beatles, die Beach Boys oder Clint Eastwood und Shirley MacLaine. Odermatt betont, man spüre die Anwesenheit des indischen Gurus auch heute noch. Und dass eine TM-Meditation doppelt so tief gehe wie eine Tiefschlafphase. Der Geist dringe zur Quelle der Gedanken vor. Man greife immer mehr auf seine eigenen geistigen Fähigkeiten zu. Und diese Quelle sei riesengroß.

Als Valentina fragt, ob denn die Transzendentale Meditation etwas mit Religion zu tun habe, verneint Odermatt und erläutert: »Es ist eine geistige Technik, mit der man die Unbefangenheit des Geistes herbeiführen kann. Wenn der Geist frei ist, geht er automatisch auf feinere Ebenen des Denkens über, bis er die feinste Ebene überschreitet, eben ›transzendiert‹. Das Sein wird zum stillen, grenzenlosen Ozean. Der Mensch erfährt Ruhe. Tief verwurzelter Stress wird aus dem Nervensystem entfernt. Man wird gesünder, und der Geist nutzt mehr und mehr von seinen Fähigkeiten. Ist das nicht wunderbar?«

Wunderbar. Ja. Aber nicht ganz so leicht zu verstehen.

Otto Odermatt weiß das, und er erzählt, dass er immer wieder über die Vorurteile staune, denen er begegne. Dabei würden sich christliche Missionare gleichermaßen für TM interessieren wie muslimische Geistliche oder hinduistische Swamis. »Wir sind keine Sekte. Waren wir nie.« Er verstehe nicht, warum etwa Hugo Stamm sich auf ihre Gemeinschaft eingeschossen habe.

Valentina beschließt, sich da genauer zu informieren. Sie möchte gern wissen, warum Hugo Stamm, der ja ein Experte auf dem Gebiet der Sekten ist, den Yogis an den Karren gefahren ist.
Valentina und Willy sind seit eineinhalb Stunden mit Otto Odermatt in dem riesigen Hotelkomplex unterwegs. Er erzählt sehr unterhaltsam und einnehmend. Aber jetzt zieht Luna an der Leine. Entweder hat sie einfach genug gehört, oder sie muss pinkeln. Darum verabschieden sie sich, ohne erfahren zu haben, wie es mit dem Guru weiterging.

»Uff!«, sagt Willy, als sie wieder draußen sind.
»Ja, gell, sehr viel Text, sehr viel Geschichte.«
»Klingt ja alles gut und recht, aber mir war es dann einfach doch von allem etwas zu viel.«
»Ich wollte eigentlich noch wegen des Fliegens fragen.«
»Fliegen?«, fragt Willy.
»Man sagt doch, dass die Yogis auf dem Seelisberg fliegen konnten, wenn sie völlig in Trance waren. Sie konnten sich ein paar Zentimeter vom Boden abheben.«
»Das glaubst du doch nicht wirklich?«, lacht Willy sie aus. »Du verwechselst wohl diesen Otto mit Hildegards Otto!«
Valentina hebt kurz die Schultern. Manchmal weiß sie nicht mehr, was sie glauben soll und was nicht. Die Idee, dass nur ein kleiner Prozentsatz von Menschen so viel zum Guten verändern könnte, der gefällt ihr. Und den Gedanken, dass so viele Menschen immer wieder zusammen meditieren, um etwas für den Frieden zu tun, mag sie auch.
Das Ehepaar spaziert hinunter zum Tanzplatz, geht dann nach links und dreht mit Luna eine Runde im Wald. Das hat sich der Hund verdient. Das haben sie sich alle verdient nach dieser Geschichtslektion.

»Seelisberg könnte heute gut wieder einen Guru gebrauchen«, meint Willy dann. »Viel ist ja hier nicht mehr los.«
»Dafür gibt es Ruhe. Und Aussicht. Und Natur.«
»Stimmt. Mir gefällt das alles auch gut.«
»Und ich werde mich jetzt mal mit der Transzendentalen Meditation befassen und darüber recherchieren. Du weißt schon: wegen der Schlafstörungen.«
»Ja, mach das, Liebes.«
Das Handy macht sich bemerkbar. Christian schickt Fotos von Hildegard und Anna. Die Frauen sehen sehr mitgenommen aus. Aber sie lächeln. Beide. Das ist wunderschön zu sehen. Das macht Hoffnung.
In einer Sprachnachricht erzählt Christian, dass Hildegard jetzt wieder spreche. An den Überfall habe sie noch keine Erinnerungen, könne also bis jetzt nichts zur Aufklärung der Geschehnisse beitragen. Sie weine viel. Aber das sei alles nicht relevant, wenn man bedenke, welch schöne Fortschritte sie mache, Tag für Tag. Sie schmiede bereits Pläne, denke vorwärts.
Christians Worte machen Valentina froh.
Sie leitet seine Sprachnachricht an den Gruppenchat weiter. Und dann schickt sie Christian mutig ein Foto von den beiden Graupapageien. Für Hildegard. Hoffentlich bekommt sie keinen Rückfall, wenn er ihr das Papageienglück zeigt. Aber Valentina weiß ja, dass Hildegard auch schon versucht hat, ihren Papagei zu verkuppeln. Sie wird glücklich sein, ihren Otto so innig vereint mit Lore zu sehen.

Als Willy und Valentina wieder zurück in Hildegards Haus sind, will Valentina doch noch wissen, wie die Geschichte mit Maharishi Mahesh Yogi und Seelisberg weiterging. Beim Recherchieren verliert sie sich schnell in verschiedene ineinan-

der verschachtelte Websites. Immerhin findet sie noch den Hinweis, dass er 1983 mit seiner Botschaft auf Welttournee ging und Seelisberg für seine Bewegung an Bedeutung verlor. 1991 verlegte der Guru seinen Hauptsitz nach Holland, wo er 2008 starb.
Sie erzählt es Willy, und er erklärt, dass Seelisberg für ihn die Bedeutung noch nicht verloren habe und er auch heute noch nicht abreisen wolle.
»Ich bleibe noch eine Weile«, sagt er.
Valentina freut sich. Und das Ehepaar verbringt die Tage in schönster Harmonie. Die beiden machen Ausflüge, fahren zum Beispiel mit der Seilbahn auf die Alp Weid, einen der allerschönsten Plätze, die Valentina je gesehen hat. Ja, gut, die Schweiz hat viele allerschönste Plätze. Aber diese winzige Alp ist schon ein Juwel, und das Mittagessen da oben schmeckt köstlich.
Einmal wandern sie auf einem Stück Jakobsweg, von Emmetten nach Treib. Der Weg erweist sich zeitweise als ein wenig steil und ruppig. Am Ende führt er sie gemächlich über herrliche Wiesen und Felder. Im Restaurant Volligen sitzen die zwei dann so lange, dass sie fast die letzte Bahn von Treib nach Seelisberg verpassen. An einem anderen Tag fahren sie nach Treib, besteigen dort ein Schiff und bleiben einfach sitzen. Eine Urnerseerundfahrt ist unglaublich entspannend.
Willy und Valentina verbringen viel Zeit zusammen. Mehr als sonst. Sie sind sich in den letzten Jahren im Alltag ein wenig abhandengekommen. Und sie finden sich gerade wieder.
Hier oben ist alles anders.
Nicht nur die Luft.
Auch sie zwei sind anders.
Das Wetter ist bezaubernd, fast schon zu heiß. Emily sagt, das liege am Klimawandel. Ist es sehr bösartig, wenn Valentina

sich ausnahmsweise mal so ganz kurz über den Klimawandel freut? Nur ganz, ganz kurz? Weil dieser Sommer wirklich ein Sommer ist?
Valentina verliert irgendwie das Gefühl für die Zeit, lässt sich treiben. Es fühlt sich gerade ein wenig wie immerwährende Ferien an. Bis Christian wieder Fotos aus Kenia schickt, die sie daran erinnern, dass sie einmal zu Ende gehen werden. Doch es sind Fotos, die Hoffnung machen, die lachende Gesichter zeigen.
Hildegard geht.
Hildegard sitzt in einem Park.
Hildegard isst ein Eis.
»Sie macht Fortschritte«, schreibt Christian. »Ich komme bald heim.«
Nur von Hildegards Heimkehr spricht noch keiner.

19

STREIT-MIT-OMA

Das erste Video ist seit einem Tag online, und es passiert nicht viel. Immer wieder schaut Emily nach, zählt ihre Follower, die Views, sucht nach Kommentaren. Aber es ist auf allen Kanälen ruhig. Valentina und Willy finden den Film gelungen. Sie haben alle Freunde und Bekannten aufgefordert, Emily auf Facebook, Instagram oder Tiktok zu folgen und den Link zum Filmchen zu teilen. Auch die Seelisberger Elite hilft gern beim Verbreiten mit.
Aber wie schafft man den Durchbruch?
Was, wenn sich keiner für Streit-mit-Oma interessiert?

Müssen sie doch noch die Papageien ins Spiel bringen?
Nein. Da sind sich Valentina und Emily einig.
»Ich finde, wir sollten niemanden auf die Idee bringen, sich einen Papagei zu kaufen«, findet Emily.
»Stimmt. Wenn die Leute unsere glücklichen Vögel sehen, wollen sie sofort auch welche haben.«
Dann hat Emily eine Idee, wie man doch noch ein Tier einbauen könnte: »Ich las mal von einem Hundesnack aus China. Verarbeitetes Hühnerfleisch, das Tausende von Kilometern kreuz und quer durch die Gegend gekarrt wird.«
Valentina soll den Hund füttern und Emily ihr von einer imaginären Verpackung vorlesen, woher der Snack komme. Und ihr dann auch noch wegen ihrer Weinauswahl Vorwürfe machen. Ihr Chardonnay komme aus Australien, und den könne man doch auch in Europa herstellen. Und ihre Essiggurken seien aus Vietnam. Das sei ja wohl der Gipfel.
»Okay, alles machbar, aber ich könnte ja wirklich – einfach so zur Abwechslung – auch mal austeilen und dir vorwerfen, dass du beim Duschen viel zu viel Wasser verschwendest. Wasser ist wertvoll.«
Emily ist platt, wehrt sich: »Aber ich habe halt viele und lange Haare. Ich brauche so viel Wasser, um die Seife wieder rauszukriegen.«
Valentina lacht nur. »Dreißig Minuten, ohne Unterbruch?«
Emily überlegt kurz, und dann sagt sie: »Gut, dann machen wir aber etwas total Krasses. Das könnte dann auch wirklich viral gehen. Du machst mir den Vorwurf. Du lachst mich aus. Und dann nehme ich eine Schere und schneide mir vor laufender Kamera die Haare ab.«
»Nein!«
»Doch!«
»Sicher nicht! Spinnst du? Was wird Tanja dazu sagen?«

»Das ist egal, es sind ja meine Haare.«
»Bloß, um die Follower-Zahlen zu steigern?«
»Genau. – Aber ehrlich gesagt wollte ich sie sowieso bald einmal auf Schulterlänge kürzen.«
Valentina atmet tief durch und sagt dann: »Gut. Wenn du meinst. Das ist ziemlich mutig.«
»Ja«, sagt Emily kleinlaut. »Aber wir fallen sonst zu wenig auf.«
»Du würdest jetzt aber nicht alles tun für ein paar Follower mehr?«
»Nein, sicher nicht! Du kennst mich doch!«
Aber Valentina ist sich da nicht so sicher.
Dieser Dreh wird anspruchsvoll. Man kann sich nur einmal die Haare abschneiden – dann sind sie weg. Aber Willy traut sich das zu. Ohne zu murren, macht er zuerst vier Übungsfilme.
Alle sind nervös.
Aber es gelingt.
Was für ein Video! Emily hat sich mit der größten Schere, die sie im Haus finden konnte, einen riesigen Büschel Haare abgeschnitten. Das sieht nicht nur spektakulär aus, es *ist* spektakulär.
Sie jubeln. Sie freuen sich.
Und schon ist Emily wieder in ihrem Zimmer verschwunden. Sie arbeitet weiter an Streit-mit-Oma. Dabei bräuchte sie dringend einen Friseur. Aber das scheint sie grad nicht zu interessieren.
Willy gönnt sich auf dem Balkon einen Kaffee, Valentina eine Tasse Tee. Zufrieden lassen sie sich die Sonne auf die Nase scheinen.
»Zauberhaft«, sagt Willy schwärmerisch und schaut auf den See und die Berge.

Valentina staunt. Dieses Wort hat sie ganz bestimmt noch nie aus seinem Mund gehört.
»*Magico*«, sagt sie leise auf Italienisch. Ihr Vater, den sie sehr geliebt hat, sagte das oft. Er fand vieles magisch und zauberhaft und wunderschön. Er war schnell einmal begeistert. Das fällt ihr jetzt erst richtig auf: Willy hat etwas von ihrem Vater.
»Letzte Nacht habe ich wieder einmal hervorragend geschlafen«, sagt Valentina.
»Ich weiß, warum«, sagt Willy und lächelt anzüglich.
Valentina lächelt zurück. Sie wünschte sich so sehr, der Bann würde endlich brechen und sie könnte einfach wieder Schlaf finden wie früher.
»Morgen fahre ich mal kurz heim. Ich habe Kegelabend mit den Kollegen.«
»Okay.«
»Aber ich komme gern wieder. Ich werde Farbe mitbringen.«
»Ja, ja, ich weiß: Senfgelb.«
»Genau.«
»Es wird also tatsächlich eine senffarbene Bank geben. Ich hoffe, Hildegard kann damit leben.«
Die beiden lachen.
»Valentina, was ist denn nun mit deinem Geburtstag nächste Woche?«, fragt Willy unvermittelt. »Und mit Steve, wenn er kommt?«
Oh! Valentina hat diesen Tag erfolgreich verdrängt. Sie wird sechzig. Das ist kein Drama. Nur diese Verpflichtung zum Feiern ärgert sie.
Gerade kommt Emily wieder auf den Balkon, hat offenbar Willys Frage gehört und schlägt vor: »Warum machen wir nicht einfach ein kleines Familientreffen? Mit Steve und meinen Eltern? Vielleicht würden sie sich gern das große Feuerwerk von diesem Balkon aus ansehen.«

»Warum nicht«, lenkt Valentina ein, macht aber klar: »Nur wenn im Hotel noch Zimmer frei sind für Tanja und Ivan, und eins für Steve.«
Jetzt ist Willy zufrieden. Einige Stammgäste ihrer üblichen Geburtstagsparty werden das zwar nicht sein, aber damit kann er offensichtlich leben. Sie sollen den ersten August halt mal anders feiern.
Ein kleines Familienfest – der Gedanke stimmt Valentina glücklich.
»Du brauchst einen Friseur«, sagt sie dann zu ihrer Enkelin. »Du siehst ja zum Fürchten aus.«
»Gibt es hier einen?«
»Ich glaube nicht.«
»Na, dann laufe ich halt noch eine Weile so rum. Ich finds noch ganz witzig.«
»In Emmetten gibt es sicher einen! Oder in Beckenried!«, sagt Valentina bestimmt. Und meldet Emily dann höchstpersönlich bei Federschnitt in Emmetten an. Sie will sich nicht ausmalen, wie Tanja sonst durchdreht, wenn sie Emily so sieht.
Emily lacht, setzt sich einen Hut auf und geht mit dem Hund spazieren. Willy geistert durchs Haus und sucht wohl Arbeit. Stella schläft auf dem Sofa.
Und dann kommt ein Anruf.
Einer von diesen, die das Leben verändern.
Verändern können, wenn man es zulässt.
Möglicherweise.
Hoffentlich.
Es ist Anna aus Kenia.
»Hier ist Anna, hallo Valentina.«
»Schön, von dir zu hören, Anna. Wie geht es dir? Wie geht es Hildegard?«

»Es geht aufwärts. Langsam, aber aufwärts.« Anna schweigt einen Moment und fragt dann: »Kannst du noch eine Weile in Seelisberg bleiben?«
»Ja, sicher. Natürlich nicht ewig. Aber ich lasse euch jetzt sicher nicht im Stich. Willy, das ist mein Mann, ist ganz begeistert von Hildegards Haus. Er hat schon alle Wasserhähne repariert, alle Türscharniere geölt. Jetzt will er dann die Bank vor dem Haus neu streichen. In Senfgelb. Das passt dann perfekt zu den Fensterläden.«
»Sehr gut. Sehr gut.« Anna schweigt wieder, als müsste sie für die nächsten Sätze Anlauf holen, und sagt dann: »Valentina, es ist so, Hildegard möchte nicht mehr in die Schweiz zurück. Sie möchte hier bei mir bleiben.«
»Was sagst du? Wirklich? Bist du sicher? In Kenia?« Valentina ist erstaunt über diesen Wunsch. Oder ist es schon eine Entscheidung? Sie hätte eher erwartet, dass auch Anna jetzt genug von Kenia hat. Stattdessen wollen nun beide dortbleiben?
»Ja, Valentina, ich bin sicher. Hildegard hat es sich gut überlegt.«
»Aber warum denn?«, fragt Valentina. »Wäre es nicht vielleicht besser und sicherer, ihr würdet beide nach Hause in die Schweiz kommen?«
»Mein Zuhause ist Kenia«, sagt Anna nur. Und Hildegard wolle nicht mehr allein leben. »Wir möchten unsere letzten Jahre zusammen verbringen. Ich liebe Kenia. Ich fühle mich wohl hier.«
»Und die Kriminalität? Es waren doch Leute in deinem näheren Umfeld an Hildegards Überfall beteiligt? Hast du keine Angst?«
»Doch. Manchmal schon«, gibt Anna zu. Das ändere aber nichts an ihren Plänen. Sie werde einfach noch zusätzlich in ihre Sicherheit investieren.

»Und jetzt? Möchtet ihr, dass ich die Tiere einpacke und euch schicke?«, fragt Valentina, fast ein wenig ungehalten.
»Wir würden das Haus gern verkaufen – mit allen Tieren.«
»Wie bitte?!?« Valentina glaubt, sich verhört zu haben.
»Am liebsten an euch, du sagtest doch, ihr würdet euch einen Umzug überlegen.«
»Das ist … nun, das kommt jetzt überraschend.« Mehr kann Valentina im Moment nicht dazu sagen.
»Denk darüber nach. Christian reist in den nächsten Tagen zurück in die Schweiz und hat alle Vollmachten, um das Haus zu verkaufen. Euch beiden würden wir einen sehr guten Preis machen – nicht nur wegen der Tiere. Aber wir wüssten dann, dass sie gut versorgt sind.«
»Mir ist grad ein wenig schwindlig, Anna, ich …«
»… alles gut, keine Eile, wir haben Zeit. Denkt doch einfach mal darüber nach. Ich muss jetzt zu Hildegard. Danach fährt Christian mich nach Nyeri, um in meinem Haus nach dem Rechten zu schauen und ein paar Sachen zu holen.«
»Oh, hoffentlich ist dort alles in Ordnung.«
»Ja, das hoffe ich auch.«
Die beiden verabschieden sich.
Valentina bleibt einen Moment lang sitzen und versucht, ihre Gefühle zu ordnen. Sie realisiert, dass sich eine unbändige Freude in ihr auszubreiten beginnt. Der Gedanke, hier bleiben zu können, ist ihr noch gar nie gekommen. Und wenn, dann nur so als flüchtiger Traum, als winzige Sehnsucht. So wie man in den Ferien irgendwo irgendwann denkt, man würde gern bleiben. Aber jetzt gäbe es diese Möglichkeit tatsächlich, und Valentina möchte am liebsten laut schreien und tanzen. Die Frage ist einfach, ob Willy hier leben könnte. Mit allen Tieren. Vor ihrem geistigen Auge ziehen sie grad mit Sack und Pack hier ein. Ihr Hab und Gut müssten sie dann

allerdings ziemlich drastisch reduzieren, was sicher auch nicht schlecht wäre. Hildegards Haus ist kleiner als ihres. Und überhaupt: Wie sieht das Dach aus? Was taugen die Fenster? Wie neu ist die Heizung? Was ist mit den Leitungen? Es gäbe bestimmt noch viele Fragen, die beantwortet werden müssten.

Für immer in Seelisberg?

Luftveränderung total?

Valentina lässt diesen Gedanken ein wenig durch ihre Gehirnwindungen mäandern, erlaubt es ihnen, sich in ihr auszubreiten. Und kommt dann zum Schluss: Es gibt keine noch so winzige Regung in ihr, die sich gegen diese Idee sträubt.

»Willy!«, ruft Valentina nun aufgeregt durchs Haus. »Willy!«

»Ottoottootto«, gibt Otto zurück.

»Klimakterium«, mischt sich Lore ein.

»Was ist? Ich bin hier unten«, ruft Willy aus dem Keller, wo er gerade ein altes, morsches Kellergestell repariert.

Als Valentina neben ihm steht, lächelt sie, weil Luna neben Willy sitzt und ihm interessiert zusieht.

»Willy, wir müssen reden«, sagt Valentina.

»Jetzt?«, fragt er mit großen Augen und fragt sich, was passiert sein könnte. »Hat das nicht Zeit bis zum Essen?«

»Jetzt!«, bekräftigt Valentina.

Willy setzt sich auf einen leeren Harass und schiebt einen weiteren in Richtung Valentina.

»Du bist gern hier, oder?«, fragt Valentina vorsichtig.

»Oh, bin ich schon zu lange hier? Ich sagte ja, dass ich morgen gehen will.« Willy klingt ein wenig enttäuscht.

»Nein, nein! Es ist schön mit dir hier.« Valentina nimmt seine Hände in die ihren.

»Was dann?«

»Könntest du dir vorstellen, für immer hier zu wohnen?«

»Hier? In diesem Haus? In Seelisberg?« Willy richtet sich auf, er scheint wie elektrisiert.
»Wir könnten unser Haus in Luzern dem Meistbietenden verkaufen und hier leben.«
»Hier?«
»Ja. Warum nicht?«
Valentina berichtet ihrem Ehemann von Annas Anruf, von ihrem Angebot.
»Willy, das Verrückte ist: Ich könnte mir das grad sehr gut vorstellen mit dir hier oben. Vielleicht ist die Idee zu verrückt? Aber wir wollten ja ohnehin irgendwann unser Haus verkaufen und aus unserem immer hässlicher werdenden Quartier wegziehen, bevor die Neubauten rundherum uns noch erdrücken. Bisher gab es nie den richtigen Anstoß, die verlockende Alternative fehlte. Dies hier wäre eine.«
Willy schaut Valentina an, wiegt langsam seinen Kopf hin und her und sagt dann bedächtig: »Das muss wirklich sehr gut überlegt sein.«
»Du hättest dann natürlich viel zu tun. In diesem Haus muss einiges gemacht werden. Aber eigentlich magst du das ja.« Valentina weiß inzwischen, was ihr Ehemann hören will. Willy nickt bedächtig, und Valentina fährt fort: »Der Hausverkauf würde uns finanziell unabhängig machen, Willy. Ich bräuchte mir keinen Job mehr zu suchen, könnte stattdessen versuchen, meinen Roman zu schreiben.«
Willy nickt nur und sagt nichts mehr, weil er jetzt wahrscheinlich ernsthaft über alles, was Valentina gesagt hat, nachdenkt und sehr gut überlegt.
»Okay«, meint Valentina nach einer Weile. Sie weiß, dass es jetzt keinen Sinn macht, weiterzureden.
»Ich koche uns was Schönes. Ich ruf dich dann«, sagt sie und geht hinauf in die Küche.

Jetzt muss ein Riz Casimir her, Willys Lieblingsgericht. Valentina passt auf, dass sie sich die Finger nicht abschneidet, während sie Früchte schält und zerkleinert, denn ihre Gedanken mäandern schnell, chaotisch und aufgeregt.
Sie schaltet das Radio ein und tänzelt in der kleinen Küche vor sich hin, während der Reis kocht und Adriano Celentano vom blauen Himmel trällert. Valentina singt ihn in Grund und Boden, so gut fühlt sie sich. Sogar die Papageien krächzen mit. Vielleicht reagieren sie auch nur schockiert auf Valentinas Gesangskünste.
Azzurro
Il pomeriggio è troppo azzurro
E lungo per me
Mi accorgo
Di non avere più risorse
Senza di te
E allora
Io quasi, quasi prendo il treno
E vengo, vengo da te
Ma il treno dei desideri,
Nei miei pensieri, all'incontrario va
Sie öffnet eine Flasche Rotwein.

Beim Abendessen gibt sich Willy immer noch schweigsam, aber als Emily sich dann in ihr Zimmer verzieht und Valentina und er sich noch einmal auf den Balkon setzen, Willy seinen Kaffee trinkt und Valentina ihren Tee, da redet er.
»Der Zeitpunkt ist ideal. Die Gelegenheit auch«, meint er.
»Du könntest dir vorstellen, hier zu leben?«, fragt Valentina vorsichtig.
»Ich glaube schon. Und Luzern ist nah. Ich könnte meine Kollegen oft genug treffen.«

»Stimmt.« Valentina nickt.
»Schon ein wenig kleiner, dieses Häuschen.«
»Brauchen wir mehr?«
»Und die Tiere?«
»Ich mag sie. Du doch auch?«
Die beiden lächeln sich an. Valentina lehnt ihren Kopf an seine Schulter. Willy küsst sie auf den Scheitel und sagt dann, dass man das alles langsam und sorgfältig angehen und planen müsse. Er erklärt, dass er zuerst einen Freund kommen lasse, der das Haus hier genau prüfe.
»Nur damit wir dann keine Überraschungen erleben.« Gleichzeitig werde er diesen Immobilien-Leuten, die bereits Angebote für ihr Haus in Luzern gemacht hätten, Bescheid geben, dass sie jetzt für einen Verkauf bereit wären – vorausgesetzt, dass die Offerten gut genug seien. »Vielleicht könnten wir im Garten eine riesige Voliere für die Vögel bauen?« Auch im Keller möchte Willy noch dies und das umbauen …
Valentina hört nicht mehr zu. Sie hat genug gehört.
Willy ist dabei.
Sie bleiben hier.
Für immer Luftveränderung.
Für immer Seelisberg.

20

SCHLAF

Willy war zwei Nächte zu Hause in Luzern und ist schon wieder zurück in Seelisberg. Er beginnt, mit einem brandneuen Laser-Messgerät alles auszumessen und auf viele kleine Zettel irgendwelche geheimnisvollen Notizen zu machen. Zuerst hat er viele Stunden lang nach den Bauplänen des Hauses gesucht und sie dann tatsächlich gefunden. Nun brütet er ständig über den riesigen vergilbten Papieren und macht sich weitere Notizen. Valentina möchte lieber nicht wissen, was er alles plant. Wird hier noch diese Ruhe herrschen, die sie so liebt, wenn er alles verwirklicht, was er gerade ausheckt? Vielleicht wird sie mit ihm über klare Ruhezeiten und Ruhetage verhandeln müssen.

Emily hat ihr Haarschneidevideo online gestellt. Das Echo ist noch immer bescheiden. Sie ist allerdings noch nicht entmutigt. Sie und Valentina drehen immer weiter. Einen Film haben sie über Schokolade gedreht.

🎬 Valentina isst Schokolade, und Emily hält ihr einen Vortrag, dass eineinhalb Millionen Kinder auf Kakaoplantagen arbeiten würden, statt zur Schule zu gehen. Zudem sei der Kakao-Anbau einer der vier Hauptgründe für die Abholzung des Regenwaldes. Und: Viele Schokoladen enthielten Palmöl. Bei diesem Video hat Valentina das letzte Wort und zeigt am Ende des Spots das Schokoladenpapier mit der Aufschrift »Fairtrade« und »nachhaltig«.

Schluss der Szene. 🎬

Die Schokolade von Original Beans hatte Emily mitgebracht. Die Marke soll schon Preise für ihre Nachhaltigkeit bekommen haben. Und – schmeckt sehr gut.
Aber Valentina beschließt insgeheim, sich trotzdem immer mal wieder ihre geliebten Lindor-Kugeln zu gönnen. Und Frigor-Schokolade. Und diese hauchdünnen Lindt-Plättchen. Und … Aber ja, vielleicht kann sie diese in Zukunft nicht mehr ohne einen Hauch schlechten Gewissens genießen. Als wäre die Anzahl der Kalorien nicht schon schlimm genug. Ach, manchmal möchte sie von allem einfach nichts wissen. Aber diese Einstellung geht natürlich ganz und gar nicht. Das sieht sie ein. Theoretisch.
Ähnlich empfindet Valentina, als sie das Video zu Online-Bestellungen drehen.

Valentina liest Zeitung.
Emily, in langen Hosen, kommt dazu und jammert, dass es so heiß ist und dass daran ohne Zweifel der Klimawandel schuld sei.
Valentina schlägt ihr vor, sich ein paar Sommersachen im Internet zu bestellen.
Und dann muss sie sich anhören, dass Online-Shopping so viel zusätzlichen Verkehr generiere, dazu Unmengen von Verpackungsmüll. Noch schlimmer: Bei den Online-Händlern herrschten miese Arbeitsbedingungen. Und obendrauf würden die Dörfer und Städte dadurch immer mehr Läden und Arbeitsplätze und letztlich Steuergelder verlieren.
Schluss der Szene.

Valentina weiß das alles. Trotzdem: Hier in Seelisberg braucht man ja auch mal was, und es gibt nun mal nur den kleinen Lebensmittelladen von Sibylle.

Gerade hat sich Valentina zwei Paar Hosen bestellt. Allerdings muss sie zugeben: Sie hat sogar in Luzern ab und zu etwas online bestellt. Solche Geständnisse macht sie natürlich nicht ungefragt. Schön, wenn Emily alles besser macht. Das freut Valentina. Sie selber wird sich erlauben, ihre Selbstoptimierung beim Thema Klimaschutz nur in kleinen Schritten anzugehen. Sehr kleinen.
Emily gehen die Themen für die Videos nicht aus. Und sie ist noch immer mit Energie und Freude dabei. Während Willy sich nun definitiv nicht mehr beteiligen will und Valentina langsam Ermüdungserscheinungen spürt, die sie aber niemals zugeben würde.

Und dann steht wieder ein Zoom-Meeting mit Valentinas Psychiater an. Valentina zieht sich in die Küche zurück und bittet Emily und Willy, sie in Ruhe zu lassen.
Doktor Habermann fragt als Erstes nach dem Vogel, was Valentina freut. Sie geht mit ihrem Laptop zur Voliere und zeigt ihm das Papageienglück. Sie will reden. Sie hat sich richtig auf diese Sitzung gefreut. Denn es gibt ja so viele Neuigkeiten. Unglaubliche Neuigkeiten. Sie platzen aus Valentina heraus, kaum dass sie den Begrüßungs-Smalltalk hinter sich haben.
»Ich kann wieder schlafen!!!«
»Tatsächlich?«
»Jawohl!«
»Und Sie wissen auch, warum?«
»Vielleicht.«
»Und Sie würden es mir möglicherweise verraten?«, fragt der Therapeut geduldig.
Valentina erzählt ihm, was alles passiert ist, in einer Kurzversion natürlich. Und dass sie, wenn alles so kommt, wie sie und

ihr Mann es sich wünschen, hier in Seelisberg bleiben werden. Für immer.

»Und seit diese Möglichkeit mehr und mehr zur wahrscheinlichen Tatsache wird, schlafe ich wieder gut. Ich kann es selber nicht glauben. Erklären Sie es mir?«

»Vielleicht braucht es keine Erklärung.«

»Ich würde es schon gern verstehen.«

»Wollen Sie es nicht einfach annehmen? Wie ein Geschenk?«

»Nein. Wozu habe ich denn Sie, den Experten?«

Doktor Habermann lächelt und meint dann, dass sie wohl wirklich eine grundlegende Veränderung in ihrem Leben gebraucht habe, nicht bloß ein wenig Luftveränderung. Und dass sie mit Seelisberg wohl alles richtig gemacht habe und er mit seiner Reha-Idee falsch lag. Er will wissen, was sie denn an diesem Ort vor allem liebe.

Valentina zählt auf: »Die Ruhe. Die Aussicht. Die Nähe zur Natur. Otto und Lore. Luna und Stella. Die Dorfbewohner. Das Pfeifen der Vögel vor den Fenstern. Das Haus.«

Der Dottore lacht und meint: »Das sind wirklich viele Gründe, Frau Bachmann-Visconti.«

Sie verrät ihm, dass sie sich mit dem Gedanken trägt, ein Buch zu schreiben. Das verblüfft sogar ihren Therapeuten.

»Sehr gut!«, meint er anerkennend. »Neue Ufer, neue Pläne. Gut so. Ich werde es ganz bestimmt kaufen.«

Valentina erklärt ihm, falls sie dann ein Buch geschrieben hätte, müsse sie zuerst noch einen Verlag finden. Es gehe ihr aber gar nicht ums Verkaufen, sondern ums Schreiben.

Doktor Habermann lächelt, spielt mit seinem Stift. Im Hintergrund sind einige seiner Pflanzen zu sehen. Es scheint ihnen nicht wesentlich besser zu gehen.

Valentina sagt spontan: »Ich glaube, ich brauche Ihre Hilfe im Moment nicht mehr. Ich melde mich, sollte sich das ändern.«

Das ist für Doktor Habermann okay. Er hat genug andere Patienten. In der heutigen Zeit haben ja viel zu viele Menschen Probleme, mit denen sie nicht mehr allein zurechtkommen.
Valentina erzählt ihm dann noch kurz, dass sie mit ihrer Enkelin kleine Videos zum Thema Klimaschutz ins Netz stelle, und bittet auch Doktor Habermann, ihnen doch auf Facebook und Co. zu folgen.
Er wirkt sehr interessiert und erzählt, dass seine Schwester eine bekannte Influencerin sei. »Vielleicht kann ich sie ja dazu motivieren, mal ein Video von Ihnen zu teilen. Das könnte Ihnen einen Schub geben. Ich werde es versuchen.«
»Danke. Wir können jede Hilfe gebrauchen.«
Die beiden verabschieden sich.
Für immer.
Hoffentlich.

Am gleichen Tag drehen Emily und Valentina noch ein Video zum Thema Kreuzfahrten. Emily hat nämlich gerade auf fairunterwegs.org gelesen, dass Schweizer Kreuzfahrtunternehmen zweiundvierzig Kreuzfahrtschiffe kontrollieren und das größte der Unternehmen für rund zwei Millionen Tonnen CO_2-Ausstoß verantwortlich ist. Die Schweiz ist für mehr solcher Schiffe zuständig als Deutschland oder Großbritannien – und das ohne Meeranstoß –, fühlt sich aber nicht verantwortlich, etwas Richtung Klimaschutz zu unternehmen.
»Zwei Millionen Tonnen pro Jahr, und da sind noch nicht mal alle zweiundvierzig Schiffe miteingerechnet?«, wundert sich Valentina.
»Ich denke schon«, sagt Emily. »Aber jetzt bin ich plötzlich nicht mehr sicher. Lassen wir diese Info besser weg.«
Heute drehen sie auf dem Balkon.

Valentina findet in der Zeitung ein richtig günstiges Angebot für eine spektakuläre Kreuzfahrt und gerät ins Schwärmen. Was natürlich ein No-Go ist.
Emily legt los: Eine Woche auf einem Kreuzfahrtschiff verursache so viel CO_2-Emmissionen, wie wenn Valentina neuntausend Kilometer mit dem Auto fahren würde. So ein Schiff verbrauche die Energie einer Kleinstadt, sogar wenn es im Hafen liege. »Nonnavalentina, dazu kommt, dass in den Hafenstädten auch die Gesundheit der Bevölkerung unter den Schiffsabgasen leidet.« Vom Müll, der im Meer lande, und was passiere, wenn es ein Unglück auf See gebe, darüber wolle sie gar nicht erst reden. Nachhaltig mit einem Kreuzfahrtschiff unterwegs zu sein, das sei Zukunftsmusik. Wenn überhaupt. »Willst du noch etwas über die Arbeitsbedingungen auf diesen Schiffen hören?«
Valentina seufzt und sagt: »Erspar es mir, die sind bestimmt auch meist mehr als grenzwertig.«
Hier sei es ja auch schön, beschließen dann beide einheitlich, und die Kamera zeigt kurz die bezaubernde Sicht auf Berge und See.
Schluss der Szene.

Valentina ist richtig froh, dass sie noch nie daran gedacht hat, eine Kreuzfahrt zu buchen. So fällt es ihr leicht, mit Überzeugung zu versprechen, dass sie niemals eine machen werde, jetzt, wo sie das alles wisse. Ihr waren diese übergroßen Schiffe tatsächlich schon immer ein Gräuel. Wie schwimmende Großstädte! Sie hat es lieber beschaulich, ganz so wie hier oben in Seelisberg. Aber natürlich gefällt ihr in Seelisberg auch die Nähe zu Luzern. Ganz und gar abgeschieden möchte sie schon nicht leben. Und auf ihr Auto wird sie noch lange nicht verzichten. Darüber können sie auch mal ein Video drehen.

Ansonsten schwebt Valentina gerade ein wenig auf rosaroten Wolken. Es fühlt sich so gut an, wieder ausgeschlafen zu sein. Sie spürt, wie ihre Lebensgeister erwachen, wie ihre Lust auf das Leben explodiert.
Sie redet noch nicht groß darüber.
Sie traut ihrem Glück selber noch nicht so richtig über den Weg.
Lieber bleibt sie für alle noch »Schlaflos in Seelisberg«.
Nur mit Willy hat sie gesprochen.
Und sie haben sich lange umarmt, standen einfach nur so da, Herz an Herz, und freuten sich miteinander.
»Danke«, sagte Valentina.
»Wofür?«
»Du hast es mit mir ausgehalten, ausgestanden. Ich weiß, es war auch für dich nicht leicht.«
»Ich würde alles mit dir aushalten. Man nennt das Liebe. Man nennt das Ehe.«
Valentina ist bei seinen Worten in Tränen ausgebrochen. Willy ist nämlich nicht der Mann der poetischen Worte, der besonderen Liebeserklärungen. Jetzt aber hat er mit seinen Worten direkt ihr Herz getroffen.
Willy.
An ihrer Seite.
Immer.
Und Seelisberg scheint auch ihrer Beziehung gutzutun. Gemeinsam etwas Neues anfangen, das beflügelt. Beflügelt auch die über die Jahrzehnte hinweg etwas flügellahm gewordenen Schmetterlinge im Bauch.

21
GEBURTSTAG

Der erste August. Die Schweiz hat Geburtstag. So sagt man zumindest. Eigentlich könnte Valentina heute aufs Rütli hinunterwandern, dahin, wo die Schweiz gegründet wurde, zumindest der Sage nach. Es gibt auf der Rütliwiese jeweils eine große offizielle Feier, oft sogar mit einem Bundesrat als Gastredner. Aber das ist genau der Tag, an dem Valentina das Rütli immer meiden wird. Seit Jahren streitet man sich darüber, wer denn am ersten August dort feiern dürfe und wie. Gern möchten sich ultrarechte Gruppierungen auf der Rütliwiese breitmachen. Seit Jahren gibt es ein Theater wegen dieser Bundesfeier. Auch Ausschreitungen und Demonstrationen und ein großes Aufgebot an Polizei aus verschiedenen Kantonen gab es schon.

Nein, sie geht lieber nicht aus dem Haus und feiert ihren eigenen Geburtstag.

Sechzig.

Das ist schon ein besonderer Geburtstag. Einer, der etwas mit ihr macht. Er fühlt sich an wie ein Übergang.

Zum letzten Lebensabschnitt?

Zum Alter?

Zum Ende?

Ja, es beschäftigt sie. Und sie wundert sich selber darüber.

Sie ist doppelt froh, dass sie sich zurzeit auch mit einem Anfang beschäftigen darf, einem Neubeginn, einem Umzug. Sie werden es heute den Kindern, die davon noch nichts wissen, verkünden. Nicht einmal Emily weiß Bescheid. Bisher war ja alles noch nicht konkret. Aber Willys Freund war inzwischen hier und fand, dass Hildegards Haus recht gut im Schuss sei, die Bausubstanz völlig in Ordnung, der Renovierungsaufwand überschaubar. Am liebsten hätte er es grad selbst gekauft, als Ferienhaus, wie er sagte. Den konkreten Kaufpreis, den Hildegard inzwischen genannt hat, findet er mehr als fair. Und ihr Makler in Luzern versicherte ihnen, dass die Käufer für ihr Haus in der Stadt Schlange stehen würden.

Valentina sitzt am frühen Morgen mit einer Tasse Kaffee auf dem Balkon. Ganz allein. Nur mit ihren Gedanken und ihren Gefühlen beschäftigt. »Wo sehen Sie sich in zehn Jahren?« Diese Frage hat eine Zeitung anlässlich des heutigen Nationalfeiertages einigen Promis und Leuten auf der Straße gestellt. Sie stellt sie sich auch. Jetzt und hier.

Würde man das Wo geografisch sehen, dann wäre die Antwort leicht. Sie sieht sich in zehn Jahren noch immer mit gleich bleibender Begeisterung auf diesem Balkon sitzen. Und über ihren siebzigsten Geburtstag nachdenken.

Sie fragt sich vielmehr, *wie* sie sich fühlen wird in zehn Jahren. Ob sie gesund sein wird? Wird Emily dann Atomphysik studieren, oder ist sie dann wirklich Klimaschutzbeauftragte der Schweiz? Ob Willy sie immer noch lieben wird? Werden Tanja und Steve glücklich sein?

Ihr geht ein Song durch den Kopf:

Sechzig Jahre und kein bisschen weise
Aus gehabtem Schaden nichts gelernt
Sechzig Jahre auf dem Weg zum Greise
Und doch sechzig Jahr' davon entfernt

Der Schauspieler Curd Jürgens hatte das Lied in den Siebzigerjahren gesungen. Sie erinnert sich genau. Dabei war sie, als Curd Jürgens sechzig wurde, noch ein Kind. Sie mochte seinen eigenartigen Sprechgesang nicht. Die Strophen rezi-

tierte er nur. Beim Refrain sangen dafür gefühlt hundert Frauen im Chor mit, und er mogelte sich so hinein.
Heute lächelt sie über den Text. Natürlich ist sie nicht weise. Aber sie hat viel gelernt. Und sie lernt noch immer. So hat sie doch immerhin gelernt, auch mal Nein zu sagen, oder Stopp, oder Schluss. Deshalb kann sie heute ihren Geburtstag in kleiner Runde feiern, ohne viel Arbeit, ohne viel Rummel. Das freut sie. In zehn Jahren wird sie vielleicht Rummel herbeisehnen, weil ohnehin keiner mehr bei ihr vorbeikommen will. Weil viele Menschen, die sie liebt, irgendwo sonst auf der Welt leben oder gar verstorben sind.
Natürlich macht es ihr manchmal Angst, alt zu werden.
Aber nur manchmal.
Und heute will sie diese Ängste nicht zulassen.

Als Erste kommt Emily aus den Federn.
»Nonnavalentina!! Nonna! Nonna!«, ruft sie von weitem und bringt damit auch die Papageien zum Krächzen.
»Ich bin hier draußen!«
»Schau mal! Das ist der Wahnsinn! Schau!«
Emily hält ihr den Laptop hin. Valentina sieht das Haarschneidevideo. Aber das kennt sie ja schon.
»Siehst du es nicht?«
»Was denn?«
»Schon fünfzehntausend Leute haben das Video angeschaut! Unsere Follower-Zahlen explodieren!«
Valentina freut sich an der Freude ihrer Enkeltochter. Möglicherweise hat die Nonna es geschafft, die Klimaaktivistin von der Straße wegzubekommen.
»Ich sagte doch, das mit den Haaren, das wird krass«, sagt Emily nun und strahlt. Und sie sieht übrigens mit den kürzeren Haaren sehr gut aus. Irgendwie auch etwas erwachsener.

»Gestern hatten wir auf Tiktok zweitausend Follower. Heute sind es viertausend. Vor ein paar Tagen nur waren es gerade noch sechzig!« Sie schaut Valentina an und sagt: »Danke! Das war eine super Idee. Lies mal die Kommentare! Abgesehen von ein paar blöden Spinnern, die es immer gibt, sind sie durchwegs positiv.«

Anregend und inspirierend, lockerflockig.
Ihr beide rockt!
1 Std. Gefällt 15 Mal Antworten

Schräge, witzige Idee mit alt und jung.
2 Std. Gefällt 12 Mal Antworten

Immer noch besser, als sich irgendwo anzukleben.
2 Std. Gefällt 26 Mal Antworten

Alt und jung können hier noch etwas lernen.
Auf eine gute Art.
3 Std. Gefällt 9 Mal Antworten

Ihr seid witzig und originell!
22 Std. Gefällt 1 Mal Antworten

Emily und Valentina umarmen sich. Was für ein schöner Geburtstag! Was für ein Geschenk, so eine Enkelin zu haben! Valentina will nun wissen, wie denn die Kommentare der negativen Art tönen.

Blödes Theaterspiel. Unterste Schublade!
So reden Omas niemals mit ihren Enkelkindern!
1 Std. Gefällt 2 Mal Antworten

Noch mehr grün-links-doofe Weltverbesserer-Videos, die keiner braucht!
2 Std. Antworten

Schon wieder zwei neue Ökotussis, die die Welt retten. Die kriechen gerade aus allen Löchern. Unerträglich. Und dann fahren sie mit dem Flugzeug in den Urlaub nach Hawaii.
Kennen wir doch. Klima-Heuchlerpack!
10 Std. Gefällt 1 Mal Antworten

Strickt doch besser ein paar Socken!
Aber das könnt ihr wahrscheinlich gar nicht.
12 Std. Gefällt 5 Mal Antworten

Beide beschließen, solche Kommentare zu ignorieren, zumindest solange die positiven überwiegen.
»Schon wieder ein neuer Follower!«
Wahrscheinlich wird Emily jetzt nur noch an ihrem Laptop kleben und jeden neuen Follower persönlich bejubeln. Aber Valentina freut sich gern mit.
»Du weißt schon, dass heute Besuch kommt?«, holt sie Emily aus ihrer Bubble zurück.
»Ach ja, oh mein Gott! Du hast ja Geburtstag!«
Valentina wird stürmisch umarmt.
»Happy Birthday, Nonnavalentina! Mein Geschenk bekommst du dann, wenn Mama auch hier ist. Die Idee ist von mir, bezahlt hat sie es.«
»Aha. Da freue ich mich schon drauf.«
»Dein Geburtstag – das heißt, dass wir heute noch so dies und das zu tun haben?«
»Genau. So dies und das. Ich bin froh, wenn du mir hilfst. Eingekauft ist ja alles. Nun muss es nur noch auf den Tisch kommen.«
»Ja, easy. Das läuft.«
Aber dann beschließt offenbar jede neue Seelisberg-Bekanntschaft, Valentina persönlich zum Geburtstag zu gratulieren. Der Balkontisch ist immer besetzt. Besucher kommen kurz oder länger, geben sich die Klinke in die Hand. Willy holt Getränke aus dem Keller. Emily kocht Kaffee. Gut, dass die neuen Freunde auch Kuchen mitbringen und sich nicht zu schade sind, mitzuhelfen. Sie kennen sich ja ohnehin alle aus in Hildegards Küche.
Valentina strahlt. Sie hat sich das eigentlich immer gewünscht: ein offenes Haus. Ein Kommen und Gehen von Freunden und Bekannten. Einen Austausch. Jetzt, wo sie wieder schlafen kann und sich wohlfühlt, ist sie auch bereit dafür. Willy er-

weist sich auch hier als zuvorkommender Gastgeber, er lacht und scherzt mit allen. Als Tanja und Ivan mit Steve, den sie am Flughafen abgeholt haben, ankommen, staunen sie über die vielen Leute. Tanja wirkt ein wenig eingeschnappt. Bloß ein Gast von vielen zu sein, passt ihr wohl nicht. Sie scheint auch mehr als verwundert zu sein, wie sehr Valentina hier schon integriert ist.
Valentina freut sich riesig, Steve nach so langer Zeit wieder in die Arme schließen zu können. Sie bemüht sich, ihn nicht zu lange zu drücken. Und sie freut sich auch, dass es ihm hier zu gefallen scheint, registriert, dass er mit Sibylle flirtet. Er sieht gut aus und wirkt zufrieden mit sich und der Welt. Möglicherweise hat er in Amerika wirklich seinen Platz und sein Glück gefunden. Valentina ist froh darüber.
Der kleine Tom lässt Willy keinen Augenblick allein, während seine Mutter Patty versucht, bei Tanja das Eis zu brechen. Ivan ist heute schweigsam. Er wirkt etwas abwesend. Das Papageienglück hat nicht auf Tanja und Ivan abgefärbt, denkt Valentina. Sie sind mal wieder zusammen hier, aber halt doch jeder ganz für sich allein.

Vor dem Abendessen gehen dann alle Gäste heim.
»Wurde aber auch Zeit«, giftelt Tanja. »Die waren ja gar nicht eingeladen.«
Ihre Laune scheint heute ausgesprochen schlecht zu sein. Es geht ihr wohl nicht gut. Das bedauert Valentina sehr. Sie wünschte sich so sehr, ihre Tochter könnte auch mal zufrieden sein, ausgeglichen, vielleicht sogar glücklich. Mit Ivan scheint ihr das nicht zu gelingen. Ohne ihn allerdings auch nicht.
»Kinder, wir möchten vor dem Essen noch mit euch reden«, erklärt Willy.
Sofort hat er die volle Aufmerksamkeit.

»Familienkonferenz?«, fragt Emily und lacht.
»Oje. Was habt ihr denn jetzt wieder vor?«, will Tanja wissen. Sie wirkt jetzt richtig genervt. Aber irgendwie auch nervös.
»Soll ich gehen?«, fragt Ivan vorsichtig.
»Niemals. Du gehörst doch zur Familie«, beschwichtigt Willy sofort.
Alle sitzen jetzt am großen Küchentisch. Valentina würde gern in ihre Kinder hineinsehen können. Welche Nachrichten erwarten sie? Die Spannung ist greifbar.
Aber schon platzt Willy heraus: »Wir bleiben hier.«
»Was, hier?«, fragt Tanja erschrocken und blickt sich um, als sitze sie grad in der hintersten Waldhütte im abgelegensten Dschungel und trotze einer unsichtbaren Gefahr.
Ivan lächelt.
»Genau, hier, in Seelisberg«, bestätigt Willy.
»Krass!«, sagt Emily und nickt. »Das passt.«
»Warum?«, fragt Steve neugierig.
»Wir fühlen uns in unserem Quartier in Luzern schon lange nicht mehr richtig wohl. Rundherum wurden so viele hässliche Hochhäuser gebaut, richtige Betonburgen. Es ist ein Wunder, dass noch ab und zu ein Sonnenstrahl auf unser Haus fällt. Und wir haben schon viele wirklich gute Kaufangebote bekommen, weil man auch unser Grundstück in diese Blocksiedlungen integrieren will. Aber wir sahen bisher noch nie eine Alternative, wohin wir sonst hätten ziehen wollen.« Willy atmet kurz durch.
Valentina übernimmt: »Hildegard, die Besitzerin dieses Häuschens, wird es uns zu einem mehr als fairen Preis verkaufen, weil wir dafür die Tiere übernehmen. Ich habe mich in das Haus verliebt. In die Tiere. In die Umgebung. Und Willy ist mit dabei. Wir werden also verkaufen und umziehen. Und das so schnell wie möglich.«

Willy fällt noch ein: »Wir werden mehr Geld aus dem Verkauf unseres Hauses in Luzern bekommen, als wir für das Häuschen hier zahlen müssen. So muss sich Valentina keine Sorgen darüber machen, dass sie keinen Job mehr hat. Im Gegenteil. Sie kann endlich ihr Buch schreiben. Und – das ist das Allerallerschönste am Ganzen: Hier oben kann eure Mutter wieder schlafen.«

»Und Papa freut sich darauf, hier als Handwerker viel Arbeit zu haben. Eine ideale Spielwiese für ihn«, ergänzt Valentina.

So.

Jetzt ist es also raus.

Jetzt liegen die neu gemischten Karten auf dem Tisch.

Doch die lieben Kinder, Tanja und Steve, die freuen sich überhaupt nicht mit.

»Aber das könnt ihr doch nicht machen!«, empört sich Tanja lautstark.

»Einfach unser Zuhause verkaufen, das geht doch nicht!«, hilft ihr Steve beim Empören.

»Ich dachte immer, wir würden das einmal erben«, sagt Tanja.

»Hier ist ja nur grad Platz für euch zwei. Wollt ihr uns denn nicht mehr bei euch haben?«, kommt Steve daher.

»Seit wann willst du denn ein Buch schreiben? Das habe ich ja noch nie gehört«, fragt Tanja pikiert. »Gibt es nicht schon genug Bücher auf der Welt? Kannst du das überhaupt? Übersetzen und Schreiben, das ist ja wohl ein himmelweiter Unterschied.«

»Ein Buch schreiben? Wow, das ist ja cool«, kommentiert Emily begeistert.

»Ich gratuliere euch!«, sagt Ivan nur, worauf er einen bitterbösen Blick seiner Ehefrau einfängt.

Stille.

Beleidigte, bedrückte Stille.

Valentina spürt, wie eine ziemlich heftige Wut in ihr aufsteigt und wie sie gerade einen Egoismus in sich spürt, der Doktor Habermann so richtig Freude bereiten würde.
»Meine Lieben. Ich fasse also zusammen. Willy und ich sind zwar erwachsen, aber wir sollen unsere Träume und Wünsche hintanstellen. Weil Steve immer ein gemütliches Zuhause haben möchte, wenn er einmal pro Jahr kurz in die Schweiz kommt, um vor allem seine Freunde zu besuchen. Oder halt für den Notfall, wenn das Ausland nicht mehr das bietet, was er sich erhofft hat. Und weil Tanja schon fest mit einem großen Erbe gerechnet hat, das jetzt vielleicht von uns selbst verjubelt wird. Und weil sie immer, wenn sie sich mal wieder mit Ivan streitet, bei uns unterkommen will, und zwar nicht hier auf dem Dorf, sondern bequem in der Stadt. – Sehe ich das richtig?« Valentinas Stimme dröhnt wie ein Donnerhall. Niemand macht mehr einen Mucks. Tatsächlich hat sie wohl noch nie so laut gesprochen. »Und: weil es euch offenbar einen Dreck interessiert, was *wir* wollen und wie es *uns* geht?«, fügt sie noch an.
Willy lächelt.
»Dass du noch lächeln kannst, Papa, wenn Mama so mit uns spricht! Und dass du da mitmachst, Papa, obwohl alles auf Mamas Mist gewachsen ist! Auf ihrem Selbstfindungstrip«, macht sich Tanja jetzt Luft. Sie steigert sich mal wieder in einen ihrer Wutanfälle hinein. Ihre Stimme bebt. »Ist das nicht alles ziemlich egoistisch? Wir sind und bleiben doch eure Kinder!«
Sich von Tanja Egoismus vorwerfen zu lassen, das ist schon fast ein wenig lustig.
Auch Steve wirkt verärgert: »So etwas müsst ihr euch doch viel besser und gründlicher überlegen. Es geht hier um viel Geld und ja, auch um unser Erbe. Und wer weiß, was ihr euch

mit dieser Hütte hier aufgeladen habt, was da alles hintergründig morsch und marode ist«, lautet sein Kommentar.
»Und alles bloß wegen Mamas Midlife-Crisis«, doppelt Tanja nach.
Midlife-Crisis? Wie um alles in der Welt kommt Tanja denn darauf? Valentinas Augen füllen sich mit Tränen. Doch jetzt knallt mal wieder Willys Hand auf den Tisch, dass die Tassen hüpfen. Das kann er. Hoppla! Alle schrecken hoch. Sogar Luna, die unter dem Tisch liegt, jault kurz auf.
»Jetzt ist Schluss! Jetzt seid ihr zu weit gegangen!«, brüllt Willy. Und er kann sehr gut brüllen. Er tut es zwar nur selten, aber wenn, dann … »Geht! Geht! Ihr könnt wiederkommen, wenn ihr euch darüber Gedanken gemacht habt, was ihr heute an diesem Tisch alles rausgelassen habt. Am Geburtstag eurer Mutter! Wir haben uns unser Tun sehr wohl gut überlegt. Aber überlegt ihr doch bitte, was ihr uns gerade alles vorgeworfen habt. Geht! Los! Was seid ihr doch für egoistische, verwöhnte Kinder!«
Willy steht auf, wirft dabei fast seinen Stuhl um und verschwindet polternd in den Keller, wo man hört, wie er wütend irgendwelche Nägel irgendwo einschlägt.
Normalerweise würde Valentina jetzt vermitteln und beschwichtigen und beruhigen. Sie hat es immer getan, wenn Willy bei Auseinandersetzungen doch einmal zu heftig geworden ist. Aber sie ist gerade so enttäuscht und traurig, dass sie es einfach nicht kann und nicht will.
Was für Menschen hat sie eigentlich großgezogen?
Was hat sie falsch gemacht?
Offenbar alles.
Sie steht wortlos auf, verlässt die Küche, nimmt ihr Glas und geht auf den Balkon. Luna folgt ihr. Vorsichtig stellt sie das Glas auf den Tisch. Eine dicke Träne rinnt ihr über die Wange. Sie

hatte tatsächlich erwartet, heute mit den Kindern das neue Häuschen zu feiern, es sozusagen einzuweihen, darauf anzustoßen. Sie hatte Freude und Unterstützung erwartet. Jetzt ist sie nur erschüttert.

Sie hört Stimmen. Sie hört Türen schlagen. Und dann ein Auto wegfahren.

Unglaublich.

Happy Birthday.

»Nicht weinen, Nonnavalentina!« Emily schlingt die Arme um ihre Nonna. »Es tut mir leid. Sorry, aber deine Kinder sind doof.«

Jetzt muss Valentina doch ein wenig lächeln. Sie schüttelt den Kopf. Sie weiß, Tanja und Steve haben auch ihre guten Seiten. Viele gute Seiten sogar.

»Schon besser«, sagt Emily.

»Immerhin bist du noch da«, freut sich Valentina. »Danke.«

»Ich glaube, Mama war so wütend, dass sie ganz vergessen hat, mich mitzunehmen. Sonst hätte sie es sicher getan, nur schon, um dich zu ärgern.«

Valentina nickt. Das glaubt sie sofort.

So hat sich Valentina ihren Geburtstag dann doch nicht vorgestellt. Beim Abendessen sind alle ziemlich schweigsam. Das große Feuerwerk von Brunnen schauen sie sich zu dritt an. Es wirkt hier oben ganz besonders gigantisch. Als würden die bunten Funken von unten zu ihnen hochgeworfen. Die Farben und Formen und Muster wirken auch von hier aus betrachtet eindrücklich, fast näher, als wenn man unten in Brunnen stehen würde. Palmen und Herzen werden in den Nachthimmel gezeichnet. Der Lärm hallt zwischen den Bergen hin und her. Die Knallerei beeindruckt die Papageien erstaunlicherweise nicht. Die Katze allerdings, die hat sich im

Keller versteckt, und Luna liegt im Schlafzimmer unter dem Bett.

Die Meinungen zu Feuerwerk aller Art sind geteilt.

Emily findet die Umweltverschmutzung durch die Knallerei ganz schlimm. Sie liest von der Website des Bundesamtes für Umwelt vor: »Jährlich werden in der Schweiz gemäß Bundesamt für Polizei zwischen tausend und zweitausend Tonnen Feuerwerkskörper verbraucht. Ein Viertel davon machen die pyrotechnischen Feuerwerkssätze aus, der Rest ist Verpackung aus Holz, Karton, Kunststoffen oder Ton. Die Feuerwerkssätze bestehen neben Schwarzpulver auch aus farbgebenden Metallverbindungen. Beim Abbrennen entstehen daraus etwa zweihundert bis vierhundert Tonnen Feinstaub pro Jahr. Feuerwerke machen ein bis zwei Prozent der jährlichen Gesamtemissionen aus. Als Niederschlag gelangt der Feinstaub auch in Böden und Gewässer. Je weniger Feuerwerk abgebrannt wird, umso geringer die Umweltbelastung.«

Valentina meint darauf nur: »Wir können ja dann mal ein Filmchen dazu machen.«

Worauf Emily schon mal das Feuerwerk filmt, um die Bilder dann in das Video einzufügen.

»Weißt du, so ein großes Feuerwerk wäre ja okay, wenn nicht jeder Einzelne auch noch eines in seinem Garten zünden müsste. Für die Wild- und für die Haustiere ist das schlimm. Für die Luft auch. Und über die Unfälle, die dabei jedes Jahr passieren, müsste man auch noch reden. Und am Ende ist es doch einfach auch reine Geldverschwendung.«

»Du hast ja recht«, mischt sich Willy ein. »Aber, jetzt lass los und schau doch mal, wie schön das ist!«

Gerade explodiert über dem See ein farbenprächtiges Blumenmeer. Dann eine Art goldener Konfettiregen aus Lichtpunkten. Man kann sich dem Zauber dieses Schauspiels nicht entziehen.

Willy hält Valentinas Hand. Die fröhliche Farbenpower muntert sie ein wenig auf. Vielleicht ist es auch nur Willys Hand, die ihr guttut und ihr dann doch das Gefühl gibt, ihr Geburtstag sei nicht bloß ein Desaster gewesen, sondern halt eben auch ein Neuanfang. Und wenn etwas ganz und gar neu ist, dann knarzt es halt manchmal noch ein wenig im Getriebe.
»Alles wird gut«, verspricht Willy, und gerade in diesem Moment schickt man in Brunnen das Schlussbild in den Himmel: tausend bunte Sterne, die zu explodieren scheinen und sich dabei vermehren.
So viele wunderschöne Farben!
Was für ein romantischer Augenblick!
»Es stinkt«, kommentiert Emily.
Willy und Valentina schauen sich an und lächeln. Ja, es stinkt. Und eine Rauchwolke hängt über dem Vierwaldstättersee, als alles vorbei ist. Aber in ihren Herzen bleibt der bunte Zauber.

22

HAARIG

Es dauert zwei volle Tage, bis Tanja und Steve gemeinsam vor der Tür stehen, um sich zu entschuldigen. Zwei lange Tage, in denen Valentina gelitten hat. Zwei ganze Tage, in denen sie die Stunden gezählt und das Haus nicht verlassen hat. Doch jetzt haben Tanja und Steve einen riesigen Blumenstrauß mitgebracht. Die Kinder erklären, sie hätten miteinander geredet und diskutiert und seien sich am Ende tatsächlich sehr egoistisch vorgekommen.
Finalmente!

Es geschehen noch Zeichen und Wunder.
Valentina und Willy sind nicht nachtragend, sondern einfach nur erleichtert, dass die beiden sich wieder eingekriegt haben. So brechen sie zu einem fröhlichen gemeinsamen Mittagessen ins Hotel Bellevue auf. Nur Ivan fehlt, der muss arbeiten. Ein kleines Familienfest – nun doch noch. Ein verspätetes Geburtstagsfest. Valentina bekommt jetzt auch ihr Geburtstagsgeschenk, einen Gutschein: Sie darf sich im Yogi-Tempel eine Ayurveda-Massage gönnen. Darauf freut sie sich.
Valentina staunt nicht schlecht, als nicht nur Pietro sie bedient, sondern auch Christian im Einsatz ist, den sie immer noch in Kenia vermutet hat.
»Ja, ja. Ich bin gestern spät heimgekommen. Und heute hatten die hier grad einen extremen Engpass.«
»Das ist aber ein großzügiger Einsatz«, meint Willy.
»Ach, wenn die wüssten …«, antwortet Christian und flüstert dann: »Ich werde nach Kenia auswandern.«
»Wie bitte?«
»Genau. Du hast schon richtig verstanden, Valentina. Annas Haus im Hochland ist riesig. Die Gegend da um Nyeri ist traumhaft, das Klima großartig. Ich kann mir gut vorstellen, mit den zwei Frauen dort alt zu werden. Und vielleicht werde ich auch wieder ein wenig als Zahnarzt arbeiten, in einer Klinik, die von einem Hilfswerk betrieben wird.«
»In Kenia?«
»Ja, genau.«
Christian muss sofort wieder weiter. Alle Tische auf der Terrasse sind besetzt. Kein Wunder, das Wetter ist strahlend.
Valentina spürt einen Anflug von Wehmut. Sie möchte ihre neu gewonnenen Bekanntschaften nicht gleich wieder verlieren. Aber sie gönnt natürlich auch anderen einen Neubeginn. Wie könnte sie anders.

»Wir können den Hauskauf in den nächsten vierzehn Tagen abwickeln«, sagt Christian, als er die Salate serviert.
»Gut«, antwortet Willy und schaut mit prüfendem Blick auf seine Kinder.
Ob sie noch einmal protestieren wollen?
»Prima«, sagt Tanja.
»Okay«, meint Steve.
»Großartig«, steuert Emily lachend bei.
»Wunderbar«, findet Valentina und strahlt glücklich in die Runde.
Jetzt können sie also endlich auf den Neuanfang in Seelisberg anstoßen. Im zweiten Anlauf.
Immerhin.
Salute!
Emily bekommt dann auch noch die offizielle Erlaubnis von Tanja, bis zum Ende ihrer Ferien in Seelisberg zu bleiben.
»Was treibt ihr denn hier oben die ganze Zeit?«, will ihre Mutter dann doch noch wissen, weil sie sich wohl darüber wundert, was ein Teenager in Seelisberg cool finden könnte.
»Ich werde Klima-Influencerin«, erklärt Valentina stolz.
»Was soll denn das sein? Wie soll das gehen?«, will Tanja wissen. Sie scheint ein wenig beunruhigt zu sein.
»Alles legal«, meint Valentina nur. Sie reicht Tanja ihr Handy und lässt sie ihre bisherigen Videos sehen.
»Schau mal, wie unsere Follower-Zahlen steigen!« Valentina ist stolz.
Auch Steve sucht nun auf seinem Handy »Streit-mit-Oma«.
»Wahnsinn!«, sagt er anerkennend. »Auf Tiktok habt ihr im Moment siebzehntausend Follower! Und tausend Kommentare! Krass. Auf Instagram: fast neuneinhalbtausend Follower. Und das für die wenigen Videos, die ihr bis jetzt gedreht habt. Aber sie sind toll. Ihr seid echt eine Nummer!«

»Siebzehntausend?« Emily kreischt erfreut. »So viele! Das hätte ich nie erwartet.«
»Damit kann man eine Menge Geld verdienen«, erklärt Steve ernsthaft.
»Stopp, stopp, stopp«, wirft Tanja ein. »Nach der Matura kann Emily machen, was sie will. Aber zuerst wird die Schule beendet.«
»Klar, versprochen«, sagt Emily mit fester Stimme. »Ganz sicher, Mama.« Sie hat wohl Angst, dass man ihr auch die Tätigkeit als Sinnfluencerin verbieten könnte. »Diese Filme kann ich wirklich gut neben der Schule machen«, versichert sie. »Und es ist auch alles wirklich total legal. Du musst keine Angst mehr haben, dass ich auf die Straße gehe. Ich mach euch keinen Ärger mehr. Ich drehe nur ein paar Videos mit Nonnavalentina.«
Tanja erklärt dann, dass sie und Ivan ihre Tätigkeit genau im Auge behalten würden. Aus ihrem Munde klingt das wie eine Drohung.

Tja, diese Tätigkeit im Auge zu behalten, das wird bald einmal schwierig, sogar für Valentina und Emily. In den nächsten Tagen verselbständigt sich Streit-mit-Oma. Das Video mit dem Haarschnitt verbreitet sich rasend schnell und überall. Alles nimmt eine Wendung, die keiner vorhersehen konnte. Die berühmte Klima-Influencerin Gisela Grünkohl schneidet sich vor laufender Kamera die Haare ab und sagt, dass sie sich von Streit-mit-Oma dazu habe inspirieren lassen. Und bald ist das eine Art neue Challenge auf Tiktok geworden: Haare abschneiden für den Klimaschutz.
Valentina und Emily sitzen beisammen in Valentinas Küche und wollten eigentlich besprechen, wie es mit den Filmen weitergehen soll, wenn Emilys Ferien vorbei sind.

»Das wollte ich nicht«, beteuert Emily traurig, als sie auf einem Video ein kleines Mädchen sehen, das seine blonden Locken abschneidet. »Warum tun sie das? Nicht meinetwegen!« Sie hat Tränen in den Augen.
Auch Valentina ist schockiert. Ihr war gar nicht bewusst, dass der Einfluss solcher Videos derart groß sein kann. Was für eine Verantwortung!
Natürlich gibt es jetzt auch vermehrt böse Kommentare zum Video.
»Wir müssen etwas tun«, sagt Emily und streckt Valentina ihr Handy entgegen. »Lies mal das!«

Sollen wir uns nun alle die Haare abrasieren? Bullshit! ♡
1 Std. Gefällt 2 Mal Antworten

Was haben meine Haare mit dem Klima zu tun? ♡
4 Std. Antworten

Wurdet ihr von Friseuren bezahlt? ♡
4 Std. Gefällt 1 Mal Antworten

»Aber das hatte ich doch gar nicht so gemeint!«, jammert Emily. »Niemals!«
Unter ihrem Video hat es jetzt schon zehn Links zu Videos von Mädchen, die sich gerade die Haare abschneiden. Bei Gisela Grünkohl gibt es schon dreißig derartige Videos, eines sogar aus Spanien.
»Was sollen wir nur machen, Nonnavalentina? Wir müssen doch etwas tun!«, fleht Emily.
Ja, das findet Valentina auch. »Jetzt müssen die Papageien her«, sagt sie. »Wir brauchen Aufmerksamkeit. Wir könnten uns zusammen hinstellen, mit je einem Papagei auf der Schulter, und die Leute fragen, ob sie sich jetzt auch alle einen Papagei kaufen wollen, nur weil wir diesen Film ins Netz stellen. Obwohl Papageien wirklich nur in Freiheit leben sollten. Wir sagen ihnen, dass wir diese alten Tiere geerbt haben, aber ab-

solut und eindeutig gegen die Haltung von Papageien in Käfigen sind. Wir sagen ihnen, dass wir gegen das Abschneiden von schönen Haaren sind, nur weil es jemand vorgemacht hat. Wir hätten nur ihre Aufmerksamkeit gesucht. Und gefunden. So ungefähr, verstehst du? Wir raten ihnen ernsthaft davon ab, jede blöde Challenge mitzumachen. Und wir legen ihnen ans Herz, auch unsere Inhalte wahrzunehmen, nicht nur die Verpackung.«
»Gut. Exakt so machen wir das, Nonnavalentina, wir reden ihnen ins Gewissen.«
»Spontan, aber eindringlich.«
»Genau.«

Und so halten die beiden eine kurze Ansprache in die Kamera. Willy stellt sich doch wieder als Filmer zu Verfügung – sie müssen endlich eine andere Lösung finden, nehmen sie sich zum wiederholten Mal vor. Am Ende, grad bevor Willy die Kamera ausschalten will, schreit Lore laut und deutlich »Klimakterium« ins Mikrofon.
Emily bearbeitet das Video, klärt mit Valentina, ob Lores »Klimakterium« drinbleiben soll, was diese bejaht, und stellt es online.
Natürlich kommen sofort Kommentare zu den Papageien. Sie werden heiß geliebt. Man fragt sich, warum Lore das Wort Klimakterium kennt. Dazu gibt es zum Teil lustige Ideen. Es wird sogar darüber diskutiert, ob auch Papageien ein Klimakterium hätten. Man fragt sich aber auch, ob das alles KI-generiert sei, weil nämlich kein Papagei der Welt auf Kommando »Klimakterium« sagen würde.
Aber es gibt auch Follower, die sich tatsächlich damit auseinandersetzen, wie oft einfach irgendwelcher Quatsch, der im Internet verbreitet wird, nachgemacht wird.

Einige feiern Emily, weil sie bereit war, sich die Haare abzuschneiden, damit endlich Leute auf Streit-mit-Oma aufmerksam wurden. Andere wiederum kritisieren genau das:

Du tust einfach alles für etwas Aufmerksamkeit! ♡
1 Std. Gefällt 1 Mal Antworten

Diese Schlampe würde sich wahrscheinlich auch nackt ausziehen für ein paar Follower mehr. ♡
2 Std. Antworten

Emily tut das weh, auch wenn Valentina ihr tausendmal gesagt hat, sie solle so was gar nicht lesen.

Und dann ruft tatsächlich ein Journalist vom »Blick« an. Ob sie ein schönes Foto von Oma und Enkelin schicken könnten. »Wie man sieht, starten Sie beide als Sinnfluencer total durch. Das ist spannend. Was sagen Sie dazu, dass sich sogar Leute wegen Ihnen die Haare kurz schneiden?«
Emily überlässt Valentina das Reden. Sie ist ziemlich eingeschüchtert von dem, was grad passiert. Wenn jetzt sogar der »Blick« darüber berichtet, dann werden sie noch mehr Aufmerksamkeit bekommen. Das findet sie recht beängstigend. Natürlich auch irgendwie schön. Sie hat sich ja Erfolg gewünscht. Im Moment überwiegt aber die Angst, was denn nun als Nächstes kommen könnte.
»Aber das wolltest du doch …«, meint Valentina.
»Ja … ja. Aber es geht jetzt schon alles sehr schnell. Wir sind doch keine Profis.«
Valentina beruhigt: »Dann holen wir uns halt Hilfe und werden professioneller, nach und nach.«
»Meinst du?«
Doch dann müssen sie sich nicht einmal Hilfe holen. Sie kommt sozusagen von selber. Die Umweltschutzorganisation Grün-Grün bietet ihnen Unterstützung an. Grün-Grün ist eine wirklich seriöse Organisation, und Emily ist begeistert,

dass sie eingeladen wird, dort von Profis zu lernen, einfach weil den Leuten dort die Idee und das Konzept der Videos gefallen.
Weitere Journalisten melden sich, machen Kurzinterviews oder wollen einen Termin für ein längeres Gespräch vereinbaren. Sogar das Fernsehen will vorbeikommen.
»Wahrscheinlich nur wegen der Papageien«, sagt Valentina und lacht, ist aber selber sehr nervös. Die ganze Sache nimmt Dimensionen an, mit denen sie nie im Leben gerechnet hat. Die beiden kommen kaum nach mit Schauen, wenn sie am Computer mitverfolgen, wie ihre Follower-Zahlen steigen und steigen.
»Wollt ihr nicht mal unterbrechen und den Rechner herunterfahren?«, fragt Willy dann auch am Abend eines dieser verrückten Tage. »Diese Spannung hier ist ja kaum auszuhalten. Macht mal Pause!«
»Ja, das ist eine gute Idee«, sagt Valentina und nickt.
»Stimmt, ja. Lasst uns spazieren gehen und chillen«, kommt Emilys Kommentar.
Schön, dass man das in Seelisberg so gut kann. Sie spazieren mit Luna über Triglis nach Treib hinunter, wo sie in der Wirtschaft zur Treib am See eine Portion »Hafächabis« essen – Emily natürlich ohne Lamm. Sie reden nicht viel. Es ist gerade viel zu laut in ihren Köpfen drin. Manchmal grinsen Valentina und Emily vor sich hin. Ist das Ganze nicht eine total verrückte, haarige Geschichte? Die kleine Klimaaktivistin ist tatsächlich eine erfolgreiche Sinnfluencerin geworden.

23

PAPAGEIENGLÜCK

Die E-Mail, das am nächsten Morgen bei Valentina ankommt, versetzt diese in totale Aufregung. Das Herz klopft, der Puls rast. Da hilft kein Gedanke an Brot mehr. Dieses imaginäre Brot explodiert gerade und verwandelt sich in ein riesiges Freudenfeuerwerk voller Farben und Formen.

»Emily! Komm sofort!«, schreit Valentina aufgeregt. »Willy! Willy!«, ruft sie hinterher.

»Ottoottootto«, mischt der Papagei sich ein.

Und dann stehen Emily und Willy endlich vor Valentinas Laptop, und sie liest vor.

Liebe Valentina
Liebe Emily

Nächste Woche werden die Schweizer Influencer-Preise 2024 verliehen. Wir haben einen kleinen Sonderpreis für Streit-mit-Oma vorgesehen, weil Sie so extrem schnell so viel erreicht haben, weil Ihr Ansatz besonders originell ist und Ihr Anliegen perfekt umgesetzt wurde. Gerne laden wir Oma und Enkelin am nächsten Mittwoch zur großen Party mit Preisverleihung ins Hotel Schweizerhof in Luzern ein.
Details im Anhang.

Mit freundlichen Grüßen
Schweizer Influencer Company
i.V. Henriette Hoffmann

»Hurraaaa!!!«, schreit Emily und tanzt mit großen Schritten durchs Haus. Und Willy und Valentina umarmen sich. Sie freuen sich. Vor allem für Emily.
»Gratuliere, meine Liebe, das war deine Idee«, sagt Willy anerkennend. Valentina lacht und tanzt mit Emily mit. »Was ziehe ich an?«, fragt sie sich dann plötzlich.
»Ich gehe mit euch in Luzern in den besten Läden einkaufen. Das ist es mir wert. Ich bin sehr stolz auf euch zwei«, erklärt Willy.
Das freut Valentina.
Emily aber ist dagegen, extra für einen einzelnen Anlass neue Kleider zu kaufen: »Wir haben jetzt eine Verantwortung als Sinnfluencer. Jeans und Bluse müssen reichen.«
»Stimmt. Wir kleiden uns schlicht.«
Willy schüttelt den Kopf.

Der Anlass im »Schweizerhof« ist sehr festlich, und es treten bekannte Musiker auf. Viele Influencer werden ausgezeichnet. Es gibt Kategorien wie Lifestyle, Beauty, Fashion, Food und so weiter. Valentina fühlt sich gerade sehr alt, kennt diese Leute nicht, die da auf der Bühne abgefeiert werden wie Superstars und denen offenbar hunderttausende Menschen täglich »folgen«. Was bringt junge Leute dazu, ständig die Beiträge einer besonders schönen Frau anzuklicken, die bloß immer wieder exklusive Mode oder teure Handtaschen in die Kamera hält? Prominent werden durch Klicks? Und wenn diese Schönheiten sagen würden, dass alle aus dem Fenster springen sollen, dann würden das leider einige tun. Das findet Valentina beängstigend: den Einfluss der Influencer. Sie können die jahrzehntelange Aufbauarbeit einer Hoteliersfamilie mit einem einzigen Post vernichten, bloß weil sie vielleicht zu wenig hofiert wurden, als sie in deren Haus etwas trinken wollten. Sie können einen idyllischen Platz für Wanderer zu einem überlaufenen Hotspot machen, der niemandem mehr Freude macht.

Aber nun gehören ja auch Valentina und Emily zu den Einflussreichen. Irgendwie. Sie haben inzwischen fünfzigtausend Follower. Das ist natürlich kein Vergleich mit der Mode-Ikone, die hier ausgezeichnet wird und der dreihunderttausend Menschen folgen. Aber wer weiß, was die Zukunft bringt?

Und dann sieht sich Valentina plötzlich auf der großen Leinwand. Streit-mit-Oma wird vorgestellt. Natürlich auch das Haarschneidevideo.

Jetzt werden Valentina und Emily auf die Bühne gebeten, wo sie mit zitternden Knien im Scheinwerferlicht stehen, Hand in Hand. Sie tragen Jeans und Bluse und ein riesiges, strahlendes Lächeln im Gesicht, eine sichtbare Freude, die wichtiger ist als die Exklusivität ihrer Kleidung. Valentina hat das Gefühl, sie seien die Glücklichsten hier im Saal, weil sie nämlich diese Auszeichnung nie gesucht und nie erwartet haben. Sie haben einfach getan, was sie für richtig hielten, und hofften auf Aufmerksamkeit.

Ihr Sonderpreis ist ein kleiner, unspektakulärer hölzerner Klotz, in dem ihre Namen eingraviert wurden. Und schon werden sie zum Mikrofon gedrängt.

»Es freut uns, dass euch unsere Videos gefallen. Danke«, sagt Valentina, und ihre Stimme wackelt ein wenig vor Aufregung.

»Ja, danke, aber bitte hört auf, euch deswegen die Haare abzuschneiden. Macht nicht jeden Quatsch nach, den euch Influencer vormachen. Und lasst euch durch die Verpackung nicht vom Inhalt ablenken«, spricht erstaunlich selbstsicher Emily ins Mikrofon.

»Und *unsere* Videos haben sehr viel Inhalt«, ergänzt Valentina jetzt mit einem herzlichen Lachen. Dann bedanken sie sich und huschen erleichtert zurück auf ihre Plätze.

Das Publikum bejubelt sie, der Applaus ist ohrenbetäubend. Und wer sitzt in der ersten Reihe und freut sich mit? Tanja mit Ivan, Willy und Steve. Emily und Valentina weinen ein paar winzige Tränen. Vor Freude. Vor Erleichterung. Vor Glück.
Irgendwie ist alles so unfassbar, unglaublich.
Fast etwas zu viel Glanz und Glamour für die beiden Weltverbesserinnen.
Ein unvergesslicher Abend.

Am nächsten Morgen sitzt Valentina auf dem Balkon an der Sonne. Willy ist mit Luna unterwegs, und Emily hat eine Videokonferenz mit einer Assistentin von Grün-Grün, die ihr bei ein paar technischen Fragen hilft.
Valentina hat die Papageien mit auf den Balkon genommen, wo sie fröhlich auf ihrer Sitzstange herumturnen und in ihrer Papageiensprache ein Zwiegespräch halten. Sie wissen nicht, dass sie jetzt Internet-Stars sind, und wenn, dann wäre es ihnen bestimmt egal. Valentina liest ein Buch über Greta Thunberg. Sie will unbedingt möglichst schnell möglichst viel über die Klimaschutzbewegung lernen, damit sie Emily weiter gut unterstützen kann. Zwischendurch schließt sie allerdings kurz die Augen, hält ihr Gesicht in die Sonne und spürt ihren Gefühlen nach. Sie fühlt sich wohl. Rundum. Der Abend gestern war eindrücklich. Immer wieder sieht sie Emily und sich im Rampenlicht stehen, hört den Applaus, spürt die Aufregung. Sie werden jetzt noch mehr Follower bekommen. Viel mehr. Und sie werden die Welt verbessern. Gemeinsam. Zumindest ein winziges kleines Stück. Und wenn es nur ein paar kleine Denkanstöße sind, die sie gemeinsam in die Welt hinausschicken: Wer weiß, ob nicht etwas Großes damit ausgelöst wird? Aber da ist ja noch die Zukunft, der Neuanfang. Valentina wird hier in Seelisberg bleiben dürfen, in dem gemütlichen

Häuschen, mit Willy, manchmal auch mit Emily. Und mit Luna, Stella, Otto und Lore, die ihr so viel geben. Und sie wird diese sensationelle Aussicht bis an ihr Lebensende genießen dürfen. Jeden einzelnen Tag. Luftveränderung für immer.

Natürlich macht sie sich auch etwas Sorgen. Aber nur ein bisschen. Und nicht zu häufig. Etwas Neues birgt ja immer auch Risiken. Aber – was sollte schon passieren, das ihren Glücksgefühlen den Garaus machen könnte? Wie hieß noch mal der Spruch, den sie heute auf Hildegards winzigem Sprüchekalender auf der Toilette gelesen hat? »Die besten Tage deines Lebens stehen noch bevor.« Das klingt zwar ein wenig nach Laienorakel. Aber egal. Valentina beschließt, daran zu glauben. Vorfreude ist ein wohltuendes Gefühl.

Sie liest weiter über Greta, die sie sehr an ihre Emily erinnert. Und dann erlebt Valentina völlig unerwartet ein unglaubliches Spektakel. Sie hält den Atem an und schaut mit offenem Mund und großen Augen zu, wie ihre beiden Papageien plötzlich zusammen losfliegen. Eben noch hockten sie aneinandergekuschelt einträchtig auf ihrer Stange und plauderten in ihrer Geheimsprache – und schon sind sie in der Luft.

Abgehoben.

Abgeflogen.

Ein wunderschönes Schauspiel.

Ein graues Synchronfliegen.

Ein freudig fröhliches Flattern.

Otto hat seine Ängste überwunden. Dank der frechen Lore. Ist das nicht beeindruckend? Das totale Vogel-Happy-End. Das perfekte Papageienglück.

Aber können die beiden wirklich bis zum Apfelbaum fliegen?

Und kommen sie wieder zurück?

Was, wenn plötzlich Greifvögel auftauchen?

Was, wenn sie davonfliegen, für immer?

Nein, Valentina mag sich jetzt nicht sorgen. Ihr Glücksgefühl lässt keinen Platz für Angst und Zweifel. Die Vögel haben sich schließlich auch davon befreit.
Den Apfelbaum haben die beiden jetzt erreicht.
Und sie bleiben erst mal sitzen.
Ob sie auch solch überwältigende Glücksgefühle spüren?
Wenigstens einen kleinen Hauch von Freiheit?
Und das synchrone Pochen ihrer kleinen Herzen?
Mit zittrigen Händen nimmt Valentina ihr Smartphone zur Hand und filmt die beiden Graupapageien auf ihrem Heimflug. Eine wunderprächtige Szene! Die »grauen Eminenzen« wissen, wo sie zu Hause sind. Elegant flattern sie in großem Bogen herbei. Valentina wird diese Bilder zwar für immer in ihrem Herzen tragen, aber sie will auch Nick daran teilhaben lassen. Und natürlich all die Menschen, die ihr etwas bedeuten. Und wie sehr werden sich Hildegard und Anna über diese Bilder freuen!
Valentina denkt, dass der Flug der beiden ein gutes Zeichen ist. Und sie weiß, wenn sie ganz fest daran glaubt, dann ist das auch so: Ihr Neustart in Seelisberg wurde gerade von Papageienglück gesegnet.

EIN HERZLICHES DANKESCHÖN

an mein wunderbares Wörterseh-Team, an…

…Gaby Baumann-von Arx, die längst von meiner Verlegerin zu einer wunderbaren Freundin geworden ist.
…Daniela Welti, die Verlagsassistentin mit Köpfchen und Herz, mit der ich gern zusammenarbeite.
…Andrea Leuthold, die meiner Sprache Glanz verleiht und mit ihrer herzlichen Art so viel für mich tut.
…Beate Simson, die sich beim Layout meiner Bücher immer besonders viel Mühe gibt.
…Thomas Jarzina, der Coverdesigner, der mich mit jedem neuen Buchumschlag glücklich macht.
…Lydia Zeller, die Korrektorin, für ihre exakte Arbeit.
…Frank Baumann, der eigentlich nicht zum Verlagsteam gehört, aber halt irgendwie doch. Er inspiriert mich. Er tut mir gut.

EINE HERZLICHE UMARMUNG

für besondere Menschen…

…zum Beispiel für Peter Bachmann, meinen Lebenspartner, der mit mir durch Seelisberg gewandert ist und der dafür sorgt, dass ich immer gut schlafen kann. Seine Liebe und Fürsorge ist ein riesiges Geschenk. Seine Fröhlichkeit ist meine Droge.
…aber auch für meine Familie, die alte und die neue. Sie gibt mir viel Kraft.
…für Freundinnen wie Cily Müller, Tina Bolfing, Lies Huizink, Sindy Hedinger, Lucia Schmid-Camenzind, Mona

Ackermann (unvergessen: meine allerliebste Freundin Rita Betschart-Wiget, die 2023 gestorben ist).
… für meine Facebook-FreundInnen, vor allem jene, die mir auch mal im echten Leben begegnet sind.
… und für alle meine LeserInnen und alle, die meine Lesungen besuchen oder organisieren. Danke für jede Rückmeldung zu meinen Büchern (info@blancaimboden.ch). Ihr macht mich zu einer glücklichen Buchautorin.

EIN GANZ BESONDERES DANKESCHÖN

an …

… Annemarie Regez, für die Italienisch-Nachhilfestunden.
… Reni Jauch, die mein Handy mit Geld und Kreditkarten nicht nur gefunden, sondern auch an der richtigen Stelle in Seelisberg abgegeben hat. Das war wie ein Weihnachten ganz allein für mich, mitten im August.
… Hildegard Isenschmid, die in Seelisberg lebt, für ihre Gastfreundschaft.
… Christoph Näpflin, der in Seelisberg tausend Berufe ausübt und unter anderem Tourismuschef und Bahnbetreiber ist. Von Anfang an gab er mir das Gefühl, willkommen zu sein, und unterstützte mich.
… Andrea Rüedi, damals Gastgeberin des Hotels Bellevue, die mir ein Studio mit traumhafter Aussicht vermietete und auch bei großem Stress immer Zeit für mich hatte.
… Andrea Infanger, Masseurin, Seilbahnkollegin, die tatsächlich auf dem Rütli aufgewachsen ist.
… Judith Distel, die sich mit Papageien auskennt und mich beraten hat.

... Otto Odermatt, der mir die Transzendentale Meditation erklärt und sein Yogi-Zentrum gezeigt hat, sowie seiner Frau Maria, die meine Bücher liest. Danke, dass wir unsere Buchtaufe bei euch feiern dürfen.

... Christian Mörgeli, der sich für das Hilfswerk HEKS die Erwähnung seines Namens in meinem Buch ersteigert hat. Die Figur trägt allerdings nur seinen Namen, hat ansonsten nichts mit ihm zu tun. Ähnlichkeiten wären Zufall, da ich ihn nicht persönlich kenne.

... den Schwyzer Musiker Melk Ulrich, der alles über das Rütlilied wusste.

... meine Büro-KollegInnen im Co-Working-Space Solit Hub in Littau, Luzern. Es tut gut, bei euch zu arbeiten.

... die Garage Benone, Seelisberg, die mein Auto wiederbelebt hat.

... Hermann Wyss, der die Musiker für meine Buchvernissage spendiert hat. Einfach so.

Blanca Imboden, im September 2024

Wenn Sie etwas für Papageien in der Schweiz tun wollen: www.auffangstation.ch

Diese Quellen durchstöberte Blanca Imboden nach Infos für ihr Buch.

»Warum wir schlafen«, Albrecht Vorster, Heyne, München
»Das neue Du – Die Gesundheit der Zukunft«, Sanitas Health Forecast, Wörterseh, Lachen
»Every Day for Future – 100 Dinge, die du selbst tun kannst, um das Klima zu schützen, nachhaltig zu leben und die Natur zu bewahren«, Ulrike Bremm, Frechverlag, Stuttgart
»You for Future«, Franziska und Günther Wessel, Arena, Würzburg
»Let's Save the World – Geschichten junger Klimaaktivist*innen aus aller Welt«, Bella Lack, Carlsen, Hamburg
»Erklärs mir, als wäre ich 5 – Klimawandel«, Petra Cnyrim, Riva, München
»Gretas Weg – Stationen einer bewegenden Reise«, Alexandra Urismann Otto/Roger Turesson, Hoffmann und Campe, Hamburg
»Vom Ende der Klimakrise – Eine Geschichte unserer Zukunft«, Luisa Neubauer/Alexander Repenning, Tropen Sachbuch, Stuttgart
»Das Klimabuch«, Greta Thunberg, S. Fischer, Frankfurt am Main
»101 Antworten für deinen nachhaltigen Alltag«, Sabina Galbiati, AS Verlag, Zürich
»Der Seelisbergersee und seine Umgebung«, Peter Hauser, Teammedia, Gurtnellen
»Seelisberg – Ein Bergdorf am Weg der Schweiz«, Adolf Truttmann, Geissweg-Verlag, Seelisberg

AZZURRO ist ein italienischer Popsong, geschrieben von Paolo Conte und Michele Virano, nach einem Text von Vito Pallavicini, erfolgreich gesungen von Adriano Celentano.

LUFTVERÄNDERUNG heißt ein Gedicht von Kurt Tucholsky (1890–1935), das er erstmals im Dezember 1924 unter einem Pseudonym (Theobald Tiger) in der »Berliner Illustrierten Zeitung« veröffentlicht hat.

DAS RÜTLILIED wurde komponiert von Franz Josef Greith (1799–1869). Der Text stammt aus der Feder des Luzerner Dichters Johann Georg Krauer (1792–1845).

THREE LITTLE BIRDS veröffentlichten Bob Marley and the Wailers im Jahre 1977. Musik und Text: Bob Marley (1945–1981).

60 JAHRE UND KEIN BISSCHEN WEISE ist ein Lied aus dem Jahre 1975, gesungen vom Schauspieler Curd Jürgens (1915–1982), geschrieben von Hans Hammerschmid und Miriam Frances.